S. FISCHER

Roman Ehrlich

MALÉ

Roman

S. FISCHER

Aus Verantwortung für die Umwelt hat sich der S. Fischer Verlag zu einer nachhaltigen Buchproduktion verpflichtet. Der bewusste Umgang mit unseren Ressourcen, der Schutz unseres Klimas und der Natur gehören zu unseren obersten Unternehmenszielen. Gemeinsam mit unseren Partnern und Lieferanten setzen wir uns für eine klimaneutrale Buchproduktion ein, die den Erwerb von Klimazertifikaten zur Kompensation des CO_2-Ausstoßes einschließt. Weitere Informationen finden Sie unter: www.klimaneutralerverlag.de

FSC
www.fsc.org
MIX
Papier aus verantwortungsvollen Quellen
FSC® C083411

Originalausgabe
Erschienen bei S. FISCHER

Satz: Dörlemann Satz, Lemförde
Druck und Bindung: CPI books GmbH, Leck
Printed in Germany
ISBN 978-3-10-397221-4

»Die Werke des Herrn sind große,
zum Staunen für alle.«

Psalm

»we are the bubbles
in the champagne
poured off of the roof
rising always as we fall«

Final Party

Dem Gefesselten erscheint es seltsam, dass man ihn in einen Kellerraum gebracht hat. Er ist immer davon ausgegangen, dass es auf der Insel keine Kellergeschosse gibt oder dass sie längst geflutet sein müssten.

Der Gefesselte wurde auf einen Holzstuhl gesetzt und dort festgebunden. Davor hatte man ihm einen Baumwollsack über den Kopf gestülpt und mit einem harten Gegenstand gegen das Gesicht geschlagen. Der Gefesselte hat eine Wunde unter dem linken Auge. Er spürt, wie sie im Rhythmus seines Herzschlags pulsiert. Die linke Gesichtshälfte ist angeschwollen, die Haut spannt. Der Gefesselte würde seine Wunde gern desinfizieren. Wer weiß, denkt er sich, wer diesen Sack vor mir schon über dem Kopf gehabt hat.

Seine Entführer haben ihn auf den Stuhl gebunden, er hörte ein spitzes Hämmern, einige Schläge und dann ein kontinuierliches Rauschen und Plätschern, als würde ein Schwimmbad eingelassen. Der Baumwollsack wurde ihm vom Kopf gezogen, der Gefesselte hörte, wie in seinem Rücken eine schwere Stahltür zugeschlagen wurde. Er schaute sich um und begriff, dass man ihn in einen Kellerraum gebracht hatte, was ihm seltsam vorkam, eben weil er auf der Insel noch nie in einem Kellerraum gewesen war und geglaubt hatte, dass sie nicht existieren oder längst geflutet sein müssten.

Der Kellerraum wird von einer Leuchtstoffröhre beleuchtet, die an der niedrigen Decke befestigt ist. Ein schmales

Kellerfenster aus dicken Glasbausteinen befindet sich unterhalb der Zimmerdecke, dem Gefesselten gegenüber. In einen dieser Glasbausteine ist von den Entführern – das war das spitze Hämmern, das ich gehört habe, denkt der Gefesselte – ein Loch geschlagen worden, durch das jetzt mit großem Druck ein modrig brauner Wasserstrahl in den Kellerraum hereingeschossen kommt. Ich habe keinen Prozess bekommen, denkt der Gefesselte, fast belustigt von der einfachen Klarheit des Satzes. Überhaupt fühlt er sich nicht panisch, sondern sehr ruhig – auf eine unbeschreibliche Art überlegen. Es gab keine Anklage, man hat mir keine Gelegenheit gegeben, mich zu verteidigen. Ich weiß nicht, was mir vorgeworfen wird, wofür ich bestraft werden soll.

Der Gefesselte sieht keinen Sinn darin zu schreien. Das laute Hereinströmen des Wassers füllt den Raum, es ist um seinen Kopf herum und in den Ohren das einzige Geräusch, und der Gefesselte hat den Eindruck, als krieche das Rauschen des hereinströmenden Wassers auch unter die geschwollene Gesichtshälfte, als wäre die Wunde unter seinem Auge eine Öffnung, durch die das Rauschen in seinen Kopf gelangt, wie feine Finger oder Rauch, vielleicht ist auch der Schädel verletzt, denkt der Gefesselte.

Der gesamte Fußboden ist bald von einem gleichmäßigen, dunklen Wasserspiegel bedeckt. Kleine Galaxien aus Öl und Staub rotieren auf der Oberfläche um sich selbst, dazwischen aschene Papierfetzen und grobe Farbschuppen, die von den Wänden abgefallen sind. Aus der Wasseroberfläche heraus, wie die Gebäude der Insel aus dem Ozean, ragen Kabelrollen, Kisten, Papierstapel, Haufen aus Kram. Die Schuhe des Gefesselten stehen bis zum oberen Rand ihrer Sohlen im Wasser. Der Gefesselte spürt die Feuchtigkeit an seinen Füßen. Von dort, wo der Wasserstrahl auftrifft, treiben kleine Schaumberge zitternd davon und verteilen sich im Raum.

Dem Gefesselten wird klar, dass er sich vorsichtig bewegen muss. Dass ein Umfallen des Stuhls die Lebenserwartung in seiner speziellen Lage nochmal drastisch verkürzen würde.

An der Stelle, an der Frances Ford vor einer fast blinden Fensterfront steht, im Licht der schmutzigen Scheiben, die von den grell zwischen den Wolken hervorbrechenden Strahlen der Nachmittagssonne angeschienen werden, der ganze Staub, das Salz und der Dreck auf dem Glas golden aufleuchtend, ist der dunkelblaue Teppichboden über die Jahre ganz bleich geworden. Selbst in den Augenblicken, in denen die Sonne hinter den schwer dahintreibenden Wolken verschwindet, das Leuchten der schmutzigen Scheiben weggedimmt wird, steht Frances Ford in einem lichten, hellblauen Rechteck, im verwaisten Frühstücksraum des Royal Ramaan Residence Hotels, in der sogenannten Daisy Street, in einem Viertel, das die neuen Bewohner der Stadt als *Stearson Patch* bezeichnen, benannt wahrscheinlich im Andenken an einen der frühen Pioniere, die sich hier nach dem völligen Zusammenbruch der Inselrepublik als Erste angesiedelt haben und denen die bereits bestehenden Namen der Orte nichts bedeuteten oder einfach zum ständigen Aussprechen zu kompliziert waren.

Über die Möbel hat sich eine dichte Staubschicht ausgebreitet. Auch auf der Luft, die sich seit Jahren nicht bewegt hat, liegt der Staub, alt und tot, denkt Frances Ford, und jeder Atemzug dieser staubigen Luft beißt in der Nase und füllt die Lunge mit einem schweren, das Herz ganz düster verschattenden Gefühl. Nirgendwo in dem weiten Raum, der tiefer im Innern des Gebäudes in permanente Dunkelheit getaucht ist, wollten sich die beiden gerne hinsetzen.

Seit ein paar Tagen steht das Wasser fast knietief in den Straßen. Durch den Dreck auf den Scheiben kann Frances Ford die Umrisse eines Fahrzeugs ausmachen, das sich vom Gebäude des Hotels entfernt und in eine schmalere Seitenstraße einbiegt. Ein Amphibienfahrzeug, mit hohen Reifen und einem Schiffsrumpf, davon hat sie schon einige in der Stadt gesehen. Vielleicht ist es auch nur jedes Mal dasselbe, das ihr ständig wiederbegegnet, weil der Raum, auf dem man sich hier bewegt, so begrenzt ist. Es ist durch die schmutzigen Scheiben nicht wirklich zu erkennen, für Frances Ford aber bereits aus der Erinnerung an den Anblick einfach zu ergänzen, wie das Fahrzeug seine Spur durch das dunkle, ölige Wasser zieht, wie kleine Wellen sich keilförmig am Heck des Fahrzeugs bilden und an die Ränder der Straße hinrollen, gegen die Hauswände schwappen, wo sie einen Tumult verursachen unter den Plastikflaschen und dem anderen Müll, der sich dort angesammelt hat.

Frances Ford hat sich mit dem Vater der verstorbenen Schauspielerin Mona Bauch im Frühstücksraum des Royal Ramaan Residence Hotels verabredet, weil dieses Hotel – wie auch die Schauspielerin Mona Bauch – sehr häufig in den Aufzeichnungen des Lyrikers Judy Frank erwähnt wird, dem sie selbst in vergeblicher Mission hinterhergereist ist und dessen Tagebücher, Briefe und Gedichte ihr unter die Haut und in die Seele gefahren sind wie die Feuchtigkeit in die Mauern dieser verlorenen Stadt.

Frances Ford ist etwa anderthalb Wochen vor dem Vater der Schauspielerin Mona Bauch in Malé angekommen. Sie empfindet dem verzweifelten Mann gegenüber einen Vorsprung an Wissen über die Verhältnisse. Gleichzeitig hat sie das Gefühl, dass ihr weniger Zeit übrig bleibt, bevor die umfassende Trägheit, das schwer über den Köpfen hängende schwüle Wetter, der Regen, die nagenden Wellen und die von einem bleichen Mond über die Insel hinweggezerrten Springfluten ihren Antrieb, ihre Kraft und ihren Willen vollständig aufgezehrt haben werden.

Der verzweifelte Vater hat seine Suche gerade erst begonnen. Für ihn gibt es außerdem einen Anhaltspunkt, der Frances Ford fehlt: Die Schauspielerin Mona Bauch hat sich vor zwei Monaten irgendwo hier in der ehemaligen Hauptstadt der Republik das Leben wahrscheinlich selbst genommen, ihr toter Körper wurde gefunden, es gibt Zeugen, die davon ausführlich berichtet haben, und zwei unterschiedliche, sehr unappetitliche Fotografien einer übel verunstalteten Wasserleiche, die für eine Weile im Internet kursierten. Vermutlich wurde sie auf einem der umliegenden Atolle verbrannt oder in einem Sammelgrab bestattet. Der Lyriker Judy Frank ist dagegen ohne Spur verschwunden. Über seinen vielleicht sogar zeitgleichen Selbstmord wird nur spekuliert. Man nimmt an, dass sie gemeinsam gegangen sind.

Der Vater der Schauspielerin Mona Bauch wird zuhause in Deutschland von seinen Angestellten beim Nachnamen genannt und von seinen Freunden, in Ableitung dieses Nachnamens, schon seit der Schulzeit eigentlich, im milden Spott der Zuneigung: *Belly*. In der Kneipe, in der man ihn gestern nach seinem Namen gefragt hat, wusste er nicht, wie er sich vorstellen sollte. Bauch war ihm zu förmlich, Belly zu privat und sein eigentlicher Vorname so fremd, als gehöre er einem anderen. Dabei war Elmar Bauch aufgefallen, dass er schon sehr lange niemanden mehr kennengelernt hat oder sich außerhalb der Arbeit einer fremden Person vorstellen musste. Er entschied sich zur Vorstellung in seiner Funktion, die ihn auf die Insel gebracht hat, als Vater der verstorbenen

Schauspielerin Mona Bauch, um gleich auch klarzustellen, welche Art von Information er sich von den Leuten hier erhoffte: Klärung, einen Hintergrund, vor dem so etwas wie Trauer überhaupt erst möglich wäre, die dann hoffentlich die dumpfe Betäubung ablösen könnte, die ihn umfängt, seit er über sein Endgerät, von einer Push-Nachricht aus der Kategorie *Celebrity Check*, über den Tod der eigenen Tochter in Kenntnis gesetzt wurde.

In der Kneipe, die der verzweifelte Vater gestern zur ersten Orientierung auf der Insel aufgesucht hat, erzählte man ihm, es existiere eine Art Abschiedsbrief seiner Tochter. Man sei unter Umständen auch bereit, ihm diesen Brief zugänglich zu machen, es ließe sich da etwas einfädeln, ein Treffen arrangieren, zum gegenseitigen Nutzen. Frances Ford überhörte das Gespräch zwischen dem neu Angekommenen und der sehr muskulösen, strikt und kompromisslos auftretenden Niederländerin Hedi Peck am Tresen der Kneipe. Sie bot dem unbeholfen auftretenden Vater an, sich mit ihm am nächsten Tag im Royal Ramaan Residence Hotel in der Daisy Street zu treffen, sie habe ihm keinen Deal vorzuschlagen und sie könne ihm vielleicht auch nicht wirklich weiterhelfen, aber es gebe da eine Überschneidung von ihrer eigenen Suche und seiner, die ihn interessieren könnte.

Frances Ford erklärt dem Vater, der im Raum ein Stück weit hinter ihr steht, nicht im hellen Rechteck auf dem Teppichboden, aber noch im Licht der Fensterfront:

»Ich komme aus einer schönen Gegend in den Vereinigten Staaten, wo es im Winter noch richtig kalt wird und im Frühling sehr grün und lebendig ist, und ich habe an der Universität in meiner Heimatstadt Deutsche Sprache und Literatur studiert und auch einen Ph.D. in dem Fach gemacht, über deutsche Lyrik der Gegenwart. Mich haben vor allem die Lyrikerinnen und die Lyriker interessiert, die nach der Jahrtausendwende geboren wurden, in die Umbrüche nach 9/11, die großen Finanzkrisen und die ganzen Widersprüche der Zeit hinein, und wie sie das in ihren Gedichten versucht haben zu fassen, ganz grob formuliert, von ihrem Standpunkt in Europa aus, mit der speziellen Geschichte von Deutschland, wobei ich alles über das Motiv von der blauen Blume angeschaut habe, die ja für die Romantiker ein wichtiges Symbol gewesen ist, was auch in der DDR eine Rolle gespielt hat und dann später oft ein Chiffre geworden ist für die Politik von den Rechten im Land. Ich weiß nicht, ob Sie sich für zeitgenössische deutsche Lyrik interessieren. Das Symbol von der blauen Blume ist dort sehr präsent. Die ganze Symbolsprache der Romantik hat in der deutschen Lyrik der letzten Jahrzehnte eine Renaissance gehabt. Mein Doktorvater, für den ich an der Uni gearbeitet habe, wollte, dass ich meine akademische Karriere voranbringe und Aufsätze veröffentliche und er hat immer versucht, mir neue Themen zuzuspielen. Ich wollte aber meine Karriere nicht voranbringen. Ich wollte eigentlich gar nicht mehr an der Uni arbeiten. Vor ein paar Monaten hat mir mein Doktorvater von einer Konferenz in Deutschland den gesamten Nachlass von dem deutschen Lyriker Judy Frank mitgebracht, von dem wir damals noch nicht gewusst haben, dass es ein Nachlass ist, aber inzwischen glaube ich eben, dass Judy Frank gar nicht mehr am Leben ist, was auch mit ihrer Tochter zu tun hat.«

Der Vater der Schauspielerin Mona Bauch hört der amerikanischen Literaturwissenschaftlerin Frances Ford mit einer ihm selbst unbekannten Geduld bei ihren Ausführungen zu. Er erfasst jede Einzelheit überdeutlich und in völliger Klarheit und hat endlich das Gefühl, hier setzt jemand dazu an, ihm all das zu erklären, was bislang so unbegreiflich, unwirklich und albtraumhaft verschlossen gewesen ist. Der Vater der Schauspielerin Mona Bauch hat sich nie für zeitgenössische deutsche Lyrik interessiert.

»Der Lyriker Judy Frank«, fährt Frances Ford fort und hält dabei ihre zählenden Finger zwischen sich und den sehr aufmerksam zuhörenden Vater, »hat bei seinem Verlag in Deutschland neun Gedichtbände veröffentlicht – *Verweilen unter schwebender Last, Motorisierte Mädchen, Welt ohne Ende, Die Lümmel aus dem Dritten Reich, Mein Leben als Kind, Ein Zweig und ein Zweiter, Eklipsen, Der Vibe von Wittenberg* und *Lachs, mein Hase* –, bevor er seinem Verleger angekündigt hat, dass er nach Malé gehen will, weil es ihm auf dem Festland nicht mehr gefällt. Frank hat gehofft, dass er hier in Malé unter den Ausgewanderten eine Situation vorfinden könnte, die so wäre, wie er sich immer das Westberlin aus den achtziger Jahren vorgestellt hat, das ja auch eine Insel gewesen ist, die ein bisschen verloren war und wo auch nur hingewollt hat, wer schon etwas gesponnen hat und mit der ordentlichen Gesellschaft nicht richtig zurechtgekommen ist.«

Der Vater der verstorbenen Schauspielerin erzählt Frances Ford, während er noch auf ihre Finger schaut, die sich nach dem Aufzählen der Gedichtbände Judy Franks zu einer Form verschränkt haben, die ihn das Wort *Indianertipi* denken lässt, dass auch Mona von der Geschichte der geteilten Stadt Berlin fasziniert gewesen sei und dass er sich erinnern könne, wie sie einmal gesagt habe, das wäre das einzige Berlin, in dem sie gerne leben würde, dieses Westberlin von früher. »Ich glaube, mit dem richtigen Berlin von heute ist sie einfach nicht warm geworden. Und dann ist sie ja auch bald nach Frankreich gegangen und danach dann nach Kalifornien. Ich hätte es besser gefunden, wenn sie in Kalifornien geblieben wäre oder nach Deutschland zurückgekommen, aber ich wurde natürlich nicht gefragt, sie war ja längst erwachsen. Ich konnte mir das alles hier gar nicht vorstellen, aber ich dachte, es ist vielleicht gefährlich.«

Frances Ford nickt, ohne dem Gegenüber dabei ins Gesicht zu schauen. Sie will versuchen, so viel Abstand wie möglich zur Trauer des verzweifelten Vaters einzuhalten. Sie spürt, dass dieser Mann sie als jemanden oder etwas wahrzunehmen beginnt, der oder das in der Lage dazu sein könnte, ihm eine sehr schmerzliche, sehr frustrierende Puzzlearbeit abzunehmen und die bislang noch schlechtsortierten Teile zu einem verstehbaren Gesamtbild zusammenzubringen.

»Frank ist vor drei Jahren hierhergekommen. Und er hat von hier aus seinem Verleger in Deutschland immer wieder E-Mails und Manuskripte und Tagebücher geschickt. Er ist wahrscheinlich davon ausgegangen, dass der Verleger in Deutschland alles sortieren und veröffentlichen würde und ihm ein bisschen Geld überweisen, aber der Verleger ist sehr krank geworden und schließlich gestorben, und die Frau vom Verleger hatte kein Interesse, den Verlag weiterzuführen. Sie hat die ganze Korrespondenz und die Archive sortiert, verschiedene Festplatten angelegt, E-Mails ausgedruckt, Konten aufgelöst und dann alles verteilt und verschenkt an die Erstbesten, die sich dafür interessiert haben. So sind die Sachen dann über meinen Doktorvater zu mir gekommen. Ich habe die Gedichtbände von Judy Frank schon gekannt. Seine Inseltagebücher, Gedichte, Skizzen und Briefe aus Malé haben mich aber noch so viel mehr fasziniert als die publizierten Bücher. Erst habe ich versucht, über die Witwe von seinem Verleger einen Kontakt aufzubauen, dann ihm selbst direkt zu schreiben, und weil das alles nicht funktioniert hat, habe ich bei meinem Doktorvater Urlaub beantragt und bin hierhergekommen, um nach diesem deutschen Lyriker zu suchen, was ziemlich verrückt ist, weil er wahrscheinlich eh schon nicht mehr lebt und weil ich auch gar nicht sagen könnte, was passieren würde, wenn ich ihn finde. Also was ich mir vorstelle, was passieren soll. Vielleicht wäre ich gar nicht hierhergekommen, wenn ich nicht schon gewusst hätte, dass es keine Hoffnung gibt.«

»Ich fürchte, ich kann Ihnen da gar nicht weiterhelfen. Ich habe von meiner Tochter nur ein paar E-Mails bekommen, während sie hier gelebt hat. Die können wir uns aber gern nochmal gemeinsam anschauen, wenn Sie meinen, dass Ihnen das etwas bringen könnte.«

»Ich bin mir ziemlich sicher, dass Ihre Tochter und Judy Frank ein Paar gewesen sind oder zumindest romantisch verbunden waren. Meine Vermutung ist, dass Frank für Ihre Tochter einen Kosenamen gehabt hat. Wenn das stimmt, dann hat er sie *Luna* genannt und dann kommt sie in seinen Texten wirklich sehr oft vor.«

»Luna.« Elmar Bauch spricht den Kosenamen seiner Tochter ein paarmal laut aus und es gefällt ihm überhaupt nicht, wie das Wort sich unaufhaltsam ausbreitet, über sein Gehirn und die Erinnerung an das eigene Kind. »Ich kann Ihnen gar nicht sagen, wie schrecklich das ist. Luna.«

»Es ist schwer zu sagen, wie man die Sache mit dem Abschiedsbrief Ihrer Tochter bewerten soll. Ich würde Ihnen aber raten, vorsichtig zu sein, dass man Sie nicht ausnutzt.«

In Gedanken fügt Frances Ford für sich noch die Worte *im Moment Ihrer größten Schwäche* hinzu.

Im Royal Ramaan Residence Hotel ist es nach seiner Aufgabe nie zu einer dauerhaften Hausbesetzung oder Weitervermietung der Räume gekommen. Vereinzelt liegen noch verschimmelte Matratzen in den Betten, mehrheitlich sind die Zimmer aber leergeräumt, alles von Wert abgeschraubt und herausgebrochen, es gibt keinen Strom und die Wasserleitungen sind längst tot und verrostet. Judy Frank hat das Hotel häufig zu beschreiben versucht. Er hatte sich gewünscht, eine Sprache zu finden, die über den üblichen Verfallstourismus und die Faszination für Ruinen hinaus darstellen könnte, was das für ein Ort ist, den die Menschen den Pilzen und Milben zum Aufbau ihrer mikroskopischen Gesellschaften überlassen haben.

Frances Ford und Elmar Bauch steigen durch die Stockwerke des verlassenen Hotelgebäudes bis ganz hoch auf die Dachterrasse, von der Ford erzählt, dass sie für die beiden Vermissten ein romantischer Treffpunkt gewesen sei. Aus den dunklen Fluren, in die man vom Treppenhaus nur ein paar Meter weit hineinschauen kann, drängt eine Lautlosigkeit hervor, der die beiden bei ihrem Aufstieg mit übermäßigem Schnaufen und Seufzen begegnen, um nicht von ihr verschlungen zu werden. Elmar Bauch erinnert sich, dass seine Tochter in einer E-Mail aus Malé geschrieben hat, die Stadt sei voller Orte, die einem das Schweigen nahelegen. Am Absatz des letzten Stockwerks ist aus dem geöffneten Ausgang zur Dachterrasse bereits das Brechen der Wellen zu hören, die ewige Unruhe des Indischen Ozeans, der kaum mehr friedlich, flach und türkisfarben daliegt wie auf den Prospekten von früher, sondern wild und schaumig und tosend, düster aufgewühlt und völlig verseucht vom Abfall der Menschen in ständiger Bewegung ist. Schon vor dem Heraustreten auf die Dachterrasse dringt das Meer den beiden auch in die Nasen. Jeder Atemzug ist satt vom salzigen Geschmack alles Organischen, das in diesem Salzwasser je verendet ist und sich dann langsam aufgelöst hat. Tranig und scharf rinnt dieser Geschmack den Atmenden aus der Nase in den Rachen hinab, füllt den Mundraum aus und legt sich als öliger Film auf die Zunge.

Die Dachterrasse des Royal Ramaan Residence Hotels ist mit verwitterten Holzplanken ausgelegt, aus denen sich rings um einen großen Swimmingpool herum flache Podeste erheben, die früher sicher mit Liegestühlen und Sonnenschirmen bestückt waren. Jemand hat die rechteckigen Blumenkästen am Rand der Podeste zu Hochbeeten umfunktioniert und darin ein paar Pflanzen aufgezogen – Marihuana, Möhren, Salbei, Petersilie –, dann aber offensichtlich vor einiger Zeit schon das Interesse verloren und die Gewächse sich selbst überlassen. In dem großen, weiß gekachelten Loch des Swimmingpools hat sich in den Jahren der Verlassenheit ein sumpfiges Biotop von selbst gebildet: grüne Halme, die der Wind bewegt, dazwischen Grütze und Farne und fauliges Laub.

Das Hotel ist nicht das höchste Gebäude auf der Insel. Trotzdem sind die bis auf den letzten Meter mit Häusern und Straßen zugebauten Ränder in allen Richtungen zu erkennen. Am Ende einer jeden Straßenschlucht dasselbe Bild von anrollenden Wellenbergen, von weißen Adern aus Gischt und Schaum durchzogen, ihr krachendes Zusammensinken und Zurückgesaugtwerden in den nächsten Brecher. Die Flutmauern, die gegen die beständige Arbeit des Meeres auf den Saum des Korallenriffs gesetzt wurden, sind an den meisten Stellen schon zerbrochen und eingestürzt. Das seichte Wasser in den Straßen, das seit den letzten Regenfällen nicht mehr vollständig abgeflossen ist, wird von einer ruhigen, gleichmäßigen Dünung durchzogen. Kein Erdgeschoss der Stadt wird noch bewohnt oder gewerblich genutzt. Alles Leben findet in den oberen Etagen statt. Frances Ford sieht ein paar Schweine auf einem Dach gegenüber eng gegeneinander gedrängt aus einem Holztrog fressen. Sie denkt, dass alles, was hier an diesem Ort passiert, das Vergehen von Zeit ist. Das Meer und seine unermüdliche Vertilgungsarbeit sind die wahrhaftige Entsprechung der vergehenden Zeit. Schon lange ist in dieser Stadt nichts anderes mehr passiert. Es scheint, als hätten die Leute vergessen, dass sie einmal eine Zukunft gehabt haben. Frances Ford schaut sich auf der Dachterrasse des Royal Ramaan Residence Hotels um, versucht, den vom Wind zerzausten Vater der Schauspielerin Mona Bauch dabei auszublenden und sich zu erinnern, wie sehnsuchtsvoll ihr der Ort in der Beschreibung des Lyrikers Judy Frank vorgekommen ist. Sie denkt, dass die Schönheit der Beschreibung nicht in den Dingen liegen kann, die beschrieben werden, sondern ein Abglanz sein muss von der Sehnsucht, die ein anderer empfindet und stellvertretend beschreibt. Sie denkt, dass es eine traurige Sache ist, wenn in den Behausungen der Menschen kein menschliches Leben mehr stattfindet. Und dann hört sie, in ihrem Kopf, klar und deutlich wie in einem geschlossenen Raum, ihre eigene Stimme eine Folge von Wörtern sagen, die ihr zugleich vertraut und urzeitlich fremd vorkommen, wie die ersten Wesen, die einmal aus dem Wasser an Land gestiegen sind, um unsere Vorfahren zu werden – *eli, eli, lama sabachthani*, sagt die Stimme. Frances Ford muss sehr kurz auflachen und wendet sich dann dem verzweifelten Vater zu, der sie fragend ansieht.

In der mit Abstand bestbesuchten Kneipe der Inselstadt, die offiziell, wie außen angeschrieben, *Der Blaue Heinrich* heißt, von ihren deutschen Gästen liebevoll *Das Leberblümchen* genannt wird und von der anderssprachigen Stammkundschaft auch *Blue Henry*, *Nighthowler*, *Bar Aciano*, *Sala de Bombas*, *Goruboi* oder *Milliways* (wobei nicht ganz klar ist, von wem die Ableitungen stammen und worauf sie sich eigentlich beziehen), wird im Sinne der Nachfrage ausgeschenkt und abgefüllt. Es geht, wie immer im Spiel mit den Substanzen, um

Auslöschung. Aber natürlich auch um die Geselligkeit, das Soziale, das Gespräch mit dem räumlich nächsten Menschen, Einlassung und Exposition. Wer neu ankommt auf der Insel und sich in die Strukturen fügt, die unter den Ausgestiegenen entstanden sind, der geht zunächst in den Blauen Heinrich, um sich einen Schlafplatz zuweisen zu lassen und außerdem einen Termin beim Professor zu bekommen, der der Gesellschaft der Glücksuchenden als Führer- und Vaterfigur vorsteht. Als letzter Angehöriger der Ältestengeneration und weiser Entscheider, als der der Professor unwidersprochen gilt, wird er von den Milizen, die ihrerseits den Zusammenbruch der Inselrepublik befördert haben und seither die versinkenden Atolle kontrollieren, als Geschäftspartner akzeptiert. Die gesamte Versorgung der Aussteigergesellschaft basiert auf dem guten Verhältnis des Professors zu den Milizen. Ein bürgerlicher Name des Professors ist nicht überliefert. Niemand weiß, ob er je wirklich einen akademischen Titel erworben hat. Man sagt, er spreche die verschiedensten Sprachen ohne Fehler oder Akzent und wisse meistens mehr über die Kunst und Kultur der Herkunftsländer der Leute, die bei ihm vorstellig werden, als diese Leute selbst. Das Büro des Professors befindet sich zwei Stockwerke oberhalb des Blauen Heinrich. Ein Telefon hinter der Bar verfügt über eine direkte Verbindung nach oben. Der Professor ist nie unter den Gästen anzutreffen, vor die Fenster seines Stockwerks sind zu jeder Tageszeit weinrote Vorhänge gezogen, durch die nachts ein künstliches Licht hindurchleuchtet. Es ist nicht möglich, für den Professor im Sinne einer Anstellung zu arbeiten. Es handelt sich vielmehr um ein verantwortungsvoll gepflegtes Verhältnis von Güte, Dankbarkeit, Schuld und Sühne.

In der Regel herrscht im Blauen Heinrich eine ausgelassene Kneipenfröhlichkeit, die all den wirklichen und wahnhaften Stürmen zum Trotz festhält am Leben unter Menschen, das schließlich schon immer kompliziert gewesen ist, widersprüchlich und anstrengend. Immer schon, lautet der Subtext und Konsens der Gespräche im Blauen Heinrich, waren doch die anderen Menschen und das Bier, das man mit ihnen trinkt, der Ausweg aus dem Trübsinn. Ein Gemälde, von einem auf der Insel ausgestiegenen Kunstmaler angefertigt, füllt die komplette Wand im hinteren Gastraum. Das Cover des 1991 erschienenen Albums *Nevermind* der amerikanischen Grungeband Nirvana ist darauf abgebildet, allerdings ohne deren Schriftzug. Anstatt des Geldscheins, dem der nackte Säugling entgegentaucht, ist auf den Angelhaken eine blauviolette Blüte aufgespießt.

Im großen Raum vorne verläuft eine lange Bar, an der die meisten Gäste aufgereiht stehen, ihre Getränke bestellen und entgegennehmen und mit den verschiedenen Bargeldsorten bezahlen, die auf der Insel akzeptiert werden (die Preise werden dem aktuellen Kurs entsprechend auf den nächsten Schein, das nächste Hundert oder Tausend aufgerundet), oder direkt per Endgerät eine Überweisung tätigen in der vom Blauen Heinrich präferierten Kryptowährung. Die Gespräche an der Bar und in den Gasträumen finden in allen erdenklichen Sprachen statt, wobei häufig der Versuch unternommen wird, einem in der eigenen Sprache ohnmächtigen Gegenüber die relevanten Vokabeln einzeln und sehr deutlich direkt ins Gesicht zu brüllen, aus didaktischen Gründen oder um so vielleicht die Rezeptoren eines tieferliegenden Sprachzentrums, das die Bedeutung aller Worte der Welt ohnehin schon kennt, erreichen zu können.

Manchmal läuft Musik im Blauen Heinrich und manchmal, in den seltenen ruhigen Momenten, bevor es richtig losgeht und die besondere Nachdrücklichkeit erreicht wird, die dem nüchternen Menschen am Anfang eines Abends oft noch fehlt, hört man von draußen das Meer oder den Regen, der hinter den zugeschraubten Kneipenfenstern in die Straßen rauscht und dabei oft so klingt, als bestünde die restliche, den Blauen Heinrich umgebende Stadt ausschließlich aus gigantischen Murmelbahnen, die unablässig neu befüllt werden. Verschiedene Rauchwaren werden geraucht, die Beleuchtung ist diffus, der Qualm, die Unberechenbarkeit betrunkener Bewegung, ein fettiger, menschlicher Dunst, legen sich als Schleier auf die Sicht, *penetrated only by odd and misdirecting lights*, neu Dazugekommene fühlen sich, als würden ihnen Feinstrumpfhosen über die Köpfe gezogen.

Nachts sind die Straßen der Stadt einzig vom Mondlicht und dem schwachen Schein der Lampen aus den Fenstern der Häuser beleuchtet. Bei klarem Wetter spiegelt sich der Nachthimmel im Flutwasser. Wenn kein Wind geht und kein Mensch oder Fahrzeug die ruhige Oberfläche stört, kann eine einzeln an einer Kreuzung stehende Person den Eindruck bekommen, die Häuser der Stadt Malé schwebten frei im All, das sich über und unter ihr im millionenfach leuchtenden Verglühen der Sterne ausbreitet. Auf den Stufen vom Erdgeschoss zum Eingang des Blauen Heinrich verlaufen feuchte Fußspuren, die meisten Leute auf der Insel tragen Anglerhosen, Gummistiefel oder Schwimmschuhe, da niemand gern länger als nötig die eigene Haut dem Wasser in den Straßen aussetzt. Vor der Eingangstür stehen Surfbretter, improvisierte Flöße und Stechpaddel an die Wand gelehnt. Wer von der Straße kommend, aus der Dunkelheit der Nacht oder dem hellen Mondlicht heraus, den Blauen Heinrich betritt, kommt dabei immer auch nach Hause, nicht selten zum ersten Mal. Gläser werden erhoben, ein Stuhl herangezogen oder eine Lücke am Tresen frei gemacht. Die einzeln in die neue Gemeinschaft hinein Ausgewanderten verhalten sich solidarisch, jeder einzelne Aussteiger und jede Aussteigerin, im eigenen Individualismus kompromisslos, ist am Ende doch vereint im Gruppenbild einer auf Grund gelaufenen Besatzung, die ihrem Schiff die Treue hält. Jeder träumt für sich allein den Traum vom unbekannten, unverbrauchten Ort und teilt dadurch mit den anderen dieselbe Vision von Ankunft, Erforschung und Entdeckung und dabei auch die tägliche Realität aus Warten und Spähen, dem Lesenlernen der Phänomene des Wetters und der Gezeiten und dem tiefen Bedürfnis nach ausführlichen Gesprächen, über den Stand der Dinge und das innen, in einem, herrschende Gefühl. Unendliche Freizeit, Langeweile und eine fundamentale Heimatlosigkeit legen den im versinkenden Inselstaat abgestiegenen Aussteigern das regelmäßige Trinken und Reden so nahe ans Herz wie sonst nur noch die Selbstbefriedigung und den künstlerischen Ausdruck.

An einem ruhigen Abend nach tagelangem Regen tritt der vor einigen Monaten gemeinsam mit seinem Bruder Fabrizio auf die Insel ausgewanderte Flavio Gentili einzeln an jede Gruppe und an jeden Gast im Blauen Heinrich heran. Die beiden Brüder sind vor zwei Wochen im Streit auseinandergegangen, haben sich seither nicht mehr beieinander gemeldet und sich auch nicht zufällig irgendwo getroffen. Flavio Gentili wurde am Morgen von einem entsetzlichen Gefühl der Trennung befallen. Seither geht er auf der Insel herum und fragt jeden, den er trifft: »Hast du meinen Bruder gesehen?«

Gentili ist an diesem Abend nicht empfänglich für den witzigen Spruch, für Nachfragen oder Kommentare. Sobald er bemerkt, dass von der gefragten Person keine relevante Information zu bekommen ist, wendet er sich ab und fragt die nächste. Die sehr muskulöse, strikt und kompromisslos auftretende, breit an der Bar lehnende Niederländerin Hedi Peck, die sich im Gespräch mit einem nervös und unsicher wirkenden Menschen befindet, den sie angriffslustig anfunkelt, eine verbale Demontage in Vorbereitung oder schon im Gange, lässt er bewusst aus, weil er sich denkt, die kann mir eigentlich nur schaden, selbst wenn sie etwas weiß. Als niemand mehr zu fragen übrig ist, steht Flavio Gentili eine Weile im Blauen Heinrich herum und überlegt, eher aus Gewohnheit, ob er ein Getränk bestellen soll. Die nicht an ihn gerichteten, durcheinandergeredeten Fetzen der Gespräche hört er heute mit anderen Ohren.

Die Bartenderinnen Alex und Mariza haben unmittelbar vor ihrer Schicht auf einer Bühne in der Nähe die Hauptrollen in einem Theaterstück von Aphra Behn gespielt. Ein Zuschauer von eben steht an der Bar und redet aufgebracht auf sie ein – »Kann doch nicht sein, dass ihr da gar nicht mehr drüber reden wollt. Wollt ihr jetzt nur noch so schön und souverän hinter der Bar stehen?« Von irgendwo links hört Flavio Gentili die Sätze: »Ich kann mich nur noch an diesen Dicken erinnern, der immer den Polizisten gespielt hat.« Und: »Ich würde schon auch gerne mal gefickt werden, aber halt nicht von dir.« Sowie: »Man kann halt nicht Peter Pan und Peter Szondi gleichzeitig sein.«

Er beschließt, ohne Bier noch weiter nach seinem Bruder zu suchen, woanders als im Blauen Heinrich. Auf dem Weg nach draußen wird er von einem Schwerstbetrunkenen aufgehalten, der ihm einen Zeigefinger gegen die Brust stößt und sagt: »Ein jeder Mensch hat mindestens zwei sehr aktive Ringmuskeln an seinem Körper, die er jeweils unterschiedlich gut kontrollieren kann. Die meisten kontrollieren den einen ein bisschen besser als den anderen.« Flavio Gentili versteht kein Wort, weil er die Sprache des Schwerstbetrunkenen nicht spricht. Er wartet ab, bis der Schwerstbetrunkene das Interesse verliert und die Tür freigibt. »Ich sehe ja, dass du mich anschaust«, sagt der Betrunkene, »aber ob du mir zuhörst, das sehe ich nicht.«

Eine einzelne Person geht auf der Brücke der Freundschaft aus der Stadt hinaus aufs Meer. Ohne den Schutz der Gebäude wird sie mehrfach von starken Windböen erfasst und aus dem Gleichgewicht gebracht. Die Haare der Person werden vom Wind aufgestellt und so bewegt, dass man von außen meinen könnte, sie befänden sich schon unter Wasser, im Einklang mit dem Tanz der Algen. Die Person läuft die ganze Strecke bis an die Stelle, an der die Fahrbahn an einer schroffen Kante nach unten weggebrochen und ins Meer gestürzt ist. Dort bleibt sie stehen und schaut über das fehlende Stück hinweg auf die andere Seite. In unregelmäßigen Abständen zerspritzt eine Welle in weißer Gischt an einem der Pfeiler, die sinnlos zwischen den Bruchkanten der Brücke der Freundschaft aus dem Meer herausragen. Auf der gegenüberliegenden Seite hängen lose Fahrbahnbrocken an rostigen Stahlstreben an der Abbruchstelle herunter, dahinter ist die Brücke etwa zwanzig Meter weit in starker Schieflage einseitig abgesackt und von Rissen durchzogen. Die Person kann von der Kante aus bis auf die Inseln Hulhulé und Hulhumalé blicken, mit denen die Stadt Malé einmal durch die Brücke der Freundschaft verbunden war. Der ehemalige *Velana International Airport* befindet sich dort, aufgelassene Wohnsiedlungen, die zum Teil von den Milizen verwendet werden, und ein stillgelegter Fährhafen, in dem, vom Standpunkt der

Person aus nur als silbergraue Silhouette zu erkennen, das große Kreuzfahrtschiff vertäut liegt, das nicht mehr fährt und von verschiedensten Gerüchten umrankt wird.

Die Person sieht zwei Milizionäre in Neoprenanzügen in einem Schnellboot an der Brücke vorbei in Richtung des Kreuzfahrtschiffes fahren. Das Schnellboot klatscht vom Kamm der einen Welle auf den Rücken der nächsten, den Milizionären hängen Sturmgewehre über den Schultern, die Läufe zeigen in den Himmel. Sie müssen sich sehr gut festhalten, denkt die Person.

Die Person ist in der letzten Zeit häufig frühmorgens aufgewacht, weil sie keine Luft mehr bekommen hat. Sie war jedes Mal heftig aufgeschreckt, die Lunge bis zum Hals hinauf komplett blockiert, und erst nach ein paar Sekunden war ihr das Atmen wieder möglich. Bei diesem Aufwachen ist die Person von einer Panik befallen worden und hatte sich hinterher gedacht: Wenn jemand mit mir im Bett gelegen hätte, dieser jemand wäre sicher sehr erschrocken und hätte sich Sorgen gemacht.

An diesem Morgen hatte sich das Aufwachen aber grundsätzlich von den vorherigen Malen unterschieden. Die Person könnte mit niemandem darüber sprechen, ohne dass es ihr peinlich wäre, aber sie war an diesem Morgen beim Aufwachen überhaupt nicht panisch, obwohl sie wieder nicht einatmen konnte und keine Luft bekam. Alles war unheimlich verlangsamt, ihre Bewegungen, ihr Denken, schwebend und ohne Gewicht. Die Person hörte – und das wäre ihr wohl peinlich gewesen, wenn sie jemandem davon erzählt hätte – einen langgezogenen, wunderschönen Laut, einen Ruf, wie einen Walgesang. Und unter diesen Walgesang mischte sich ein redinischer Chor, ein uralter und ebenso wunderschöner Chant, der weiter in die Vergangenheit zurückreichte, als die Person mit ihrem Geist erfassen konnte. Als die Person schließlich einatmete, tat sie es ohne eigene Anstrengung. Die Luft strömte ihr ganz von selbst in die Lunge und verdrängte dabei etwas anderes, von dem die Person sich erfüllt gefühlt hatte. Der Walgesang und der vorzeitliche Chant verstummten und die Person sah ein fahles Licht vor ihrem Fenster, das den Sonnenaufgang ankündigte.

In ihren Träumen der letzten Zeit hatte die Person sehr häufig den Kopf in den Nacken gelegt und über sich düstere Sturmgewitterwolken aufwallen sehen. Die Wolken rollten unheimlich nah über sie hinweg in großer Geschwindigkeit. Die Person dachte sich jedes Mal im Traum, sie könnte ihre Hand ausstrecken und die Wolken berühren und dass sie schon ganz genau wüsste, wie sie sich anfühlen würden. Wenn sie ihren Blick senkte, sah die Person neben und unter sich weite Kelpwälder, deren Stiele und Blätter synchron im Rhythmus eines von sehr weit herkommenden Rauschens sich bewegten, das lauter wurde und verschwand mit jeder neuen düsteren Wolke, die über die Person hinwegging. Zwischendurch fuhren einzelne Lichtspeere in den dunklen Grund der Wälder hinab, beleuchteten eine sich umstülpende Qualle oder einen Schwarm winziger Fische.

Die Person tritt einen Schritt näher an die Bruchkante der Fahrbahn heran und schaut vor sich nach unten auf die unruhige Oberfläche des Wassers. Eine dunkelblaue Plastiktonne, aus der ein kleiner weißer Plastikzapfhahn herausragt, schunkelt lustig über die Wellen zu ihren Füßen. Die Person erinnert sich daran, wie der Lyriker Judy Frank vor seinem Verschwinden einmal einen Satz aus seinem Inseltagebuch für sie übersetzt hat.

»Wie Obelix in den Zaubertrank bin ich als kleiner Junge in den Lethestrom gefallen«, hatte der Satz gelautet, »und muss seither immerfort alles, was ich weiß, vergessen«.

Der Professor empfängt den Vater der verstorbenen Schauspielerin Mona Bauch drei Tage nach dessen Ankunft auf der Insel in seinem Büro über dem Blauen Heinrich.

Dem Vater wurde der Aufgang gezeigt, der aus der Kneipe in ein dunkles Treppenhaus führt. Er stieg die Stufen hoch bis zu einer Wohnungstür, über der ein schwach funzelnder Baustrahler angebracht war. Auf dem Weg nach oben kam es ihm mehrfach so vor, als würde er von lauernden Gestalten aus dem Dunkel des Treppenhauses heraus beobachtet. Elmar Bauch klopfte an die Tür, wie man ihn angewiesen hatte, wartete eine knappe Minute, bevor er nochmal klopfte und schließlich von einer Stimme hinter der Tür hereingebeten wurde, ohne dass er hätte sagen können, ob die Person, der die Stimme gehörte, schon die ganze Zeit über da gewesen war und ihn ausschließlich aus strategischen, also aus machtpolitischen Gründen vor der Tür hatte warten lassen. Elmar Bauch dachte tatsächlich die Worte *machtpolitische Gründe*, als er die Tür in den warm beleuchteten Raum hinein öffnete, in dem er als Erstes einen scharfen Buttersäuregeruch wahrnahm, wie er ihn sonst nur aus den Wohnungen verwahrlosender Tierfreunde kannte.

Der Empfangsraum des Professors ist mit Teppichboden ausgelegt, der Tür gegenüber steht ein großer Schreibtisch, an dem der Professor sitzt, eine kleingewachsene, altersschlaffe Gestalt, der die Zeit einen ewigen Zweifel ins Gesicht gegraben hat. Vor dem Schreibtisch befindet sich kein Stuhl. Eintretende müssen ihre Anliegen stehend vorbringen und sich dabei beobachten lassen, wie sie so ausgestellt mit ihren Gliedmaßen umgehen, welche Haltung sie beim Sprechen einnehmen und wie sie die aus dieser Konstellation erwachsende Herausforderung bewältigen, dass die kleine Gestalt des Professors mit dem größten Respekt von oben herab adressiert werden muss.

Der Vater der toten Schauspielerin tritt vorsichtig an den Schreibtisch heran, wobei es ihm so vorkommt, als müsste er sehr viel mehr Schritte machen, als für die kurze Distanz nötig wären. Die Wand rechts vom Professor ist vollständig mit übervollen Bücherregalen bedeckt. Zwischen die Bücher sind einzelne Blätter und Zettel so gestopft, dass wirklich nirgends mehr eine Lücke frei ist und das ganze Gebilde, denkt der Vater, in sich zusammenfallen muss, wenn einer einmal ein einzelnes Buch dort herauszieht. An der Wand hinter dem Professor, über seiner sitzenden Gestalt, hängt ein großformatiges Gemälde, eine abstrakte Kunst, die zugleich sehr konkret und gegenständlich auf den Vater wirkt: rote und gelbe Farben, kleine blaue Flecke, einige kohlenschwarze, aggressiv hineingeworfene Striche, schon im Zerfließen angedeutete Formen, als hätte jemand das Bild im Innern eines Feuers gemalt, denkt der Vater, ohne dabei selbst zu verbrennen.

Der Professor begrüßt den Vater der toten Schauspielerin Mona Bauch und der Vater der toten Schauspielerin Mona Bauch begrüßt seinerseits den Professor und ihm fällt auf, dass die kleine Person hinter dem Schreibtisch tatsächlich völlig akzentfrei die Muttersprache des Vaters spricht, als wäre es die eigene.

Durch die Wand links vom Schreibtisch des Professors führt ein Durchgang in ein Nebenzimmer mit drei Fenstern nach draußen, vor die sämtlich weinrote Vorhänge gezogen sind. Der Vater sieht, durch den Durchgang hindurch, mittig im Raum wie eine Installation, eine Katze auf einem versifften Samtpolster liegen. Und obwohl Elmar Bauch nur sehr kurz durch den Durchgang ins Nebenzimmer schaut, sieht er dort einige Details an der Katze auf dem Samtpolster sehr genau. Wie ein grelles Licht, das sich auf die Netzhaut schreibt und dann als Negativ durchs Gesichtsfeld geistert, sieht der Vater diese Details noch vor sich, als er den Blick schon wieder auf den Professor hinter seinem Schreibtisch gerichtet hat. Er sieht die von einem schleimigen Sekret verklebten Augen der Katze, in groben Büscheln starr festgetrocknetes Fell und eine rasierte Stelle am Bauch des Tiers, wo ein langer Schnitt sehr unsauber vernäht wurde. Der Vater sieht noch im Hinabschauen auf das abwartende Gesicht des Professors glänzende Hautwülste zwischen schwarzgrindigen Fäden und am unteren Ende des Schnitts im Bauch der Katze eine wundgekratzte, eitrige Stelle. Du bist das also, die hier so stinkt, denkt der Vater, ohne aber seinen Blick von dem des Professors, dessen *gütigen Augen*, wie der Vater findet, nochmal abwenden zu können, um das Tier anzuschauen, dem der Satz ja eigentlich gilt.

Der Professor ist es schließlich, der als Erster etwas sagt, in die träge Stille des Raumes, in dem nur das Summen von elektrischem Licht zu hören ist.

»Haben Sie sich inzwischen schon ein wenig eingelebt bei uns?«

»Ich würde gerne etwas über meine Tochter erfahren, von der man behauptet, dass sie hier gestorben ist. Ich möchte sie gerne sehen oder zumindest wissen, wo sie geblieben ist. Ich habe gar nicht vor, mich hier einzuleben.«

»Sie haben sich schon mit Frances Ford unterhalten«, sagt der Professor und schaut dabei rüber auf sein übervolles Bücherregal, »ein Profi im Lesen, äußerst selten, beeindruckt mich sehr.«

Elmar Bauchs nickender Kopf folgt dem Blick des Professors auf das Bücherregal. Ihm fällt auf, dass auch die Titel auf den Rücken der Bücher in allen möglichen Sprachen abgefasst sind. Er sieht kyrillische, arabische und hebräische Schriftzeichen und fragt sich, ohne das aber laut auszusprechen, welche Sprache eigentlich auf den Malediven gesprochen wurde, als sie noch eine zusammenhängende Nation waren, ob es eine eigene Schrift gegeben hatte und wie die wohl ausgesehen haben mochte.

Der Vater der verstorbenen Schauspielerin Mona Bauch hat in der vorigen Nacht, in einer Seitenstraße in der Nähe des Blauen Heinrich, bis zu den Waden im Wasser, während eines Treffens, das ihm fast schon inszeniert vorkam in seiner übertriebenen Heimlichkeit, von einer Person namens Valeria Lenín den Auftrag erhalten, bei seinem Gespräch mit dem Professor sehr genau hinzuhören und jeden Hinweis darauf aufzunehmen, was genau der Professor über sie oder eventuell von ihr für die Zukunft geschmiedete Pläne bereits weiß und denkt, ohne dabei aber ihren Namen zu erwähnen oder von diesem Auftrag überhaupt zu irgendwem zu sprechen. Das Treffen war für ihn im Blauen Heinrich arrangiert worden und fand in einem fahlen Mondlicht statt, in dem der verzweifelte Vater von der Person, die zu ihm sprach, nichts als die Umrisse erkennen konnte, eine sprechende Silhouette, deren Stimme ihm seltsam verstellt vorkam, unecht heiser in einer für sie falschen Tonlage. Wenn Elmar Bauch sich als brauchbar erweise, so wurde es ihm bei diesem Treffen in Aussicht gestellt, könne man mit den Verhandlungen darüber beginnen, welche Art von Gegenleistung schließlich dazu führen könnte, dass ihm der Abschiedsbrief seiner Tochter ausgehändigt würde. Der Vater der verstorbenen Schauspielerin wurde außerdem darauf hingewiesen, dass es im ungünstigsten Fall für die aktuellen Besitzer des Abschiedsbriefes quasi überlebensnotwendig sein könnte, diesen zu vernichten. Den Brief überhaupt bis zu diesem Tag aufgehoben zu haben berge bereits ein gewisses Risiko und könne durchaus vonseiten des Vaters als Akt der Selbstlosigkeit interpretiert werden. In jedem Fall habe Elmar Bauch vorsichtig und klug vorzugehen, mit der größten Achtsamkeit.

»Dass der Professor so ziemlich alles über so ziemlich alle weiß«, hatte Lenín gesagt, »wäre zum Beispiel keine neue Erkenntnis.«

Elmar Bauch hört die Katze im Nebenzimmer seufzen, als er den Professor fragt, ob der ihm bei der Suche nach seiner Tochter behilflich sein könne.

»Haben Sie einen Glauben, Herr Bauch?«, fragt ihn der Professor unmittelbar im Anschluss, fast noch in den eigenen Satz hinein. Bauch schüttelt den Kopf und schaut in das Loch unterhalb der Arbeitsplatte des Schreibtischs, wo die Zehenspitzen der gefilzten Hüttenschuhe des Professors gerade so den Boden erreichen.

»Ich nehme an, dass Ihnen die Bilder nicht erspart geblieben sind. Man hat den toten Körper Ihrer Tochter, oder was davon übrig gelassen wurde, nur gefunden, weil er von einer Schule Delfine umkreist wurde, die ihrerseits die Aufmerksamkeit einer Patrouille auf sich gezogen hat. Wir sehen hier nur noch äußerst selten Delfine, eigentlich nie. Für viele war das ein kleines Wunder. Ich selbst empfinde das als etwas Schönes.«

Elmar Bauch erinnert sich an die Formulierung der Push-Nachricht, die ihn über den Tod seiner Tochter in Kenntnis gesetzt hat. »*Wie um den Beweis ihrer Unsterblichkeit anzutreten*«, lautete der kurze Teasertext der Meldung, »*starb Mona Bauch vor ihrer Zeit.*« Der Vater der durch diese Worte Totgemeldeten konnte seither weder diesen Tod noch dessen unmittelbare mediale Verwurstung als Wirklichkeiten akzeptieren. Wenn eine solche Nachricht herausgegeben wurde, fand er, sollte sie keine Rätsel enthalten, sondern einfach verständliche, eindeutige Informationen. An sein Gefühl beim Lesen der Push-Nachricht erinnert, fragt der verzweifelte Vater den alten Mann hinter dem Schreibtisch in einem für seine Verhältnisse verhältnismäßig harschen Ton: »Was ist mit ihr passiert? Was hat man mit ihr gemacht?«

Der Professor kratzt sich mit drei Fingern an der rechten Wange, wobei das ganze Gesicht in Unordnung gerät.

»Ihre Tochter war ein unzufriedener Mensch. Sie war an einem Punkt angelangt, an dem sie glaubte, auf der Welt nichts Neues mehr entdecken zu können. Das Vorhandene hat ihr nicht gereicht, weshalb sie sich wohl immer häufiger dem Mond zugewandt hat. Etwas zu intensiv vielleicht, vielleicht zu lange.«

Der Vater muss daran denken, wie ihm Frances Ford vom Kosenamen des Lyrikers Judy Frank für seine Tochter erzählt hat. Es entfährt ihm ein Geräusch, das ihn selbst erstaunt.

»Es gab einmal eine Zeit, da musste man ein Glaubensbekenntnis formulieren, wenn man sich hier niederlassen wollte. Jahrhundertelang war es auf diesen Inseln aus religiösen Gründen verboten, Abbildungen von Lebewesen herzustellen. Wenn Sie nur am Strand ein freundliches Gesicht in den Sand gezeichnet haben, konnte man Sie dafür schon in einen Kerker werfen. Die Bevölkerung der Atolle ist bereits im zwölften Jahrhundert geschlossen zum Islam konvertiert, nachdem ein muslimischer Reisender einen Dämon aus dem Meer mit Koranversen vertrieben hat. Damals glaubten die Menschen, dass riesige Katzenwesen aus dem Meer nachts auf die Inseln kommen und die Bewohner verschleppen, vergewaltigen und verspeisen. Sie werden diesen Geschichten vielleicht noch begegnen, Herr Bauch. Ein paar Übriggebliebene sind davon überzeugt, dass diese Katzenwesen, die *Feretas*, zurückkommen, wenn sich die Gottlosen unrechtmäßig auf den Inseln niederlassen. Ich persönlich halte das für Unsinn.«

Der Professor macht eine kurze Pause, wie zur Einladung, ihm zuzustimmen oder seinen Erzählfluss zu unterbrechen.

»Sie können glauben, was Sie wollen, Herr Bauch, aber täuschen Sie sich bitte nicht darüber, wer Ihnen diese Freiheit hier ermöglicht.«

Elmar Bauch bemerkt eine intensivere Nachdrücklichkeit im Blick und in der Stimme des Professors. Er nimmt diese Veränderung als Signal wahr, dass er nun vielleicht die Informationen für Valeria Lenín aufnehmen und ganz besonders gut hinhören muss.

»Alles hier beruht auf dem Handel mit den Eigentlichen. Wir sind nur geduldet. Wenn die Verbindung zu den Eigentlichen abreißt, werden hier alle verhungern. Die Eigentlichen haben sich durch die Revolution nicht nur von der Regierung befreit, sondern auch vom Tourismus. Die Geschäfte, der Umschlag, die ganze Schattenwirtschaft, das findet in den nördlichen Atollen statt. Diese Stadt hier hat für die Eigentlichen keine Bedeutung mehr. Schon längst ist hier niemand mehr davon abhängig, dass Sie kommen und Ihr Geld mitbringen. Sie haben die Freiheit, hier zu sein, Herr Bauch, ohne durch Ihr Dasein den Ort zu vernichten, den Sie gefunden haben. Das ist das Wunderbare und die große Chance. Sie können hierbleiben und lernen, dass das Paradies in Wahrheit immer schon der Untergang gewesen ist.«

»Ich möchte nicht unhöflich sein, aber ich will hier wirklich nicht bleiben. Ich möchte gerne wissen, was mit meiner Tochter passiert ist.«

Der Professor schaut den Vater der Schauspielerin lange an, bevor er ihn fragt, ob er wisse, welchen Ursprung das Wort *Urlaub* in der Sprache des Vaters habe. Elmar Bauch sagt, dass er es nicht wisse, aber dass er auch nicht vorhabe, hier einen Urlaub zu machen.

»Jesus von Nazareth, Herr Bauch, ist sozusagen der erste Urlauber in der Geschichte Ihrer Sprache. Indem er sich von seiner Mutter die Erlaubnis erteilen ließ, sein Elternhaus zu verlassen und auf die Wanderschaft zu gehen, die ihn zur Einsicht in seine Rolle auf der Welt führen sollte. Und natürlich auch in den Tod. Das ist der Ursprung des Urlaubs, Herr Bauch, die Erlaubnis zu gehen. Wir denken nur nicht mehr daran, wenn wir das Wort gebrauchen.«

Elmar Bauch erklärt dem Professor, dass seine Tochter bei ihm nicht um Erlaubnis habe bitten müssen, um hierherzukommen. Das sei nicht die Natur ihrer Beziehung gewesen.

»Meine Rolle in diesem Spiel hier«, sagt der Professor, »ist eine sehr kleine. Aber meine Verantwortung für die Menschen ist groß. Es werden bereits Vorbereitungen getroffen, meine Position einzunehmen und meine Nachfolge anzutreten. Ich weiß darüber Bescheid, aber noch gibt es niemanden, der mich ersetzen könnte. Ich helfe den Menschen dabei zu vergessen, weshalb sie hierhergekommen sind. Solange Sie Ihren Verlust nicht akzeptieren, Herr Bauch, wird es immer jemanden geben, der aus Ihrer Suche nach dem Verlorenen Kapital schlägt.«

Es entsteht eine weitere Pause, in der der Vater der toten Schauspielerin Mona Bauch zu weinen beginnt, auf eine Art, an der er sich selbst seltsam unbeteiligt vorkommt. Wie wenn einen der Wind zum Weinen bringt und nicht das Herz, denkt er.

Ohne sich selbst danach umzudrehen, deutet der Professor auf das Bild in seinem Rücken. »Können Sie sich vorstellen, Herr Bauch«, sagt er zum leise weinenden Vater vor seinem Schreibtisch, »wie schwer es gewesen ist, dieses Gemälde hierher auf die Insel zu bekommen? Man hat mir einen Gefallen getan. Sie sind noch nicht lange genug hier, um zu begreifen, was das bedeutet. Den Eigentlichen ist der Besitz von Kunst noch immer hochgradig suspekt. Ich lebe aber nicht gerne ohne Kunst und erst recht nicht ohne Bücher. Dass man mir einen Gefallen getan hat, habe ich als Auftrag verstanden. Ich stehe zwischen den Welten. Die Eigentlichen wissen, dass sie mir vertrauen können. Für mich ist es die Kunst, Herr Bauch, die Bilder und die Bücher, die mich von mir selbst abstrahieren lassen. Meine Rettung lag immer in der Kunst. Ich werde mit ihr verschwinden. Niemand wird sich um dieses Gemälde kümmern oder um die Bücher. Man wird uns dem Meer übergeben. Vielleicht wird uns sogar diese Katze hier überleben, auch wenn es gerade nicht sehr gut um sie bestellt ist. Die Katzen sind auch nicht heimisch an diesem Ort. Man kann aber davon ausgehen, dass sie auf den Schilfbooten der frühesten frühgeschichtlichen Seefahrer auf die Inseln gekommen sind und vielleicht schon ebenso lange hier leben wie die Menschen.«

Nach ein paar Sekunden, in denen dem Vater der toten Schauspielerin keine weiteren Fragen mehr einfallen, obwohl er sie zu haben glaubt, sagt der Professor, dass es jetzt Zeit sei, sich zu verabschieden.

»Sie können Ihren Beitrag unten an der Bar entrichten. Es wird sich dabei um eine angemessene Summe handeln.«

Als der Vater die Tür zum Treppenhaus des Professors schon geöffnet hat, hört er den Professor in seinem Rücken noch sagen:

»Gehen Sie auf keinen Fall ins Wasser, Herr Bauch. Wer hier ins Wasser geht, der geht sehr wahrscheinlich in den Tod.«

◐

Tag eins. Ich meine: November. Ist schwer zu sagen, kann aber eigentlich nur November sein. Keine Wolke, kein Wind. Habe ein Zimmer bekommen im dritten Obergeschoss, Blick auf eine Kreuzung mit einem toten Baum an der Ecke. Die Straßen sind feucht, schmierig, d. h., ich nehme an, dass die Straßen feucht und schmierig sind, wie sie es gestern waren. Es stinkt etwas unter meinem Bett. Bin noch nicht aufgestanden. Unten am Bein juckt was. Wanzen? Ein schiefer Pressspanschrank mit meinen Sachen drin, ein Schreibtisch und ein Spiegel, in dem ich mir gestern noch Grimassen geschnitten habe, die mich bis in meine Träume hinein verfolgt haben. Saß auf dem Bett und machte einen ersten Versuch:

»Als aus dem Dach meines Hauses die Flammen schlugen und die Fenster von der Hitze herausgesprengt wurden, schloss ich die Tür hinter mir zu, nahm meinen Koffer auf und stieg in das Taxi, das an der Straße schon auf mich wartete.«

Das Wetter ist so, die schwüle Trägheit und Schwermut des Äquators, dass man den Stift schon wieder hinlegen mag, bevor man ihn aufgenommen hat. Dass hier überhaupt jemals jemand die Kraft aufgebracht hat, ein Haus zu bauen, eine Revolution auszurufen. Wir hatten noch so viele Pläne, da lief uns schon das Wasser in die Schuhe. Das kleine Flugzeug von Indien her, das auf einem der nördlichen Atolle gelandet ist, dann das Schnellboot mit den finsteren Gestalten, die kein Wort gesprochen haben. Der bärtige Agent, der mein Geld genommen hat. Schon glaube ich, dass es diese andere Zeit gar nicht gibt und nie gegeben hat, die Ziffernblätter und Kalender, nur Ellipsen im All, die ewigen Rotationen, Heben und Senken. Was noch lebt in diesem Meer, weiß es besser als jeder Mensch. Ich hoffe, da ist nichts gestorben unter meinem Bett. Aus dem Hahn an der Badewanne ist gestern nur ein Käfer herausgefallen, als ich ihn aufgedreht habe. Vielleicht nehme ich heute ein Käferbad. Gerne würde ich tauchen gehen. Ob man hier noch tauchen kann?

Erstmal aufstehen.

◐

An der spitzen Kreuzung der beiden Straßen Bulbul Goalhi und Shaheedh Kudanevi Thuththu Maniku Hingun, in der Nähe des breiten ost-westlichen Boulevards Majeedhee Magu, der die Insel in ihrer Länge einmal komplett durchzieht und an dem auch der Blaue Heinrich liegt, steht, einem mehrstöckigen Wohnhaus gegenüber, ein abgestorbener und komplett vermorschter Zerberusbaum. In der Krone des Baumes sitzt eine einzelne Rabenkrähe und betrachtet die verschiedenen Gegenstände, die unterhalb des Baumes im trüben Schwemmwasser der Straßen treiben. Die Krähe sucht nach Material für ein Nest, das sie am vorangegangenen Tag im Schatten einer Balkonbrüstung auf der Sitzfläche eines alten Campingstuhls zu bauen begonnen hat.

Der Zerberusbaum, auf dem die Rabenkrähe sitzt und schaut, wurde im Dezember des Jahres 1932, zum Anlass der feierlichen Ratifikation der ersten demokratischen Verfassung der Malediven, als Symbol der Wehrhaftigkeit und Unerschrockenheit dieser neuen demokratischen Gesellschaft, an der spitzen Straßenkreuzung eingepflanzt. Er wurde etwas über einhundert Jahre alt, bevor er aufgrund der gestiegenen Durchseuchung des Grundwassers und der oberen Kalksandschichten von den Wurzeln her abgestorben ist. Sein Stamm und seine Äste haben in der Zeit nach dem Absterben eine schwarzglänzende Färbung angenommen, die dem Gefieder der Rabenkrähe sehr ähnlich ist.

Die hochgiftigen Samenkapseln, die der Baum im Verlauf seines Lebens zu Tausenden produziert hat, wurden in mindestens zwei bekannten Fällen in ihrer todbringenden Eigenschaft gebraucht – allerdings in keiner erkennbaren Verbindung zur Aufrechterhaltung oder Verteidigung der demokratischen Ordnung im Land.

Die Krähe in der Krone des Zerberusbaumes stammt in direkter Linie von den Rabenvögeln ab, die als Navigationshilfen auf den Booten frühgeschichtlicher Seefahrer mitgeführt wurden. Die Vögel wurden ausgeschickt, um nach Land zu suchen. Wenn sie in eine bestimmte Richtung davonflogen und nicht mehr zum Schiff zurückkehrten, wussten die Steuerleute, wohin sie zu fahren hatten. In einer vergessenen Volkssage ist die Rede von Seefahrern, die auf die Inseln der Malediven stoßen und als erstes Lebewesen eine Krähe am Ufer entdecken. Sie entschließen sich gegen eine Landung, weil sie wissen, dass der Krähe Menschen folgen werden oder bereits gefolgt sind.

Von den Plastikflaschen und Konservendosen, die unterhalb des Zerberusbaumes im Schwemmwasser treiben, lösen sich die Etiketten ab und schwimmen dann eine Weile allein herum, bevor sie sich anderswo ankleben oder untergehen. Ein Gerücht, das sich auf der Insel Malé sehr hartnäckig hält, besagt, dass der Abrieb der Schale der Samenkapseln eines

Zerberusbaumes in geringer Dosis Bestandteil der geheimen Rezeptur einer Droge ist, die auf dem Kreuzfahrtschiff von den Milizen hergestellt und hauptsächlich an Piraten, Seefahrer und Schwarzhändler vertrieben, seit einiger Zeit aber auch von der Aussteigergesellschaft auf Malé konsumiert wird. Die Milizionäre hätten zur Herstellung der Droge auf dem Kreuzfahrtschiff und den nördlichen Atollen Zerberusbäume und andere Pflanzen kultiviert, Senna occidentalis, Betelpalmen, Kathsträucher und Nonibäume, wobei niemand davon ausgeht, dass es sich bei der Droge um einen rein pflanzlichen Wirkstoff handelt. Der direkten Einwirkung der Glykoside aus den Zerberusbaumsamen auf das menschliche Herz müssen noch andere Wirkstoffe zur Seite stehen – synthetische Methylamphetamine, Fluphenazin, Tranylcypromin, Lacetym-Kanalat oder Iproniazid gelten als wahrscheinlich, wobei hierüber ausschließlich Mutmaßungen kursieren. Unter den ausgestiegenen Inselbewohnern ist auch die Überzeugung anzutreffen, dass es sich bei der angeblichen Verwendung von Zerberussamenkapseln für die Herstellung der Droge um ein absichtlich lanciertes Gerücht handelt, um potenzielle Nachahmer durch die akute Tödlichkeit einer Falschdosierung abzuschrecken. Fakt ist, dass es sich um eine besondere Mischung handeln muss, die die besondere Wirkung erzielt, von der kaum einer, der gekostet hat, je genug bekommen kann.

Die Droge trägt verschiedene Namen. Unter den ausgestiegenen Inselbewohnern hat sich die Bezeichnung *Luna* durchgesetzt.

◐

Gebeugt über den verkalkten Spültisch der Kaffeeküche des ehemaligen Großraumbüros eines maledivischen Reisedienstleisters, in dem ihr eines der verschiedenartig benutzt oder verlassen wirkenden, von Cubicle-Stellwänden abgetrennten, fensternahen Matratzenlager zugewiesen wurde und wo ihr bislang, seit ihrer Ankunft auf der Insel, noch keine andere dort untergebrachte Person begegnet ist, steht Frances Ford und liest, auf ihrem Endgerät, das durch ein sehr kurzes Ladekabel mit der einzig verlässlichen Steckdose auf der gesamten Etage verbunden ist, alte E-Mails der verstorbenen Schauspielerin Mona Bauch, die ihr von deren verzweifeltem Vater nach dem Treffen im Royal Ramaan Residence Hotel weitergeleitet wurden. Von draußen ist das Rauschen eines tropischen Regenschauers zu hören, das Frances Ford sehr angenehm ist, weil es die bedrückende Abwesenheit anderer Geräusche auf der insgesamt schlechtbeleuchteten, auf unheimliche Weise leblosen Büroetage überdeckt.

Die amerikanische Literaturwissenschaftlerin glaubt nicht wirklich daran, dass ihr die Lektüre der E-Mails der Schauspielerin für ihre eigene Sache von Nutzen sein wird.

»*Lieber Papa.* Vielleicht würde ich dir häufiger schreiben, wenn es eine passende Anrede für diese Briefe gäbe. Etwas, das sich richtig anfühlt, nicht so seltsam und fremd. Einen Namen im eigentlichen Sinn – ein Wort, das dich bezeichnet. Ich müsste mir wohl selbst eines ausdenken, es ist also mein eigenes Versäumnis. Entschuldige bitte, wahrscheinlich kannst du mit diesem Einstieg überhaupt nichts anfangen. Ich könnte ihn einfach wieder löschen und von vorn anfangen, aber ich habe so viel schon gelöscht und so oft schon von vorn angefangen … das ist ja das Problem, das bei der Anrede schon losgeht.

Ich weiß nicht, ob es mit der Schauspielerei zusammenhängt, dass ich nie über dieses Stadium der pubertären Selbstbespiegelung hinausgekommen bin. Gerade in letzter Zeit erscheint mir alles, was ich schreibe, so entsetzlich *mädchenhaft*. Das ist natürlich Gift für so einen *Brief an den Vater* – weil er dann eigentlich nur läppisch geraten kann oder als eine völlige Überforderung. In beiden Fällen wird dann wieder jede Möglichkeit verhindert, sich tatsächlich *auszutauschen* (warum habe ich eigentlich das Bedürfnis, jedes zweite Wort kursiv zu schreiben?). Ich kann dir hier also entweder ein paar unverbindliche Zeilen hinschreiben, die davon handeln, dass es mir gut geht und dass du dir keine Sorgen machen musst, vielleicht noch eine kleine Anekdote aus der letzten Zeit, die meine Selbstständigkeit unterstreicht und die Harmlosigkeit meiner Freunde, einen verträumten Ausblick auf ein Ziel, von dem ich annehmen könnte, dass du es für jemanden wie mich vor Augen hast. Damit du dich freuen kannst, dass sich deine Tochter auf dem rechten Weg befindet. Oder ich könnte hart und ernst sein, wie diese pubertären Gefühle ja auch oft hart und ernst sind, gnadenlos gegen die ganzen Verlogenheiten und den falschen Schein. Warum auch sollte ich irgendwas hier hinschreiben, damit es *dir* besser geht? Vielmehr müsste ich dir doch einen ganzen Haufen Fragen stellen, die dich, als den stillen, zurückhaltenden Mann, den ich in Erinnerung habe, ein bisschen verunsichern und aus der Reserve locken. Aber wahrscheinlich bist du auf die Art gar nicht zu erreichen und ziehst dich nur noch weiter zurück. Manchmal denke ich, du bist wie so ein gepanzertes Tier, das man aufbrechen müsste, um an den weichen Kern zu kommen. Bestimmt geht dir das alles schon zu weit oder du sitzt einfach nur ratlos vor diesen Zeilen.

Bestimmt werde ich den ganzen Brief am Ende doch wieder löschen und stattdessen so einen läppischen Kurztext aufsetzen. Ich würde dir eigentlich gern erzählen, wie krass dieser Ort hier ist – aber dann denke ich wieder, um gerade *dir* verständlich zu machen, weshalb dieser Ort gerade für *mich* so krass ist, müssten wir doch vorher einmal begriffen haben, wer *wir* überhaupt sind und was wir für eine Sprache miteinander sprechen müssten, damit das rüberkommen kann, von meiner Seite auf deine, um die halbe wirkliche Welt und über den unermesslichen Graben zwischen meiner Situation hier und deiner Situation dort. Du bist mir ja *im Grunde*, wie man sagt (und vor allem da!), völlig fremd. Die ganze Zeit, während ich diesen Brief hier schreibe, sagt eine Stimme in meinem Kopf: *Das macht man doch nicht!* Ich glaube, es ist meine eigene Stimme, zumindest vom Klang her, die aber gar nicht *für mich* spricht. Oh je!

Wie könnte ich dir das beschreiben, dass du es auch verstehst – dass ich ganz lange nicht begriffen habe, weshalb die Leute hierbleiben möchten, wo alles so offensichtlich schon den Bach runtergegangen ist und nichts richtig funktioniert und niemand mehr wirklich Verantwortung übernimmt und das ganze Personal, die Menschen, denen man begegnen kann, ohne Ausnahme aus Verlorenen besteht, Egozentriker, die vor der Welt oder vor sich selbst geflüchtet sind. Aber gerade die Frauen, *lieber Papa*, die hier gestrandet sind, und wie schön wäre der Gedanke, dass du das verstehen kannst, sie sind Löwinnen allesamt. Und ich bin eine von ihnen und fühle mich bei ihnen und mit ihnen so richtig wie vielleicht nie zuvor. Es ist schon so, dass sie mich hier erkennen – also dass sie diese lächerliche Doppelgängerin wiedererkennen, die *berühmt* geworden ist. Aber es ist egal. Soweit ich das überblicken kann, bin ich hier die einzige *prominente* Person – und es ist komplett wurscht. Die Leute sind mit sich selbst beschäftigt. Über diese Sachen kann ich normalerweise noch nicht mal nachdenken, ohne Bauchschmerzen zu bekommen. Und hier sitze ich jetzt und schreibe ausgerechnet in einem Brief an *dich* darüber, wie es sich hier mit meiner *Berühmtheit* verhält.

Die Internetverbindung auf der Insel ist miserabel. Gleichzeitig ist es auch ein Wunder, dass es überhaupt noch Internet gibt. Gestern habe ich einen grauhaarigen Mann gesehen, der mit seinem Endgerät durch die Straßen gelaufen ist, auf der Suche nach einem Signal. Erst dachte ich, dass er alles fotografiert, dass er die ganze Stadt erfassen will, bis ich verstanden habe, dass er nur nach einer halbwegs stabilen Verbindung gesucht hat. Es gibt keinen verlässlichen Punkt auf der Insel, an dem man gut ins Internet kommt. Es wandert herum und man findet es immer an einem anderen Ort als beim letzten Mal. Wie diese rasenden Wolken, die ständig über den Himmel treiben. Manchmal sehen sie wie schwere graue Kampfschiffe aus, dann haben sie den Regen dabei. Und weil es eben kaum je Internet gibt, zumindest nicht in einer erträglichen Geschwindigkeit, ist der ganze Ruhm, den jemand theoretisch haben kann, die Filme und die Videos, die Besprechungen, der Klatsch, der ganze virtuelle Müll, aus dem so eine Bekanntheit schließlich besteht, gar nicht permanent verfügbar – wunderbar, wirklich.

Ich habe keine Ahnung, wie das mit dem Internet überhaupt funktioniert. Ich hatte irgendwie gedacht, dass es für ein funktionierendes Internet auch einen funktionierenden Staat braucht, was natürlich völliger Quatsch ist. Wahrscheinlich ist es wie mit dem Strom (den es erstaunlich regelmäßig gibt) – dass die Versorgung von denen abhängt, die hier von vielen die *Eigentlichen* genannt werden. Mir kommen sie eher wie Soldaten vor. Jedenfalls sind sie alle bewaffnet und kontrollieren den gesamten Verkehr auf den Atollen. Unter ihnen gibt es bestimmt noch ein paar, die von der einheimischen Bevölkerung abstammen, aber sicher sind es ebenso viele Piraten und Abtrünnige aus den umliegenden Gewässern. (Ich glaube, hier muss ich ausdrücklich klarstellen, dass ich das alles aufschreibe im Versuch, dir diesen Ort verständlich zu machen, und *nicht*, damit du anfängst, dir Sorgen um mich zu machen. In meinem alten Leben, das du ja nicht müde geworden bist, vor meinen Zweifeln in Schutz zu nehmen, musste ich mit sehr viel skrupelloseren und brutaleren, fundamental asozialen, beschädigten und schädlichen Menschen zurechtkommen und mich arrangieren). Man sieht die Eigentlichen eigentlich kaum. In der Stadt lassen sie sich so gut wie gar nicht blicken. Die Stadt gehört uns Egozentrikern und Introvertierten, zumindest wird uns diese Illusion gestattet.

Ich verstehe nicht, warum es ausgerechnet die *Eigentlichen* sein sollen. Müsste man nicht eher die *Entscheidenden* sagen? Aber was frage ich *dich*! Ich denke mir halt ständig, dass das doch *am Ende des Tages* ganz einfache Soldaten sind. Und dann frage ich mich, was dann dieses *Eigentliche* sein soll. Ob das wirklich gemeint ist, dass die Eigentlichen diejenigen mit den Maschinengewehren sind, die Putschisten. Von den Englischsprachigen werden sie auch die *Commons* genannt, was ich nur noch verwirrender finde. Ich musste mir auch schon vorstellen, dass diese Leute Schwimmhäute zwischen den Fingern haben und Kiemen hinter den Ohren, so bescheuert geht es hier bereits zu in meinem Kopf. Es gibt noch ein paar *Ureinwohner*, die hiergeblieben sind und sich keiner bewaffneten Front angeschlossen haben. Das sind die traurigsten Gestalten in dieser Inszenierung. Wenn man ihnen begegnet, sieht man in ihren Gesichtern den ganzen Verlust, nicht nur der Nation und der *Identität* (was auch immer das sein soll). In ihren Gesichtern sieht man diese Inseln wirklich *untergehen*, das Paradies, das dieser Ort einmal gewesen sein muss. Wir anderen haben uns ja nur selbst zur finalen Party eingeladen. Wir ziehen sicher weiter, wenn es vorbei ist.

Als ich noch in Paris gelebt habe, bevor die Stadt komplett unerträglich geworden ist, gab es am Place Paul Verlaine in der Butte-aux-Cailles ein Schwimmbad, in das ich gern gegangen bin. Das Schwimmen habe ich immer schon geliebt. Und das Schwimmbad in Paris war so ein schöner Gewölbebau aus den 1920er Jahren. In der Zeit, in der ich regelmäßig dort hingegangen bin, waren die ganze Architektur und die Auslegung aber längst viel zu klein für all die Menschen, die in dem Viertel gewohnt haben. Oft waren so viele Leute schon am Schwimmen und war das Wasser so aufgewühlt, dass man geglaubt hat, man steigt in ein Piranhabecken, in dem gerade ein Elefant verspeist wird. Und trotzdem wollten wir natürlich alle noch unseren Sport machen, jeder für sich in seiner von ihm oder ihr bevorzugten Geschwindigkeit, und so waren alle einander ständig im Weg, entweder zu langsam oder zu schnell, haben sich vorbeigedrängelt und getreten und sind beim Wenden am Beckenrand mit den Überholenden zusammengestoßen. Es war eigentlich unmöglich, in diesem Schwimmbad in einen Rhythmus zu kommen.

Hier gibt es am Westrand der Insel noch ein kleines Schwimmbecken in einem ehemaligen Krankenhaus. Ein Paar aus Holland bekommt es irgendwie hin, dass das Wasser halbwegs okay ist und man noch darin schwimmen kann. Und obwohl man im Meer eigentlich überhaupt nicht mehr baden kann, geht kaum jemand jemals in dieses kleine Schwimmbad. Es ist immer ganz ruhig da. Ich weiß gar nicht, warum ich dir das überhaupt erzähle. Hier ist einfach ständig überall so ein kontinuierliches Rauschen. Entweder die Wellen und die Brandung oder der Regen oder der Wind in den Palmen. Und die Gedanken rauschen mit und ganz oft dreht die Stimme im Kopf dann richtig auf und wird immer lauter und brüllt gegen dieses Rauschen an. Unter Wasser, im Schwimmbad, wird es dann wirklich einmal still. In Paris war ich die ganze Zeit damit beschäftigt, mich über die anderen aufzuregen, die mir im Weg waren oder so rücksichtslos geschwommen sind. Hier denke ich beim Schwimmen überhaupt nichts mehr. Und die Zeit – vielleicht geht es darum – vergeht so schnell im leeren Schwimmbad auf der Insel. In Paris hat es jedes Mal ewig gedauert, eine Stunde zwischen den anderen irgendwie durchzuschwimmen, um das eigene Sportpensum für den Tag zu absolvieren. Weil man sich ständig auf die anderen einstellen musste, weil einem immer jemand im Weg war und die eigene Bahn gestört hat. Ich glaube, man kann da vielleicht etwas Größeres ableiten, was mit dem Leben grundsätzlich und nicht nur mit dem Schwimmen zu tun hat. Die Zeit vergeht so schnell, wenn man ungestört dahinlebt, wenn sich einem keiner in den Weg stellt, wenn einen niemand stört auf der eigenen Bahn. Wahrscheinlich – und das habe ich mir eben hier auf der Insel schon häufig gedacht – vergeht das Leben am schnellsten, wenn man wirklich einmal ganz ungestört allein ist. Das Leben in Gesellschaft, also eines, das ständig seine Richtung ändern muss, weil es sich tatsächlich stören lässt von den anderen, anstatt nur immer wieder über sie hinwegzugehen, das dauert ewig. Deshalb hält das ja auch niemand aus und zieht sich jeder irgendwann auf sein Eigenes zurück.

Dass es keine Kinder gibt, ist wirklich seltsam. Es ist eine Erwachsenengesellschaft – voller Zweifler, unreif und egozentrisch. Manchmal denke ich, dass ein paar Kinder schon die Antwort wären. Aber das ist natürlich Schwachsinn. Man muss sich ja nur mal vorstellen, wie man mit einem Kind an der Hand die Häuser hier schließlich ins Meer stürzen sieht.

Vor ein paar Tagen wurde am südlichen Stadtrand ein Toter angespült. Die Person war wohl lange Zeit im Wasser und die Vögel hatten sich ihren Teil schon abgeholt. Es war nicht mehr zu erkennen, wer das war. Der Körper wurde von einem alten Mann auf ein altes Motorboot geladen und keine Ahnung wo hingebracht. Das Absurde ist, dass niemand die Person *vermisst* hat. Sie hat uns nicht gefehlt. Wir wussten nicht, wer das war. Es war einfach eine unkenntliche tote Person, die vielleicht hier unter uns gelebt hat und unbemerkt gestorben ist und dann nochmal *vorbeigeschaut* hat, ohne eigene Augen im Gesicht.

So sieht er also aus, *lieber Papa*, mein Brief an dich. Ich suche mir jetzt einen Ort, an dem ich ihn abschicken kann – gespannt, ob ich es wirklich mache oder doch wieder alles löschen werde.

Fühl dich jedenfalls gedrückt – und vielleicht auch ein bisschen getreten – von deiner M.«

Frances Ford lässt ihr Endgerät am Ladekabel in der Kaffeeküche auf dem verkalkten Spültisch liegen und geht zurück zu ihrem Matratzenlager am Fenster. Der tropische Schauer ist noch nicht ganz über die ehemalige Hauptstadt der Inselrepublik hinweggegangen. Trotz des Regens und obwohl die Straßen nicht mehr von Laternen beleuchtet sind, ist es draußen vor der Fensterfront des Großraumbüros ein wenig heller, ein wenig weniger schwarz, etwas dunkelblauer als im Inneren. Die Augen der amerikanischen Literaturwissenschaftlerin sehen, als sie sich vom Leuchten ihres Endgeräts erholt haben, die Bewegung der Schatten des an der Fensterfront hinabrinnenden Regenwassers als einen riesigen, sich in der Dunkelheit des Großraumbüros windenden Schlangenhaufen. Sie denkt, dass sie diese Bewegung vielleicht vorher schon, hinter dem Text der E-Mail der verstorbenen

Schauspielerin an ihren Vater, wahrgenommen hat und dass sie jetzt noch nachleuchtet wie der Schein des Bildschirms ihres Endgeräts.

◐

Im Grillrestaurant *Hühnersultan*, erstes Obergeschoss eines hafennahen Gebäudes, mit Blick auf verrostete Kräne und aufgebrochene, leergeräumte Frachtcontainer, auf das schäumende Meerwasser, das über die Flutmauern gespült wird und die geraden Abgrenzungen des Hafenbeckens längst verschluckt hat, sitzen, im Uhrzeigersinn um eine fettglänzende Tischplatte herum: der Finne Përparim Hämäläinen, wenigen als Träger einer olympischen Silbermedaille im Doppelzweier bekannt, seit einem schrecklichen Unfall im Glaserei-Großbetrieb seiner Heimatstadt Nokia mit einer Plastikhand am rechten Unterarm, die beim Essen unbeteiligt neben dem Teller liegt, der übergewichtige Romanschriftsteller Adel Politha, der die Runde an diesem Nachmittag zum Essen in den Hühnersultan eingeladen hat, der pensionierte Schiffskoch Harrison Odjegba Okene, der beim Kauen laut durch die Nase schnauft, und der minderjährige Timo Kröcher, der nicht zuletzt aufgrund seiner Minderjährigkeit von allen nur beim Nachnamen genannt wird und seit seinem Auftauchen auf der Insel beharrlich jede Aussage darüber verweigert, wer und wo seine Eltern sind, wie er überhaupt hierhergekommen ist und wohin man ihn zurückschicken soll, damit er in die Schule gehen und von seinen Erziehungsberechtigten erzogen werden kann. (Der junge Kröcher hält sich gern in der Gesellschaft von Leuten auf, die seine Sprache nicht sprechen, von diesen Leuten lässt er sich ohne Widerspruch zum Essen einladen).

Vor jeder der vier Personen steht ein breites Pappschiffchen, das mit frittierten Hähnchenteilen gefüllt ist. Zwischen ihnen, mittig auf dem Tisch, befinden sich eine Rolle Küchenpapier, eine Tube scharfe Soße und ein Hühnerei aus Plastik auf einem schwarzen Sockel, das die Tischnummer angibt. Die Musik im Sultan ist fabelhaft wie immer, die Essenden schwitzen. Eine große Hitze kommt von der offenen, eine komplette Raumseite des Grillrestaurants ausfüllenden Edelstahlküchenzeile her, in der eine heißglühende Wand aus Heizstäben langsam rotierende Hähnchenkörper in einen knusprig orangebraunen Zustand versetzt und wo, an einer ebenfalls stählernen Arbeitsplatte, der Betreiber des Hühnersultan, Wahid Barbari, das fertig gerupft, geköpft und ausgeweidet in einer Plastiktonne angelieferte Geflügel mit einem Küchenbeil zerteilt, anschließend paniert und in einem großen Gitterkorb im brizzelnden Frittierfett einer Gastrofritteuse der Marke *Trusty-Crust* versenkt.

Im Hühnersultan herrscht permanent eine Temperatur, die die ohnehin schon niederdrückende Hitze draußen noch weit übertrifft. Im oberen linken Eck der Fensterfront, die der Küchenzeile gegenüberliegt und sich nirgends öffnen lässt, wurde vor Jahrzehnten eine Klimaanlage eingesetzt, die längst nicht mehr funktioniert. Wenn es draußen regnet, beschlagen im Hühnersultan die Scheiben. Die Gäste an den Fenstertischen zeichnen dann mit ihren fettigen Fingern Bilder und Schriftzüge in den feuchten Beschlag, die auch noch sichtbar bleiben, wenn die Scheiben längst wieder getrocknet sind. Sobald sich diese Gästezeichnungen zu einem opaken Fettfilm vermengt haben, werden die Scheiben von Wahid Barbaris Sohn Maliko geputzt.

Die vier Essenden sitzen nicht an einem Fenstertisch, sondern mittig im Restaurant. Sie sind die einzigen Gäste. Ihre Gesichter glänzen. Die Fensterfront ist vor kurzem erst geputzt worden. Bislang sind auf ihr nur die Fettfingerzeichnungen eines stilisierten Penis mit zwei U-förmigen Hoden, einer lächelnden Sonne, eines Hundegesichts mit einer Sprechblase, in der das Wort *kläff* steht, und der Schriftzug *you are everything and everything is you* zu sehen. Vor der Fensterfront scheint die Sonne, wodurch die Zeichnungen besonders gut zu erkennen sind.

Der Romanschriftsteller Adel Politha hat den Finnen Hämäläinen und den pensionierten Schiffskoch Odjegba Okene in den Hühnersultan eingeladen, damit sie ihm ihre Lebensgeschichten erzählen. Er möchte ihre Biografien gerne als Romanstoffe verwenden. Den jungen Timo Kröcher haben sie auf dem Weg zum Sultan aufgelesen und ebenfalls eingeladen, weil er auf eine besonders knochige Art mit rundem Rücken auf einer Hafenmauer saß und den Eindruck machte, als müsste er mal wieder etwas essen.

Adel Politha hat bereits einige Übung darin, im Hühnersultan Gespräche zu führen, die seiner Romanrecherche dienen sollen. Wenn ihm auf der Insel eine interessante Person begegnet, die in sein jeweils aktuelles Romanprojekt passt oder den Entwurf eines ganz neuen Romanprojekts nahelegt, lädt er diese Person meistens in den Sultan ein, um über seine Vorstellungen und die Biografie der Person zu sprechen. Politha hat die Hähnchenteile aus dem Pappschiffchen perfekt in die Gesten integriert, die er benutzt, um das mit halbvollem Mund noch während des Kauvorgangs an seinen Gegenüber adressierte Gesagte zu untermalen. Aber nicht nur beim Essen, sondern auch sonst, im Freien unter den verbliebenen Palmen oder im Blauen Heinrich an der Bar, spricht Adel Politha mit dem bedrückenden Selbstbewusstsein des Übergewichtigen über sich und seine Arbeit und die Notwendigkeit der Geschichten der anderen. Niemand hat je einen vollendeten Roman von Adel Politha gelesen. Allein seine unermüdlichen Recherchen für ständig neue Projekte machen ihn zum allseits anerkannten Chronisten des Lebens der Ausgestiegenen in Malé.

Adel Politha bittet Harrison Odjegba Okene, den Anfang zu machen. Der schaut kauend und schnaufend eine Weile auf die fettigen Finger des Romanschriftstellers, die keine Anstalten machen, das Auseinanderreißen und Zummundführen der Hähnchenteile zu unterbrechen, um sich Notizen zu machen oder ein Aufnahmegerät einzuschalten. Politha bemerkt den Blick, der ihm aus anderen Interviews bereits bekannt ist, und erklärt, dass er über die zum Schreiben unerlässliche Gabe eines hypergenauen Gedächtnisses verfüge, was genau genommen in vielen Lebenslagen ein grausamer Fluch sei, ihm aber gestatte, geführte Gespräche noch Jahre später Wort für Wort wiedergeben zu können. Er gibt ein kurzes Beispiel von einem weit zurückliegenden Gespräch mit einem Filmschauspieler, von dem niemand am Tisch je gehört hat und das allen in dem Moment frei improvisiert vorkommt.

Der pensionierte Schiffskoch Harrison Odjegba Okene erklärt den Essenden am Tisch im Hühnersultan, dass er seine Geschichte schon sehr oft erzählt habe. Seiner Familie, den Zeitungen und den Fernsehsendern, der Küstenwache, den Behörden und den Vertretern der Versicherung seines damaligen Arbeitgebers. Dass es für ihn nie einen Zweifel darüber gegeben habe, dass es sich bei seiner Geschichte um die Geschichte eines Menschen handelt, dem von Gott das Leben ein zweites Mal geschenkt wurde, als er eigentlich schon tot war. Dass die verschiedenen Instanzen, denen er seine Geschichte erzählt hat, diese aber immer auf ihre je eigene Art ausgelegt hätten, was nicht zuletzt ein Grund dafür sei, dass er sich dazu entschieden habe, hierher auf diese Insel zu kommen, zumindest für eine Weile. Dass er nun Adel Politha diese Geschichte noch einmal zu erzählen bereit sei, liege daran, dass er glaube, all die Dokumente, die bereits existieren, die Fernsehbeiträge und Zeitungsberichte, würden seine Überzeugung, von Gott gerettet worden zu sein, höchstens in einem Nebensatz erwähnen oder unter den Tisch fallen lassen oder auf eine sehr überhebliche Art belächeln.

»Das Wunder und das Problem meiner Rettung«, sagt Okene, »bestehen aber genau darin, dass ich von Gott ausgewählt wurde, als Einziger das Unglück zu überleben, das mich und meine Mannschaft heimgesucht hat.«

Politha zeigt mit dem Gelenkknorpel eines abgenagten Hühnerknochens auf Harrison Odjegba Okene, als wollte er sagen, dass das genau die Art Geschichte ist, die er hören möchte.

»Zur Zeit des Unglücks«, erzählt Okene, »war ich in Nigeria bei einem Dienstleistungsunternehmen für maritime Logistik angestellt, das eine Flotte von Schleppern und Versorgungsschiffen unterhält. In der Hauptsache haben wir die großen Öltanker im Küstengebiet beliefert oder in die Häfen geschleppt. Ich war als Catering Officer auf der *Jascon 4*, wir hatten den Auftrag erhalten, am Morgen einen Öltanker in Schlepptau zu nehmen, und waren abends aus dem Hafen ausgelaufen. In der Nacht ist ein Sturm aufgekommen, den wir wohl alle unterschätzt haben. Unser Schiff ist noch vor Sonnenaufgang in starke Schieflage geraten und schließlich gekentert.

Die *Jascon 4* ist sehr schnell gesunken, bevor sich auch nur ein einziges Mitglied der Besatzung von Bord retten konnte. Es war auch noch früh am Morgen und die meisten von uns auf ihren Kabinen. Ich stehe sehr früh auf, weil ich ja das Frühstück für die Besatzung richten muss, und war deshalb schon auf der Toilette unter Deck. Unser Schiff ist komplett durchgekentert, wie wir sagen, es hat sich also kieloben auf den Kopf gedreht und ist etwa dreißig Kilometer vor der Küste in ungefähr dreißig Metern Tiefe mit einem ungeheuren Knirschen auf dem Meeresgrund aufgekommen. Es ging alles ungewöhnlich schnell. Ich wurde ein paarmal gegen die Wände geschlagen, habe aber zu keinem Zeitpunkt das Bewusstsein verloren. Ich konnte noch die Tür in den Verbindungsgang aufstemmen, wo ich von einer Welle aus eiskaltem Meerwasser erfasst wurde, die auch schon ein paar meiner um Hilfe rufenden und um ihr Leben schreienden Kameraden mitgerissen hatte. Ich wurde überspült und habe die Orientierung verloren, bis ich plötzlich durch eine Tür hindurchgedrückt wurde, die sich auf magische Weise hinter mir fest verschlossen hat. Nur ich wurde durch diese Tür gespült. Ich habe die Tür nicht berührt. Niemand hat die Tür berührt, sie hat sich von selbst geschlossen und das Wasser hat sich beruhigt. Ich konnte an die Oberfläche tauchen, in eine Blase aus Luft, die sich in dem Raum gebildet hatte. Dort konnte ich atmen. Es war stockfinster und ich konnte nichts sehen, nicht das kleinste Licht. Ich hörte, als ich um Hilfe rief, den Widerhall meiner eigenen Stimme von den Wänden. Es war nur sehr wenig Raum, der über Wasser lag. Inzwischen weiß ich, dass sich über mir der Fußboden befand und dass ich in den Toilettentrakt zurückgespült worden war, weil das später von der Rettungsmannschaft rekonstruiert wurde. Damals hörte ich nur, dass ich vom Stahl des Schiffsbauchs umgeben war und dass niemand außer mir den Weg durch die Dunkelheit in die Luftblase gefunden hatte. Ich war lediglich mit den Boxershorts bekleidet, die ich zur Morgentoilette getragen hatte. Das Wasser war wirklich sehr kalt. Ich habe blind um mich getastet und dann habe ich Dinge von den Wänden abgerissen und mir damit eine kleine Stufe gebaut, aber ich konnte nie mit dem ganzen Körper aus dem Wasser. Ich habe um Hilfe geschrien und ich habe gefroren und ich habe gebetet. Ich habe jedes Gebet aufgesagt, das ich kenne. Es machte keinen Unterschied, ob ich die Augen geschlossen oder offen hatte. Ich fing an, sehr deutlich Dinge in der Dunkelheit zu sehen, die ich mir vorgestellt habe. Und ich musste mich fragen, ob ich es denn mitbekommen würde, wenn ich verrückt werde oder einschlafe oder sterbe, wenn ich nichts sehen kann außer der Finsternis und die Bilder aus meiner Fantasie.

Man hat mir gesagt, dass ich drei Tage dort unten in meiner Luftblase verbracht habe. Für mich war es unmöglich, ein Gefühl für die Zeit zu bekommen. Aber nach einer Weile, nachdem ich aufgehört hatte, um Hilfe zu rufen, war mir klar, dass außer mir niemand mehr am Leben war. Kurz darauf hörte ich Geräusche von großen Fischen, wahrscheinlich waren es Haie, die ins Schiff eingedrungen sind und sich um die Leichen gestritten haben. Das kann man sich vielleicht nicht vorstellen, aber es gab für mich keinen Zweifel, dass es das war, was ich hörte. Es war jedenfalls keine menschliche Bewegung mehr. Nur ein Schlagen und Poltern von sehr hektischer, tierischer Art. Ich weiß noch, dass ich das Wort *Blutrausch* im Kopf hatte und dass ich angefangen habe, meinen Körper abzutasten, ob ich selbst verletzt bin, weil ich Angst hatte, dass die Tiere mich dann riechen würden.«

Harrison Odjegba Okene schaut aus Höflichkeit einmal in die Runde, ob seine Geschichte einem der Essenden den Appetit verdirbt. Niemand scheint aber die eigene Mahlzeit mit der Zerfleischung der toten Matrosen im Bauch der *Jascon 4* zu assoziieren.

»Ein Taucherteam, das vom Mutterkonzern meines Arbeitgebers engagiert war und zu dem Zeitpunkt gerade an den Rohren einer Pipeline gearbeitet hat, wurde verständigt und angewiesen, nach unserem Schiff zu suchen. Als sie es schließlich gefunden haben, hatte schon niemand mehr die Hoffnung, einen lebenden Menschen aus dem Wrack zu bergen. Es gibt ein Video von meiner Rettung durch einen dieser Taucher, das von seiner Helmkamera aufgenommen wurde und später zu einem viralen Hit im Internet geworden ist, der für mich aber eher ein viszeraler Hit gewesen ist, wie ein Schlag in den Magen.«

Okene schaut sich seine Zuhörer an und muss feststellen, dass sein Wortwitz nicht verstanden wurde oder einfach nicht gezündet hat. Vielleicht, denkt er, weil niemand an dieser Stelle einen Wortwitz von mir erwartet hätte oder weil ich einfach nicht der Typ bin, der einen Wortwitz so anbringen kann, dass er auch zündet. Er sieht die anderen allerdings Gesten der Zustimmung machen, die ihm signalisieren, dass sie alle damals das Video im Internet gesehen haben, das im wahrsten Wortsinn um die Welt gegangen ist und millionenfach angeklickt wurde. Sogar der junge Kröcher macht eine solche Geste, wobei sich allerdings nicht sagen lässt, ob er nur die Gesten der anderen imitiert.

»Ich habe dieses Video nach meiner Rettung natürlich auch selbst gesehen. Weil ich so lange unter Wasser gewesen bin, musste ich zuerst für weitere drei Tage in eine Dekompressionskammer gesteckt werden, die mir wie ein stählerner Sarg vorgekommen ist, für den Toten, der ich ja eigentlich war. Als ich schließlich nach Hause durfte, war mein Fall schon von den Zeitungen und Fernsehsendern aufgegriffen worden. Und bevor ich meine Geschichte so erzählen konnte, wie ich sie erlebt habe, wurde dieses Video veröffentlicht, das meine Rettung aus der Helmkameraperspektive des Tauchers zeigt.

Für mich war die Ankunft des Tauchers zuerst das Erscheinen eines kleinen Lichtflecks im Wasser, der größer geworden ist und sich genähert hat. Ich wusste nicht, ob ich meinen Augen trauen kann, weil ich zuvor ja schon vieles gesehen hatte, was nur in meiner Vorstellung da war, und weil dieses Licht auch eine Öffnung hätte sein können, durch die ich nicht nur aus dem Schiff und dem Ozean, sondern ganz aus der Welt und aus dem Leben hätte verschwinden können. Im Video sieht man, wie der Taucher mit seiner Lampe durch das Wasser leuchtet und wie vor ihm plötzlich eine Hand auftaucht. Man hört den Einsatzleiter, mit dem er über Funk verbunden ist und der alles sieht, was die Kamera aufzeichnet, wie er sagt: *Ah, you found another one*, weil sie, wie gesagt, davon ausgegangen sind, dass die Besatzung nach drei Tagen unter Wasser tot sein muss, und weil sie vorher nur Leichen gefunden haben oder Teile von Leichen, die die Haie übrig gelassen haben. Es war aber meine Hand, die ich dem Licht entgegengestreckt habe, und als der Taucher sie gegriffen hat, habe ich selbst auch zugegriffen. Ich dachte, entweder werde ich gerettet, oder ich werde von Gott in den Himmel geholt. Ich dachte, egal, was es ist, ich bin bereit.

Der Taucher ist sehr erschrocken. In dem Video hört man ihn mit seiner quäkenden Heliumstimme immer wieder *he's alive, he's alive* rufen. Und dann taucht das Kamerabild aus dem Wasser auf und man sieht mich, wie ich vom Taucher mit seinem Licht angeleuchtet werde, und das ist der Punkt, an dem mir das Video jedes Mal einen Schlag versetzt. Weil ich darin so ängstlich aussehe. Man sieht mich auch etwas sagen, aber ich kann mich nicht erinnern, dass ich etwas gesagt habe. Ich sehe aus wie jemand, der versucht, einen Dämon abzuwehren. Und als würde ich gar nicht wollen, dass man mich aus meiner Luftblase befreit. In meiner Erinnerung war ich bereit, das Schicksal zu akzeptieren, das Gott für mich bestimmt hat. In dem Video sehe ich aber nur meine Angst. Keine Zuversicht.«

Harrison Odjegba Okene macht eine lange Pause und schaut vor sich auf das Plastikei mit der Tischnummer. Niemand sagt etwas, die anderen sind inzwischen mit dem Essen fertig und halten zerknüllte Küchentücher in ihren Händen.

»Ich wusste es und meine Frau und meine Brüder wussten es und für uns alle bestand nicht der geringste Zweifel daran, dass Gott mich aus dieser Lage gerettet hat. Dass Gottes Nachricht an mich war, dass ich mein Dasein und meinen Auftrag noch nicht verwirklicht und erfüllt habe. Dass Gott mich noch braucht auf dieser Welt und noch nicht zu sich in den Himmel holen kann. Dass ich die frohe Botschaft meiner Rettung verkünden muss unter den Menschen. Dass ich es ihnen erzählen muss: Unser Herr ist ein gütiger Gott, der mir das Leben ein zweites Mal geschenkt hat, als ich eigentlich schon tot war.

Aber leider habe ich schnell bemerkt, dass ich ein schlechter Prediger bin. Die Leute haben sich sehr für das Video interessiert, aber sie wollten nicht hören, was ich zu meiner Rettung zu sagen hatte. Sie waren wütend auf Gott, weil er sich ihnen nicht zeigen wollte, wie er sich mir gezeigt hat. Weil sie weiterhin ihr Leid erdulden mussten und nicht gerettet wurden. Sogar meine Frau und meine Brüder, für die am Wunder meiner Rettung kein Zweifel bestand, sagten immer wieder zu mir: Harrison, wie kann es sein, dass unser Gott dich aus dem Schiff gerettet hat, dass er dir eine Luftblase geschenkt hat und einen Taucher, der dich gefunden hat, damit du heimkehren kannst zu uns, wie kann es sein, dass derselbe gütige Gott unsere Felder vertrocknen und unsere Tiere verhungern lässt, wie kann es sein, dass unsere Kinder krank werden und sterben, wo du doch der Beweis dafür bist, dass unser Gott uns erlösen kann, wenn er will?

Ich konnte ihnen ihre Fragen nicht beantworten. Ich konnte ihnen nur sagen, dass ich in der Dunkelheit meiner

Blase unter Wasser, nachdem ich alle Gebete gebetet hatte, die ich kenne, laut ausgesprochen habe, dass ich bereit bin. Dass Gott mich zu sich nehmen kann, wenn das sein Wunsch ist. Er hat mich aber nicht zu sich genommen, sondern er hat den Taucher geschickt, der meine Hand ergriffen hat. Aber noch nicht mal dieser Taucher wollte etwas davon wissen, dass er von Gott geschickt worden war, um mein Leben zu retten. Er ist ein sehr bescheidener Mensch, der mir immer wieder versichert hat, er habe nur seine Arbeit getan.«

Auf ein Zeichen von Adel Politha werden den vier im Hühnersultan Sitzenden von Wahid Barbari gekühlte Kokosnüsse mit bunten Strohhalmen serviert. Okene, Hämäläinen, Politha und der junge Kröcher trinken den Saft, bis aus jeder Nuss nur noch ein feuchtes Röcheln zu hören ist. Politha ist der Erste, der aufschaut und sagt, dass ihn die Geschichte von Harrison Odjegba Okenes Rettung an einen wiederkehrenden Traum erinnert, den er träumt, seit er auf die Insel gekommen ist.

◐

Die beiden Milizionäre, die im Schnellboot an der zerstörten Brücke der Freundschaft vorbeifahren, auf der die Person steht und schaut, nachdem sie morgens beim Aufwachen den seltsamen Gesang vernommen hat, blicken ernst und ungehalten auf einen Dritten, der vor ihnen im Bug auf dem Boden liegt. Der Dritte trägt ebenfalls einen Neoprenanzug, der an der linken Körperseite im Bereich der Rippen mehrfach von scharfen Spitzen durchstochen wurde. Um diese Löcher im Neoprenanzug des Milizionärs schimmert der Stoff, dunkel glänzend vom Blut, das er bereits aufgesaugt hat. Der

Kopf des Milizionärs schaukelt hin und her, er ist nicht ausreichend bei Bewusstsein, um ihn stabil zu halten. Das Meerwasser, das mit dem Auftreffen auf jeden neuen Wellenrücken über den Bug ins Boot gespritzt kommt, vermengt sich mit dem Blut des Milizionärs und rinnt den beiden aufrecht Stehenden hellrot zwischen die Füße. Die beiden Milizionäre sind nicht so sehr besorgt um das Leben des Dritten als über das böse Zeichen und die möglichen Konsequenzen, die der Biss in seiner Seite für sie bedeutet. Sie haben das Schnellboot von der Insel Maafushi her an Malé vorbei in die Lagune gesteuert und Kurs auf das Kreuzfahrtschiff genommen, das hinter dem ehemaligen *Velana International Airport* im Fährhafen von Hulhumalé vertäut liegt.

Ohne sich darüber auszutauschen, spielen die beiden in ihren Köpfen verschiedene Möglichkeiten durch. Würde der Verletzte sterben, bevor sie das Schiff erreichen, müssten sie ihn nicht mehr mit an Bord nehmen. Würde er allerdings erst auf dem Kreuzfahrtschiff seinem Blutverlust erliegen, wäre der Ort vielleicht für immer verflucht. Es verbietet sich, den Verletzten zu erschießen, solange sein Zustand noch nicht ohne Hoffnung ist. Die beiden Milizionäre hadern mit ihren Entscheidungen und dem Schicksal, das sie ausgewählt hat, den Gebissenen zum Schiff zurückzubringen. Sie empfinden sich als Boten des Unheils.

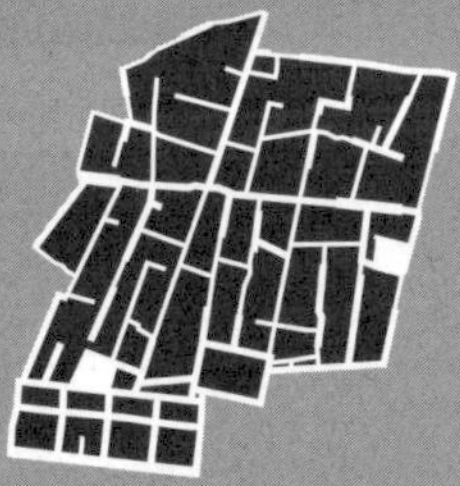

Der Wasserstand an den höhergelegenen Promenadenstraßen am Südrand der Insel ist infolge einiger wolkenlos heißer Tage und anhaltender Windstille so weit abgesunken, dass eine Gruppe Freiwilliger mit langen Greifzangen und gewebten Plastiksäcken dort entlanggehen kann, um schwimmfähigen Plastikmüll aufzusammeln. Frances Ford beteiligt sich an der Aktion, die am Vorabend, im Blauen Heinrich, in einer nostalgischen Anwandlung, die sehr weit hinter ihre eigene Lebenszeit zurückgeht, von Valeria Lenín als *Subbotnik* bezeichnet wurde.

Ford und Lenín werden beim Sammeln von der muskulösen Niederländerin Hedi Peck und einem langsam neben ihnen auf der Uferstraße dahinrollenden Amphibienfahrzeug begleitet. Es ist tatsächlich immer dasselbe Fahrzeug, das Ford seit ihrer Ankunft nun schon einige Male in den Straßen der Stadt gesehen hat. Nach dem Sturz und der Flucht der Regierung aus der gefallenen Hauptstadt, den Plünderungen und Zerstörungen öffentlicher Einrichtungen wurde dieses Fahrzeug an der ufernahen Neubauruine eines Schulgebäudes zurückgelassen. Es hat nur eine sehr geringe Reichweite, da die wenigen Mengen Treibstoff, die den Ausgestiegenen auf der Insel der ehemaligen Hauptstadt zur Verfügung stehen, fast ausschließlich zur Stromerzeugung genutzt werden. Die Frauen werfen ihre vollgestopften Säcke auf die Ladefläche des Amphibienfahrzeugs, das von einer rauchenden Kurzhaarigen gesteuert wird, deren Namen Frances Ford vorhin nicht richtig verstanden hat. Die Kurzhaarige hat verschiedene Tätowierungen auf ihren Unterarmen und außerdem einen schweren Sonnenbrand, von dem sich bereits großflächig die abgestorbenen Hautschichten ablösen. An einer von trockenen Hautfetzen umrahmten Stelle am linken Unterarm der Kurzhaarigen, der beim Fahren auf dem Futter des heruntergelassenen Seitenfensters aufliegt, sieht Frances Ford sehr deutlich und in frisch leuchtender Farbe die tätowierte Tintenzeichnung einer blauvioletten Blüte. Ford meint, dass es sich um eine Prärielilie handelt. Sie nimmt sich vor, die Trägerin der Tätowierung zu einem späteren Zeitpunkt danach zu fragen.

Die Frauen sammeln Müll für ein ambitioniertes Landgewinnungsprojekt, das die Niederländerin Hedi Peck entwickelt und entworfen hat – nach dem Vorbild, wie Frances Ford nun etwas ausführlicher erfährt, der schwimmenden Recyclinginsel *Joysxee Island* des Briten Richart Sowa, die in den frühen Jahren dieses an Wirbelstürmen so reichen Jahrhunderts verschiedenen Zerstörungen und Rückschlägen zum Trotz in einer Lagune der mexikanischen Isla Mujeres von ihm errichtet und in sich selbst erhaltender und versorgender Unabhängigkeit betrieben worden war. Hedi Peck hat nach Sowas Modell eine erste schwimmende Landmasse aus verschnürtem Plastikmüll, Holzpaletten, Mangrovenbüschen und Korallenkalk realisiert, die sich unweit des ehemaligen Krankenhauses, in dem Peck mit ihrem Begleiter Bömmel ein kleines Schwimmbad betreibt, am Ufer festgezurrt sehr gut über Wasser halten konnte, bevor sie an einem Morgen plötzlich spurlos verschwunden war. Hedi Peck geht fest und ohne Zweifel von einem Akt gezielter Sabotage aus, von dem sich unterkriegen zu lassen sie unter keinen Umständen bereit ist.

Während des Gesprächs mit Frances Ford deutet die Niederländerin auf die brüchigen Flutmauern, die noch im Auftrag der gestürzten Regierung auf den Saum des Korallenriffs in die Brandung gesetzt wurden. Für langfristig landerhaltende Maßnahmen, wie sie zum Beispiel in ihrem Heimatland ergriffen wurden, sei es inzwischen zu spät, fehlten die Mittel, würde sich ohnehin niemand zuständig fühlen. »Wir brauchen neues Land und wir müssen unseren Begriff davon, was das ist, ganz radikal überdenken. Ich will ein flexibles Land haben«, sagt Hedi Peck, »ich bin schließlich auch ein flexibler Mensch.«

Frances Ford beobachtet die neben ihr gehende Valeria Lenín, die am Gespräch unbeteiligt mit ihrer Greifzange durch den Müll wühlt, still ist wie selten und den Eindruck macht, als hätte sie das alles schon mehrmals gehört und selbst nichts hinzuzufügen. Hier draußen, im hellen Tageslicht, fällt Ford zum ersten Mal auf, dass Lenín, etwa zwei Zentimeter unterhalb der Augen, zwei mondsichelförmige Narben im Gesicht trägt, die sie vielleicht vorher für Tränensäcke gehalten hat, ihr aber jetzt ganz deutlich als absichtlich dort angebracht erscheinen. Das Narbengewebe ist glatt und bräunlich und erhaben, zwei liegende, nach oben, zu den Augen hin geöffnete Mondsicheln.

Um sich vom Anblick der Narben in Leníns Gesicht loszureißen und von Spekulationen über ihre Herkunft abzulenken, fragt Ford die Niederländerin Hedi Peck, ob sie beim Bau der neuen Landmasse auch von ihrem Partner unterstützt werde, mit dem sie das Schwimmbad im ehemaligen Krankenhaus betreibe. Peck gibt zur Antwort, dass sie die Begriffe Freund, Mann, Partner, Gefährte, Geliebter usw. kategorisch ablehne, nicht nur, aber auch weil zwischen ihr und Bömmel keine romantische Verbindung existiere und niemals existieren werde. »Ich nenne den Bömmel meinen Appendix. Das ist aber keine Beleidigung. Es ist mein Galliername für ihn.«

Weil klar ist, dass von Hedi Peck selbst in Bezug auf die Person Bömmel und ihres Verhältnisses keine weiteren Ausführungen zu erwarten sind, schaltet sich Valeria Lenín doch noch in das Gespräch über ihr bekannte Sachverhalte ein, um zu ergänzen, was ihr relevant erscheint:

»Der Bömmel ist der Hedi um die halbe Welt hinterhergereist, weil er meint, dass er sie beschützen muss. Er glaubt, dass er für ihr Leben verantwortlich ist und dass sie sich umbringen wird, wenn er sie aus den Augen lässt.«

Hedi Peck muss lachen, als wäre sie dabei erwischt worden, wie sie aus Koketterie die ihr zugewiesene Rolle absichtlich schlecht gespielt hat.

»Ich bin einmal mit dem Liegefahrrad von Groningen nach Ulan Bator gefahren und sogar dahin ist er mir gefolgt.«

Valeria Lenín zeigt auf die gegenüberliegende Seite der Promenadenstraße, wo in einiger Entfernung, hinter ein paar hüfthohen Büschen, die das verwahrloste Maafanu Cricketstadion umgeben, eine einzelne Gestalt steht und mit der rechten Hand die Augen vor der Sonne abschirmt. »Ich hätte ihn längst schon umgebracht. Ich glaube, das ist auch, was er eigentlich will. Dass du ihn umbringst oder dass er sich einmal für dich opfern darf.« Lenín winkt der Gestalt im Gebüsch aus der Entfernung zu und die Gestalt reagiert, in dem sie die freie Hand, die nicht ihre Augen gegen die Sonne abschirmt, in die Höhe streckt. »Ich kann das für dich machen, wenn du willst. Du musst es nur sagen.«

»Inzwischen finde ich es gar nicht mal verkehrt«, sagt Peck, »so einen zweiten Schatten zu haben. Was manche vielleicht schrecklich finden an dem Gedanken – dass sie nicht mehr alleine sein können und nichts vor dem anderen geheim halten, stört mich überhaupt nicht. Das geht natürlich nur, wenn man auf den anderen keine Rücksicht nimmt. Wenn ich mich jetzt ständig fragen müsste, wie sich der Bömmel dabei fühlt, wenn er mich beobachtet, was er denkt, ob er glücklich ist, ob er sich etwas anderes wünscht, das könnte ich nicht, das wäre fürchterlich. Aber der Bömmel hat es sich ja selbst ausgesucht. Ich habe ihn nie gebeten und ich habe mich nie bei ihm bedankt. Ich bin von ihm ganz unabhängig. Er ist halt immer da, das ist alles.«

Frances Ford überlegt, halblaut murmelnd, ob sie nicht vielleicht hier auf der Insel eine ähnliche Rolle einnimmt wie Hedi Pecks Appendix Bömmel. Ob sie auch so ein Schatten ist, nur in ihrem Fall ein zu spät gekommener, nur noch die Abwesenheit beschattender Schatten, der den Selbstmord nicht verhindern konnte. Die beiden anderen Frauen sind stehen geblieben und schauen mit skeptischen und vielleicht auch leicht besorgten Blicken auf die ihre eigenen Gedanken murmelnd prozessierende Frances Ford. Ihnen sind die Umstände ihrer Suche bekannt, sie verfügen über verschiedene Informationen, die Ford noch verborgen sind. Und sie teilen den Wunsch, die amerikanische Literaturwissenschaftlerin auf ihrem Weg zu leiten und ein wenig Licht in ihre Angelegenheiten zu bringen.

Frances Ford bemerkt ihre eigene Abwesenheit in der gegenwärtigen Gesellschaft, wendet sich nochmal an Hedi Peck und fragt sie, was denn der Anlass dafür gewesen sei, dass ihr Appendix davon ausgehe, sie würde sich umbringen, sobald er sie aus den Augen ließe, falls es einen solchen Anlass überhaupt gegeben habe.

»Der Bömmel und ich kommen aus demselben Ort«, erzählt Peck, »wir kennen uns noch von der Schule. Es hat ungefähr zu der Zeit, als ich angefangen habe zu studieren, tatsächlich eine Phase gegeben, in der ich sehr ernsthaft überlegt habe, mein eigenes Leben zu beenden. Ich habe dem Bömmel damals davon erzählt. Aber nicht als Hilferuf und nicht, um von ihm überzeugt zu werden, dass das Leben doch lebenswert ist. Ich wusste, dass der Bömmel mir zuhören würde und dass ich ihm davon erzählen kann, ohne ein schlechtes Gewissen haben zu müssen. Ich hatte auch nicht das Gefühl, mich irgendwie zu inszenieren, als ich es ihm erzählt habe. Ich konnte dem Bömmel von meinem Nachdenken über den Suizid erzählen, wie man jemandem von seinen Zukunftsplänen erzählt oder davon, dass man überlegt, ob man in eine neue Stadt ziehen will und welche Gründe es dafür geben könnte, dass diese Stadt vielleicht besser zu einem passt. Dass der Bömmel daraus seinen Auftrag abgeleitet hat, das hat mit mir unter Umständen gar nicht so viel zu tun. Jedenfalls habe ich ihn nie darum gebeten, mich zu beschützen. Und ich war damals vielleicht sogar noch weniger dramatisch eingestellt als heute.«

Hedi Peck und Valeria Lenín tauschen in diesem Moment auf eine Weise Blicke und wortlose Zustimmung aus, dass Frances Ford den Eindruck bekommt, es wird hier nicht einfach auf ihre Frage geantwortet, sondern ein Programm verfolgt.

»Ich habe das damals auch nicht als eine dramatische Sache empfunden. Ich habe einfach gespürt, dass es eine wirkliche Option ist, ein wahrscheinlicher Verlauf und nicht nur eine sagenhafte Überlieferung aus den Leben der anderen.« Hedi Peck hebt die Greifzange vor ihr Gesicht und zwickt damit ein paarmal leer in die Luft. »Als Kind und als Jugendliche war ich in dem Ort, in dem ich aufgewachsen bin, in der Wasserballmannschaft. Wir haben zweimal pro Woche im Hallenbad trainiert, auch im Sommer, und wenn wir Training hatten, war das ganze Becken für uns reserviert. Als ich später darüber nachgedacht habe, dass ich mir vielleicht das Leben selbst nehmen werde, als ich mit dem Bömmel darüber gesprochen habe, vor allem aber in den sehr dunklen Augenblicken, wenn ich mir sicher war, dass es darauf hinauslaufen wird und dass ich auf keinen Fall den ganzen Weg bis zum Ende gehen und alt werden kann, habe ich jedes Mal vor meinem geistigen Auge den Parkplatz vor dem Hallenbad gesehen, auf dem wir uns vor dem Training getroffen haben und wo wir nachher noch gestanden und gewartet haben, bis uns unsere Eltern mit ihren Autos abholen gekommen sind.

Ich habe mich aber nicht an Gespräche mit den anderen Kindern erinnert oder an Gedanken, die ich vielleicht zu der Zeit gehabt habe. Ich habe mich sehr deutlich, sehr scharf und detailliert, wie in einer langen, ruhigen Kameraeinstellung, an den Ort erinnert – an die Beleuchtung auf dem Parkplatz, die niedrigen Büsche zwischen den weißmarkierten Stellplatzreihen, die helle Holzfassung um die Glastür in den Eingangsbereich, die breite Gummifußmatte davor, die in den Boden eingepasst war. Auf dem Dach war ein dampfendes Abluftrohr, aus dem im Winter eine dichte Wolke herauskam, die vom Kunstlicht orange gefärbt war. Zwischen dem Asphalt des Parkplatzes und der Hauswand des Hallenbadgebäudes, das irgendwann in den 1980er Jahren gebaut worden ist, war ein schmaler Streifen abgetrennt, der mit hellgrauen Kieselsteinen gefüllt war. Die Kieselsteine waren ganz glatt und sehr sauber. Mir wird ein bisschen eng im Herzen, wenn ich davon erzähle, sogar jetzt noch. Ich kann das alles auch jetzt noch sehr deutlich vor mir sehen, in der gleichen Klarheit, in der die Bilder vor mir erschienen sind, als ich ernsthaft darüber nachgedacht habe, mich umzubringen.«

Frances Ford beobachtet, wie die Kurzhaarige im Amphibienfahrzeug ihren tätowierten Arm von der Tür herunter und in den Schatten der Fahrerkabine nimmt, was ihr angesichts des Zustands der Haut der Kurzhaarigen als eine längst überfällige Maßnahme erscheint.

»Inzwischen glaube ich«, sagt Peck, die den Blick vor sich auf den angeschwemmten Müll gerichtet hält und versucht, nicht die Ordnung ihrer Gedanken aus den Augen zu verlieren, »dass dieser Ort in meinem Gehirn zu einem Stellvertreter für die Lücken und Risse in der Zeit und im Leben geworden ist. Ein Bild, das all die Augenblicke zwischen den geregelten Aktivitäten repräsentiert, für die es keine festgelegten Abläufe mehr gab. Beim Stehen auf dem Parkplatz vor dem Hallenbad gab es diese Momente, die ausschließlich aus Wahrnehmung bestanden haben und die ganz ohne Regeln und Erwartungen waren. Wie ein Raum, in den das Gesetz noch mit keinem seiner Paragraphen vorgedrungen ist, obwohl der Ort selbst, also der Parkplatz, ja ein sehr ordentlicher Ort war. In diesen Momenten habe ich eben ganz deutlich gespürt, dass da Lücken sind. Zwischen den Wiederholungen meines kindlichen Alltags. Risse und leere Stellen – was ich damals natürlich so nicht hätte aussprechen können. Auch nicht, als mir der Ort wieder erschienen ist, während ich darüber nachgedacht habe, mich umzubringen. Heute glaube ich aber, dass diese Risse und Lücken nichts Seltenes sind, was nur manchmal aufscheint, sondern dass sie eigentlich alles sind, die Essenz, der Kern und das Wesentliche. Sich umzubringen würde bedeuten, in so einen Riss oder in eine Lücke hineinzugehen und darin aus der geordneten Welt zu verschwinden. Ich meine, dass ich deshalb den Hallenbadparkplatz vor meinem geistigen Auge gesehen habe, als der Selbstmord eine ernsthafte Option für mich war. Damals habe ich, ohne es zu verstehen, den Durchgang auf die andere Seite gesehen.«

Frances Ford realisiert, dass sie ihren Anteil am Gespräch begriffen hat und ihrer Rolle entsprechend die passenden Stichwörter beisteuern kann, um es am Laufen zu halten. Es kommt ihr wie eine Frage der Höflichkeit vor, die beiden Frauen beim Erzählen zu unterstützen. Sie fragt Hedi Peck, ob sie denn heute kein Bedürfnis mehr verspüre, in diese

Lücke zwischen der Ordnung hineinzugehen, und ob also der Bömmel ganz falsch liege mit seiner Auffassung, sie würde darin verschwinden, wenn er sie einmal aus den Augen ließe.

»Das ist ja das Großartige an diesem Ort hier«, antwortet Peck in großer Zufriedenheit, »dass er im Ganzen eine solche Lücke ist. Es ist eine Tür, die sich schließt, aber man kann hindurchgehen und auf die andere Seite kommen, ohne sich dafür umbringen zu müssen.«

Nach einer kurzen Pause nimmt Valeria Lenín ihrerseits den Faden auf und sagt, dass das durchaus auch für die verstorbene Schauspielerin Mona Bauch gegolten habe, die übrigens die wesentlich interessantere Figur in dem Geflecht sei, das Frances Ford auf die Insel geführt habe. Dass auch sie eingeladen gewesen sei, ihr Leben hier zu beenden, ohne dafür mit dem Tod bezahlen zu müssen.

Die drei Frauen werden durch ein paar kurze Hupsignale der Kurzhaarigen im Amphibienfahrzeug daran erinnert, ihre Arbeit des Aufsammelns nicht vollständig zu vernachlässigen. Sie greifen etwas wahllos mit ihren Zangen nach Plastikflaschen und stopfen sie in die gewebten Säcke, während Lenín erklärt, dass es eben darauf ankomme, wem man seinen Rücken kehrt. Und ob man ins Wasser geht oder durch die Lücke auf die andere Seite gelangt. Die Schauspielerin Mona Bauch sei ohne eine Ahnung ihrer Optionen nach Malé gekommen, »sie hat wohl höchstens gehofft, dass ihr die Insel eine Möglichkeit bieten würde, aus dem Leben zu verschwinden.«

Frances Ford muss zum ersten Mal im Verlauf des Gesprächs an Elmar Bauch denken und daran, dass hier auch für ihn relevante Informationen preisgegeben werden. Sie beginnt, sich zu sorgen, dass sie zur Mittlerin gemacht wird zwischen den verschiedenen Parteien und ihren unterschiedlichen Interessen. Sie denkt: Vielleicht habe ich mich schon zu sehr eingemischt in die Angelegenheiten der anderen. Sie hält es außerdem für möglich, dass sie in diesem Moment von Valeria Lenín auf ihre Loyalität hin getestet wird und dass die Preisgabe von Informationen über Elmar Bauchs Tochter Mona dazu dienen soll, ihre Vertrauenswürdigkeit zu überprüfen.

Valeria Lenín erzählt, dass es auf den Atollen, in einer Zeit, die dem Zusammenbruch weit vorausgeht, immer wieder Phasen weiblicher Herrschaft gegeben habe – Sultaninnen, Oberhäupter des alten Inselvolkes, die keine Kopftücher oder Schleier getragen und den Begriff der Macht auf eine sehr progressive Weise ausgelegt hätten. Sie spricht im Besonderen von der Sultanin Khadeejah Sri Raadha Abaarana Mahaa Rehendhi, die im vierzehnten Jahrhundert aus der maledivischen Mond-Dynastie hervorgegangen ist, mehrfach vom Thron verdrängt wurde und ihn sich dreimal wieder zurückholte, durch die Ermordung ihres Bruders und zweier Ehemänner, um insgesamt dreißig Jahre lang den tausend Inseln im Indischen Ozean als höchste Herrscherin vorzustehen. »Die Geschichtsschreibung«, sagt Lenín, »hätte Khadeejah längst vergessen, wäre nicht ihre beispielhafte Biografie über achthundert Jahre lang mündlich überliefert worden, von Frauen, die sie dazu inspiriert hat, an ihre eigene Ermächtigung zu glauben.«

Valeria Lenín sieht Frances Ford eindringlich von der Seite an. Die spürt den Blick, ist aber im Nacken ganz starr und schaut nur vor sich auf den Müll und ihre Greifzange, um die sich das bald achtzig Jahre alte Magnetband einer Videokassette gewickelt hat, auf dem, vor ihrem vollständigen Verlöschen im Meer, eine Aufnahme der britischen Piratenoper *The Pirates of Penzance* gespeichert war.

An Frances Fords Profil gerichtet, macht Valeria Lenín die Aussage, dass Mona Bauchs verzweifelter Vater Elmar in keiner Weise zu schonen sei oder Rücksichtnahme verdiene.

Er werde von ihrer Seite keine Unterstützung erhalten. Sie sei sich sicher, sagt Lenín, sie handle damit auch im Sinne der Toten.

Und weil das Gespräch an dem Punkt unmöglich durch ein weiteres Stichwort von Frances Ford fortgeführt werden könnte, ist die Reihe dann ganz automatisch wieder an Hedi Peck, die sagt, dass man diejenigen, die es sich insgeheim wünschen, dem Untergang überlassen müsse. Alle anderen seien eingeladen, neues Land zu gewinnen und zu gestalten. »Außerdem«, sagt sie, »steht dir das Beste ja eh noch bevor, wenn dich noch niemand auf eine Mondwanderung ausgeführt hat.«

Ford bemerkt, wie in ihr, nach dieser Aussage der Niederländerin, plötzlich der Gedanke als Möglichkeit vorhanden ist, auf der Insel zu bleiben, über ihre Suche nach dem Lyriker Judy Frank und die unweigerliche Aufgabe hinaus. Bis zu diesem Moment war sie davon ausgegangen, ihrer hoffnungslosen Mission so lange nachzugehen, bis etwas in ihr – dieses nagende, seltsame, hungrige Etwas – genug bekommen haben würde und sie wieder zurück nach Hause reisen könnte. Sie wundert sich, dass diese neue Möglichkeit ganz offensichtlich von außen in sie eingesetzt wurde, durch die Selbstverständlichkeit, in der sie für die beiden Frauen existiert, bevor sie begreift, was dieser letzte Satz von Hedi Peck außerdem noch bedeutet.

◐

Tag x, äquatorialer Winter, kolossaler Kater.

Immer wieder fällt mir die Stirn aus der Hand.

Ununterscheidbarkeit der Zeit – doch sie wird mit dem Vergehen wohl noch nicht aufgehört haben. Draußen Himmel, Wasser, Wipfel, Scherben, Schimmel, Schlick und drinnen dumpf und *damp*, Sehnsucht nach Schmerztabletten, Selbstekel und existenzieller Überdruss. Schwere Zweifel. Ich habe so viel gezweifelt, dass ich jetzt ganz verzweifelt bin. Ich habe mich also verzweifelt, wie man sich verzettelt oder verirrt.

Tagsüber geschrieben, bis Springteufel meine Schädeldecke durchbrochen haben. Abends mit den baumelnden Teufeln durch die Straßen gegangen.

»Und als ich ihn mit einem Male sah, wie er schon fast mit seiner ganzen Rundung leuchtete, blieb ich mit trüben Augen stehn, denn meine abschüssige Straße schien gerade in diesen erschreckenden Mond hineinzuführen.«

Luna, euphorisches Zusammentreffen und größter auszudenkender Folgekater. Vielleicht ist der ja gemeint, wenn in den Überlieferungen von Heimsuchungen durch böse Katzen in den frühen Morgenstunden die Rede ist.

Und sonst? Sonstige Erträge, Auskünfte, Einsichten in die Gesellschaft derer, die nicht mehr auf die Arche gepasst haben? Nicht allen fühlt man sich gleichermaßen verbunden. An jeder Ecke noch so ein Ich, das umhergeht und schaut und sucht, *sunkissed*, mit überhitztem Kopf. Abends im kühlen Mondlicht dampfen dann die Geister aus den heißen Hirnen heraus und ziehen um die Häuser. Die Geisterdichte verdichtet sich an den gefallenen Orten, die Geisterdichter sitzen abends zusammen und rezitieren ihre Texte.

»Alles Nichtbeachtete und Nichtbedachte / soll in ihrem Kosmos der Gekrümmten / König sein und Königin.«

Nun also habe ich mich, in einem Anfall von verzweifeltem Donquichottismus, selbst aus der enttäuschenden Wirklichkeit herausschanghait und in den Dienst an Deck der Poesie gestellt. Die Bezahlung ist miserabel und die Ozeane eben genau so weit, wie mein Wahn grenzenlos ist.

Gerüchte und Geschichten, Berichte von Sichtungen, von Spuren, Schemen und Schatten unmenschlicher, ungebetener Erscheinungen häufen sich unter den Ausgestiegenen auf der Insel der ehemaligen Hauptstadt.

Amó Dilumaan erzählt im Blauen Heinrich mit schwerer Zunge, er habe am helllichten Tag einen glänzenden, fellbesetzten Rücken zwischen einigem Treibgut im Wasser gesehen, nur ein paar Meter vom alten Nordstrand, wo er gestanden habe, entfernt. Der runde Rücken habe sich sehr langsam durch den Müll an der Wasseroberfläche hindurchbewegt und es hätten sich in ständigem Wechsel links und rechts durch das feuchte Fell die Höcker von zwei Schulterblättern deutlich abgezeichnet, was Dilumaan zur Annahme veranlasst, das Wesen, dem der Rücken gehörte, könne unter Wasser atmen und laufe auf seinen Beinen über den Grund.

Die ehemalige Infanteriesoldatin Yuli Olmert, die von sich behauptet, sie sei im Kibbuz Lochamej haGeta'ot aufgewachsen und habe ihre geschärften Wahrnehmungsfähigkeiten im *Caracal*-Bataillon der Israelischen Verteidigungsstreitkräfte ausgeprägt, schwört im Gespräch mit den Performancekünstlerinnen Alex und Mariza, dass sie gesehen habe, wie nachts am Übergang zwischen den Stadtteilen *Ellis* und *Maafannu* etwas sehr großes Struppiges auf eine bucklige und doch flinke Weise in die eingefallene Ruine eines Tauchsportfachgeschäfts hineingehuscht sei. Es sei an dem Abend ein sehr starker Wind gegangen, der die Palmen gebeugt und ihre Wipfel zerzaust habe, es sei also überall ein Rauschen und eine aufgebrachte Bewegung ohnehin gewesen und die Stunde schon spät und das Licht schwach, sodass man leicht Sinnestäuschungen habe erliegen können. Aber sie sei sich gerade deshalb sicher, dass es nicht nur noch eine wild gebeutelte Palme am Straßenrand gewesen sei, sondern etwas *Anderes*, etwas, von dem ihr Geist sofort alarmiert worden sei, weil sie es noch nie gesehen hatte und also auch nicht wusste, ob von ihm eine Gefahr ausging oder nicht.

Flavio Gentili ist überzeugt, bei der Suche nach seinem Bruder auf Spuren gestoßen zu sein. Verwischte Schnauzenabdrücke an einer Schaufensterscheibe, die Fährte von etwas, das mit großen Pfoten oder Tatzen über den Schlick am Rand der Promenadenstraßen gelaufen ist, Kratzspuren an Baumstämmen und, am Ostrand des *Stearson Patch*, ganz hinten auf dem verschimmelten Teppichboden eines leergeräumten Callcenter-Großraumbüros, ein zerfetztes Matratzenlager, das kein Mensch, dachte Flavio Gentili, als er davorstand, so hätte zurichten können. Gentili erzählt niemandem von seinen Entdeckungen, weil er denkt, dass man ihm eh nicht glauben würde. Er nimmt sich aber vor, seinem Bruder vorzuschlagen, die Insel so schnell wie möglich zu verlassen, wenn er ihn gefunden hat.

Maliko Barbari, der in der Wahrnehmung der anderen auch einmal jemand anderes sein möchte als nur der Sohn des Hühnersultan-Betreibers Wahid, erzählt den Ausgestiegenen auf der Insel, im Blauen Heinrich und andernorts, von gefährlichen Katzenwesen aus alten Volkssagen der Malediven. Er berichtet von den *Feretas*, die jahrhundertelang gebannt gewesen seien, nachdem die Bevölkerung zum Islam konvertiert war, die nun aber, nachdem mehr und mehr Ungläubige auf der Insel lebten, zurückkämen aus dem Meer, um zu töten – nicht aus Hunger, wie Maliko sagt, sondern aus Prinzip. Maliko Barbari bringt sich durch dieses Erzählen mit einem Erbe in die Inselgesellschaft ein, das ihm großelterlicherseits auf den Lebensweg mitgegeben wurde. Er berichtet außerdem davon, dass der Fährmann, der zweimal in der Woche den Müll vom Hühnersultan abholen kommt, um ihn auf ein entferntes, unbewohntes Atoll zu bringen – derselbe, der auch regelmäßig mit dem Transport der Toten zu ihren letzten Ruhestätten betraut sei –, empfohlen habe, die organischen Abfälle des Sultan nicht mehr in unmittelbarer Nähe des Hauses zu lagern. Außerdem fordere dieser Fährmann immer höhere Preise, um überhaupt noch nach Malé zu kommen, und sehe seit einigen Wochen ungesund und abwesend aus, als sei ihm ein Geist erschienen oder als sei er im Begriff, selbst zu einer Geistererscheinung zu werden.

◐

Elmar Bauch sitzt und wartet auf einem von sechs Holzstühlen, die auf dem Flur vorm Behandlungszimmer des Inselarztes Doktor Origineh Sophila an der Wand aufgereiht stehen. Neben ihm sitzt noch ein anderer, der wartet und vor ihm da gewesen ist. Die Tür des Behandlungszimmers ist geschlossen und Elmar Bauch geht davon aus, dass sich dahinter gerade jemand in Behandlung befindet. Man hatte ihm gesagt, dass es nicht nötig sei, bei Doktor Sophila, der auf der Insel wahlweise auch Dr. O. Sophila, die Fruchtfliege, Doktor O., OS oder auch der Doktor von Oz genannt wird, einen Termin zu vereinbaren. Doktor Sophila verfügt über keine Sprechstundenhilfe oder Assistenz, sein Vorzimmer ist der Flur vor dem Behandlungsraum im ehemaligen Hauptquartier der Reinigungsfirma *Swooshy Inc.*, die in der Zeit vor der Geschäftsaufgabe diverse Servicedienstleistungen für Hotelbetriebe und Unternehmen auf den Atollen angeboten hat.

Die Chemikalien, die von der *Swooshy Inc.* zur Ausführung ihrer Servicedienstleistungen verwendet und im Hauptquartier gelagert wurden, Putz-, Bleich-, Scheuer-, Wasch-, Glanz-, Löse- und Poliermittel, Phosphate, Tenside, Aesculine, Hypochlorite, Natriumperborate, Oxadiazole, Kaliumhydroxide, Phenolether, Blankophore, Lithiumchloride, Magnesiumsilikate (uvm.) sind durch starke Regenfälle, Leckagen im Dach und in den Aufbewahrungsbehältern sowie durch menschliche Nachlässigkeit über die Jahre in die Bausubstanz des Gebäudes eingesickert und haben an den Wänden und Decken aller Stockwerke zu verschiedenartigen Aufblühungen geführt: großflächige Flecken in diversen Farben und Formen, pelzige, nadelige oder flechtenförmige Kristallwandteppiche, von denen einige im Dunkeln leuchten und bei Hautkontakt zu starken Irritationen führen können. Weil die Effloreszenzen auf den Fluren und in den Zimmern des Gebäudes ständig ihre Form und Beschaffenheit verändern, kommt es häufig zu Erscheinungen prominenter Figuren oder Szenen aus der Bibel und anderen religiösen Schriften, die entsprechend disponierte Inselbewohner dazu veranlassen, vor ihnen Kerzen, Kokosnüsse, Schnitzereien oder Gebinde aus Palmblättern niederzulegen, um sich von den übernatürlichen Ausformungen Beistand zu erbitten.

Elmar Bauch wartet vor dem Behandlungszimmer von Doktor Origineh Sophila, weil er einige Fragen zur Leiche seiner toten Tochter Mona hat, die er gerne einem Mediziner stellen würde. Er möchte den Arzt fragen, ob dieser selbst die Tote in Augenschein genommen hat und ob, von einem medizinischen Standpunkt aus, die Möglichkeit besteht, dass ein Vater seine eigene Tochter als Verstorbene nicht mehr erkennt. Elmar Bauch möchte wissen, ob er nicht trotz der Verunstaltungen durch das Salzwasser und die Seevögel und den Verwesungsprozess und die geringe Auflösung der Fotografien seine Tochter hätte erkennen müssen. Er denkt sich, dass er doch auch früher, als sie noch eine Familie waren und zusammen in einem Haus gelebt haben, nachts im Dunkeln sofort erkannt hat, ob eine dort herumschleichende Person *zu ihm gehört*, ob es sich um eine von den Seinen handelt. Als die Schulzeit ihrer fast erwachsenen Tochter dem Ende zuging und der Auszug aus dem Elternhaus bevorstand, war Monas Mutter bereits von der schlaflosen Unruhe und nervösen Nachtaktivität ergriffen, die sie schleichend unansprechbar machte zu gewöhnlichen Tageszeiten und sich schon wenige Jahre später in völligen Rückzug und Unverfügbarkeit steigern sollte. Bauch glaubt, dass er es hätte spüren können, wenn da, in ihrem nächtlichen Haus, jemand anderes gewesen wäre. Und die Tote, die auf den Bildern im Internet zu sehen war, war ihm sofort fremd vorgekommen. Vielleicht wäre sie aber, denkt Elmar Bauch ebenfalls, jedem Betrachter fremd vorgekommen, in dem Zustand, in dem sie sich befunden hat.

Als seine Tochter noch in Spielfilmen zu sehen war, war für den Vater der verstorbenen Schauspielerin ein paarmal die verstörende Erfahrung zu machen, den Tod ihrer Figur auf der Leinwand dargestellt zu sehen. Diese Kinototen, die von seiner Tochter verkörpert wurden, hatte er allerdings jedes Mal sofort und zweifelsfrei als sein Kind erkannt. Es war sogar so, dass dieses Erkennen den Tod der Figur in der Handlung quasi aufgehoben oder rückgängig gemacht hat, dass die Scheinwelt, in der seine Tochter als Filmfigur gestorben war, in sich zusammenfiel und die Gewissheit übrig blieb, dass er da nicht das Abbild einer Toten, sondern seine Tochter bei der Arbeit anschaute. Nichts von dieser Gewissheit hatte Elmar Bauch empfunden, als er die beiden schlecht aufgelösten Fotografien seiner toten Tochter im Internet gesehen hatte.

Dem Vater der verstorbenen Schauspielerin wurde verschiedentlich berichtet, wie andere beim Anblick ihnen nahestehender Toter das Gefühl gehabt hatten, das Wesentliche, die Seele und die Persönlichkeit, seien aus dem Körper entwichen und hätten nur noch eine wächserne, kalte Hülle hinterlassen. Und er erinnert sich, wie er selbst beim Anblick seiner toten Eltern, die in sehr kurzem Abstand nacheinander gestorben waren, gedacht hatte, wie grotesk und absurd der glücklicherweise völlig aus der Mode gekommene Brauch war, *Totenmasken* von Verstorbenen anzufertigen, da doch der Tod selbst schon eine Maske war, die die Gesichter der Verstorbenen zu tragen hatten. Und trotzdem hatte er seine Eltern als Tote ganz eindeutig, ganz klar und sofort erkannt – als die Hüllen der Personen, die ihn sein Leben lang begleitet hatten.

Der andere, der zusammen mit Elmar Bauch vor dem Behandlungszimmer des Inselarztes auf einem Holzstuhl im Flur sitzt und wartet, schaut den Vater der verstorbenen Schauspielerin so lange von der Seite an, bis der sich ihm zuwendet mit einem fragenden Ausdruck im Gesicht. Elmar Bauch hatte sich, nach einem kurzen Hallo zur Begrüßung, auf den Stuhl am gegenüberliegenden Ende der Reihe gesetzt. Zwischen ihm und dem vor ihm Dagewesenen befinden sich vier freie Plätze, über die hinweg sich zu unterhalten Bauch umständlich vorkommt und außerdem auch indiskret und unhöflich. Er ist mit der Vorstellung aufgewachsen, dass Vor- und Wartezimmer von Arztpraxen Orte des Schweigens sind, die die dort Versammelten unfreiwillig und nach qualvoller Selbstüberwindung aufsuchen müssen, um die Anomalien an ihren Körpern, die nicht, wie man wochenlang gehofft hatte, von selbst verschwunden waren, einer kompetenten Person zur Beurteilung vorzuzeigen, aus der Anonymität der Bekleidung und Unversehrtheit herauszutreten und also nicht selten im Wortsinn die Hosen runterzulassen, denkt Elmar Bauch, als der andere, bei dem es sich um den auf der Mittelmeerinsel Kreta aufgewachsenen griechischen Pokerprofi Angelos Apostolakis handelt, das Gespräch beginnt.

Der Grieche fragt den wartenden Vater, ob der zum ersten Mal hier sei. »Ich bin mir nicht sicher«, sagt Apostolakis, »ob ich Sie hier schon mal gesehen habe. Ihr Gesicht kommt mir irgendwie bekannt vor.« Der Vater der verstorbenen Schauspielerin Mona Bauch erklärt dem wartenden Pokerprofi, dass er vor wenigen Tagen erst auf die Insel gekommen ist, um nach seiner Tochter zu suchen, und dass er zum ersten Mal hier sei, er habe auch selbst gar keine Probleme, »also keine mit dem eigenen Körper«, vielmehr wolle er sich mit dem Herrn Doktor nur unterhalten und ihm ein paar Fragen stellen. »Ja«, antwortet Angelos Apostolakis, »ein paar Fragen stellen. Das will ich ja auch nur.«

Die beiden schauen vor sich auf die geschlossene Tür des Behandlungszimmers, auf deren Türstock von oben her, aus einem aufgeplatzten Loch am Übergang zwischen Wand und Decke, ein schwefelgelb glänzendes Rinnsal herabgelaufen und im Fließen offensichtlich erstarrt ist. »Ich habe mich gefragt«, sagt Apostolakis mit Blick auf das eingetrocknete Rinnsal, »ob Sie vielleicht hier sind, um sich ein paar Narben schneiden zu lassen. Sie sehen ja ansonsten sehr gesund aus.«

Elmar Bauch ist unsicher, was genau der Mann auf dem Holzstuhl vor dem Behandlungszimmer meint und wie er darauf reagieren soll. Er sagt: »Daran habe ich kein Interesse« und bemerkt wieder, dass er an diesem Ort, auf dieser Insel, ohne eine Ahnung davon ist, wem er was mitzuteilen oder zu verschweigen hat, wer welche Informationen wohin trägt, von wem was in Erfahrung zu bringen wäre und mit welcher Aussage wem gegenüber man sich unter Umständen Ärger oder sehr konkrete Verletzungen einhandeln kann.

»Vielleicht«, sagt Angelos Apostolakis, »hat mir da ja auch jemand was eingemischt. Die ersten Löffel, bevor der Rausch eingesetzt hat, haben schon so seltsam seifig geschmeckt.«

Und dann erzählt der griechische Pokerprofi – mir, denkt Elmar Bauch, oder vielleicht doch auch schon aus Ungeduld der Tür zum Behandlungszimmer als Stellvertreterin des Arztes dahinter –, dass er sich vor einigen Tagen an einem offenbar bereits verdorbenen Glas Nutella, »für das ich teuer bezahlt habe«, sagt Apostolakis, wahrscheinlich vergiftet habe. Elmar Bauch denkt: die ersten *Löffel*? – und der kretische Pokerprofi berichtet, dass er nach dem Verzehr des wahrscheinlich giftig verdorbenen Nutella bedenkliche Veränderungen an seiner Wahrnehmung festgestellt habe. Einige Farben des Spektrums hätten seither eine schmerzhafte Intensität angenommen, vor allem die Grundfarben, sagt Apostolakis, seien sozusagen *»on fire«*, aber er habe auch Dinge gesehen, um nicht zu sagen Wesen, die ganz eindeutig Halluzinationen gewesen seien. »Ich war seither nicht mehr auf der Toilette und habe auch nichts anderes mehr essen können«, sagt Apostolakis, und dass er sich nicht sicher sei, ob sich die italienische Nuss-Nougat-Creme noch in Gänze in seinen Gedärmen befinde oder inzwischen durch deren Wandungen *hindurchdiffundiert* sei, »falls das der richtige Ausdruck ist«, und sich im Blutkreislauf verteilt habe. »Vielleicht war das goldene Siegelpapier unter dem Deckel doch irgendwo schon verletzt. Ich habe es mir vielleicht in meiner Gier nicht genau genug angeschaut. Vielleicht habe ich das Loch auch bewusst ignoriert.«

In dem Moment, in dem der kretische Pokerprofi Angelos Apostolakis seinen Satz zu Ende gesprochen hat, öffnet sich, als wären die Worte eine Beschwörungsformel gewesen oder hätten ein geheimes Stichwort enthalten, die Tür zum Behandlungszimmer des Inselarztes. Das Innere des Behandlungsraumes ist von Elmar Bauchs Platz aus nicht zu sehen, lediglich ein grellweißer Lichtfleck, der in Form der Türöffnung auf den Fußboden und auf einen Teil der gegenüberliegenden Wand fällt. Niemand kommt aus dem Behandlungszimmer heraus. Weder eine fertig behandelte Person noch der Arzt selbst. Man kann ja auch gar nicht aufgerufen werden, denkt Elmar Bauch, wenn keiner vorher die Namen der Patienten aufnimmt.

Die geöffnete Tür erscheint Bauch augenblicklich als Aufforderung an den Nächsten in der Reihe, das Behandlungszimmer zu betreten. Er blickt zum Wartenden neben sich, der selbst aber nur auf seine Schuhe schaut und noch ganz befangen scheint von den Gedanken an das Siegelpapier des Nutellaglases oder die Dinge und Wesen, die ihm seither als Unmöglichkeiten ins Gesichtsfeld getreten sind. Der Vater der verstorbenen Schauspielerin überlegt ein paar Sekunden lang, ob er den Pokerprofi ansprechen und auf die geöffnete Tür hinweisen soll, entscheidet sich aber dagegen und nimmt sich wortlos den Vortritt.

In der Zeit, die Elmar Bauchs Augen benötigen, um sich an die veränderten Lichtverhältnisse zu gewöhnen, ist es ihm zunächst nicht möglich, Doktor Origineh Sophila in seinem Behandlungszimmer zu entdecken. Niemand steht ihm unmittelbar nach dem Eintreten zum Begrüßen und Begrüßtwerden gegenüber. Der ganze Raum erstrahlt in einer schmerzhaften Helligkeit. Verschiedene, voll aufgedrehte Lichtquellen erzeugen dieses Strahlen, in dem es unmöglich ist, in irgendeinem Winkel des Raumes nicht direkt ins Licht zu schauen. Vor den beiden rechteckigen Aussparungen der Fenster ist es inzwischen Nacht geworden – oder, denkt Elmar Bauch, sie sind mit einer Folie beklebt, die kein Tageslicht hereinlässt.

In einigem Abstand zu den Wänden, um eine leere Mitte im Raum arrangiert, stehen ein paar glänzende Edelstahlmöbel und eine Behandlungsliege, an der sich schließlich, seitlich, auf einem Rollhocker sitzend, nach einigen Sekunden eine ebenfalls hell leuchtende Gestalt für Elmar Bauch wahrnehmbar herausbildet, die mit dem Einbandagieren ihres eigenen, auf der Behandlungsliege abgelegten linken Unterarms beschäftigt ist. Neben der Person, die nicht nur am Arm, sondern auch an anderen Körperstellen und in Teilen des Gesichts weiß bandagiert und mit Pflastern beklebt ist, liegen auf einem rollbaren Beistelltischchen eine Reihe chirurgischer Instrumente, ein paar blutrot aufgesogene Wattetupfer, eine Zahnbürste und eine Nierenschale, in der sich einzelne Streifen eines länglichen, wurstpellenartigen Materials befinden. Also hatte der Inselarzt, denkt Elmar Bauch, gar keinen Patienten hier, während wir draußen gewartet haben, sondern sich gerade selbst behandelt.

Elmar Bauch hat in den im Behandlungszimmer vorherrschenden Lichtverhältnissen große Schwierigkeiten mit der eigenen Wahrnehmung. Er tritt vorsichtig näher an den Sitzenden heran, der sich seinerseits dem Eingetretenen zuwendet und das letzte Stück Bandage an seinem Arm mit einem Klebestreifen befestigt. Die Augen des Arztes, die Bauch aus einem teilweise weiß bandagierten und mit Pflastern beklebten Kopf heraus anschauen, sind um ein dunkles Inneres herum kränklich gelb – vielleicht, denkt Bauch, aber auch nur im Vergleich zu dem hellen Weiß der Bandagen und der ansonsten tiefschwarzen Haut des Arztes, die ihm an anderen, nichtbandagierten Stellen, an den Armen und am Hals, gar nicht wie eine Körperoberfläche erscheint, sondern wie tiefe Löcher, durch die man in einen dunklen, höhlenartigen Hohlraum im Inneren des Arztes hineinschauen kann. Elmar Bauch kann beim Blick in die Augen von Origineh Sophila die Iris nicht von der Pupille unterscheiden. Er ist sich nicht sicher, ob der Arzt vielleicht unter dem Einfluss hochdosierter Schmerzmittel oder anderer Drogen steht und deshalb trotz der enormen Helligkeit im Raum sehr stark geweitete Pupillen hat. Dann, denkt er, kann der Mann hier aber kaum was sehen und sollte sicher nicht mit diesen scharfen Instrumenten hantieren.

Der verzweifelte Vater der verstorbenen Schauspielerin Mona Bauch bemerkt in sich eine Angst aufkommen, die verschieden ist von der Angst, die er von anderen Arztbesuchen her kennt. Gewöhnlich geht die Furcht in Arztpraxen ja dahin, der Arzt oder die Ärztin könnte etwas finden und einem eröffnen, was im eigenen Körperinneren verborgen liegt und einen von dort innen heraus bedroht, zerstört und vor der Zeit vernichtet. Die Angst, die Bauch im Angesicht des Inselarztes Sophila in sich aufkommen spürt, ist dagegen eher eine Angst vor dem, was im Inneren des Arztes vor sich geht, was dort verborgen ist und vom Arzt selbst hervorgeholt und hergezeigt werden könnte. Etwas, das Bauch nicht sehen oder wissen will, das seinen Glauben in feste Größen, in die Verstehbarkeit, die Ordnung und das Funktionieren der Dinge erschüttern würde. Der Vater der verstorbenen Schauspielerin ermahnt sich selbst, kein Hasenfuß zu sein, den Inselarzt möglichst direkt anzuschauen und seine Fragen zu formulieren, als der ihm zuvorkommt und sagt, dass die Schmerzen in den Augen vergehen werden, sobald man sich an das Licht gewöhnt hat.

Origineh Sophila reicht Elmar Bauch ein paar getrocknete Blätter, die er aus einem Gurkenglas im unteren Fach des

Beistelltischchens hervorgeholt hat. Dann steckt er sich selbst eine Handvoll davon in den Mund und beginnt zu kauen. Dieser Geschmack, denkt Bauch, als er es dem Arzt nachmacht, erinnert mich an den Geruch von Stroh, an Weihnachtskekse und Senfgurken und Lakritze. Er ist erstaunt, wie klar diese sehr verschiedenen Geschmacksrichtungen auf einmal wahrnehmbar sind. Die getrockneten Blätter geben beim Kauen einen Saft ab, der sich mit dem Speichel im Mund vermengt und von dem Elmar Bauch das Gefühl bekommt, er krieche zwischen die Zähne, in sein Zahnfleisch hinein, bis runter an die Zahnwurzeln und von dort in seine Kiefer- und Wangenknochen, die Schläfen entlang in den Schädel unter der Kopfhaut, wo dieses kriechende Gefühl sich auf die Millionen Haarwurzeln ausweitet und dort höchst angenehm kribbelnd das Gehirn umschließt, *einhegt*, denkt Bauch, dem allerdings von den Lichtverhältnissen im Behandlungsraum des Inselarztes noch immer die Augen schmerzen.

Doktor Origineh Sophila, der nach einem Studium der Medizin an der Bahr-El Ghazal Universität in Wau und einer Unterweisung in traditionellen Skarifizierungspraktiken in den Sumpfgebieten des Sudd aus seiner südsudanesischen Herkunftsregion ins nepalesische Hochland ausgewandert ist, wo er zwei Jahre lang als praktizierender Chirurg im Souterrain eines Verwaltungsgebäudes auf dem Klinikgelände der Stadt Bhimeshwar untergebracht war, keine feste Nahrung zu sich nahm und 147 Kaiserschnittgeburten durchführte, bevor er auf seinen bloßen, unbeschuhten Füßen das indische Staatsgebiet durchwanderte und sich aus der Küstenstadt Kanyakumari mit einem Wasserflugzeug nach Malé bringen ließ, sagt zum verzweifelten Vater der verstorbenen Schauspielerin Mona Bauch, dass es durchaus möglich sei, die Dinge in den vorherrschenden Lichtverhältnissen auf eine Weise zu sehen, wie sie einem nie zuvor erschienen seien. »Ihre Augen«, sagt der Arzt, »haben ein unauslöschliches Eigenbedürfnis zu sehen. Es gibt, vom Standpunkt Ihres visuellen Apparates her betrachtet, niemals nichts zu sehen.«

Elmar Bauch ertappt sich dabei, wie er sagen möchte: »Oder immer etwas«, kann sich aber gerade noch zurückhalten.

»Wenn Sie jetzt Ihre Augen schließen«, fährt der Inselarzt fort, »werden Sie sehen, dass die Dunkelheit immer nur der Hintergrund ist, nie allumfassend und ausschließlich.« Elmar Bauch schließt seine Augen und sieht als Erstes, sehr hell in violetten, grünen und gelben Neonfarben, die bandagierte Gestalt des Inselarztes als Negativ vor dem dunkelroten Hintergrund seiner geschlossenen Lider. Bauch legt zusätzlich die Hände über die Augen, um mehr Dunkelheit zu erzeugen, was dazu führt, dass das neonfarbene Negativ des Inselarztes zu pulsieren beginnt und die Bewegungen der Augäpfel des verzweifelten Vaters tanzend und sich vervielfachend nachvollzieht. Als Elmar Bauch die Hände herunternimmt, die Augen wieder öffnet und im Raum umherschaut, tanzt ihm dieses vervielfältigte Negativ des Inselarztes weiter durchs Gesichtsfeld, zusammen mit anderen, in Neonfarben pulsierenden Negativen von Dingen, Personen und Orten, die seine Augen in den letzten Tagen in Malé angeschaut haben. Der tauchende Säugling vom Wandgemälde im Blauen Heinrich erscheint an einer der weißen Wände des Behandlungsraumes, die in einer ihm fremden Sprache zu sich selbst sprechende amerikanische Literaturwissenschaftlerin Frances Ford auf dem Dach des Royal Ramaan Residence Hotels, die schlecht beleuchteten Umrisse Valeria Leníns, der Mond über der nächtlichen Stadt, der Professor an seinem Schreibtisch, die Wunde im Bauch der Katze auf dem Kissen im Nebenzimmer, sein eigenes Gesicht im Spiegel, ratlos, sowie auch verschiedene, aus einer weiter zurückliegenden Vergangenheit herkommende Bilder, die aber nur sehr unklar, als zerlaufende Flecken an den Rändern auftauchen und gleich wieder verschwinden, eigentlich nur eine Idee davon hinterlassen, dass auch sie dort irgendwo eingeschrieben sind, von wo jetzt diese bunten Projektionen herkommen, in meiner Netzhaut vielleicht, denkt Bauch, oder einer anderen Haut.

Was Bauch nicht vor seinen geblendeten Augen auftauchen sieht, obwohl er sie wieder und wieder angeschaut hat in den letzten Tagen, sind die beiden schlecht aufgelösten Aufnahmen seiner toten Tochter Mona. Er nimmt das als weiteres Indiz dafür, dass es sich bei der Toten auf den Bildern gar nicht um seine Tochter handelt und er sie doch noch irgendwo auf dieser Insel finden wird. Sie oder eine Spur von ihr, die von der Insel wieder herunterführen würde. Vielleicht ist das schon meine Behandlung und die Antwort auf meine Frage – dann könnte ich ja dieses schrecklich helle Zimmer auch wieder verlassen, denkt Bauch und erschrickt ein wenig, als er von Doktor Sophila direkt mit seinem Namen angesprochen wird, obwohl er sich ihm doch noch gar nicht vorgestellt hat.

»Ihr individuelles Leid, Herr Bauch«, sagt der Arzt, »endet an den Grenzen Ihres Körpers, wie auch mein individuelles Leid an den Grenzen meines Körpers endet und das individuelle Leid unserer Nächsten an den Grenzen ihrer Körper. Diese Tatsache vorübergehend vergessen zu dürfen ist das Versprechen, das von der Vereinigung mit einem anderen Menschen ausgeht.«

Elmar Bauch bekommt das Gefühl, dass das Gespräch mit Origineh Sophila im Begriff ist, eine Ausfahrt zu nehmen, von der aus man in einer völlig verkehrten Himmelsrichtung unterwegs wäre. Der verzweifelte Vater der verstorbenen Schauspielerin Mona Bauch erklärt dem vor ihm auf dem Rollhocker sitzenden Inselarzt, der sich beim Zuhören die Lippen betastet, als wären sie vom Kauen der Blätter aus dem Gurkenglas taub geworden, dass es ihm nur nachrangig um sein eigenes individuelles Leid und überhaupt nicht um irgendeine Form von Vereinigung gehe, sondern um die Frage danach, wo seine Tochter abgeblieben sei, die auf der Insel gelebt habe und hier angeblich gestorben sei, was er sich zu glauben weigere, nicht zuletzt weil er die Person auf den Fotografien, die man von der Leiche gemacht hatte, nicht habe erkennen können, und ob denn der Arzt von seinem medizinischen Standpunkt aus ein solches Nichterkennen der eigenen Tochter durch deren Vater für plausibel halte und ob er zufällig an der Bergung, der Feststellung des Todes und seiner Ursache beziehungsweise der Entscheidung, wohin man den toten Körper zu bringen habe, um ihn zu bestatten oder zu verbrennen, in irgendeiner Weise beteiligt gewesen sei und also eventuell dienliche Informationen habe, die er mit ihm, dem Vater, teilen könnte und würde, sofern das nicht gegen ärztliche Schweigepflichten verstoße, was aber doch sicher im Fall einer Toten kein Problem mehr darstellen sollte, weshalb ihn ein solches Verpflichtetsein zum Schweigen eher noch bestärken würde im Glauben, die Person, über die unter Eid geschwiegen werden müsse, wäre noch am Leben und im Besitz ihrer Kräfte und Rechte.

Doktor Origineh Sophila antwortet Elmar Bauch auf eine für den verzweifelten Vater enttäuschende Weise, indem er sagt, dass das deutlichste, auf der menschlichen Außenhaut sichtbare Zeichen für den Übergang von Verletzung zu Überwindung, von Tod zu Wiedergeburt, das Mal der Überlebenden, die Narbe sei.

»Ihre Haut ist die Kontaktfläche, auf der Ihre gesellschaftlichen Verhältnisse ausgehandelt werden. Es ist möglich«, sagt der Inselarzt und werde von ihm auch angeboten, »die Ziernarben auf Ihrem Körper nicht einfach auszuschneiden und die offenen Wunden mit Zitronensaft auszubürsten oder mit

Goldfliegenlarven zu besiedeln. Eine gern genommene Alternative wären zum Beispiel hypertrophe Gedenknarben, wofür wir kleinere Schnitte in die oberen Hautschichten vornehmen würden, in die dann ein Material Ihrer Wahl eingebracht werden kann – naheliegend wäre die Asche der verstorbenen Person, die Sie allerdings selbst auftreiben müssen.«

Elmar Bauch bemerkt, wie der Großteil der Energie, die das direkte Ansprechen seiner Anliegen in ihm freigesetzt hatte, durch die Beine in die Füße und schließlich in den Boden abfließt, in die Gebäudesubstanz einsickert, sich mit den Chemikalien der *Swooshy Inc.* vermengt und ihm nicht mehr zur Verfügung steht – zur Gegenrede nicht und noch nicht mal zum aufrechten Stehen vor dem einbandagierten Arzt. Bauch lässt das Kinn auf die Brust sinken und denkt: Ich würde mich gerne hinsetzen oder legen, zur Not auch auf diese Liege hier.

»In der Region um Ihre Augen«, sagt Sophila, »müsste man beim Schneiden sehr vorsichtig sein, um keine zarten Nerven zu verletzen und Ihnen kein Triefauge zu schnitzen. Was Sie aber vor allem mitbringen müssen, ist Geduld. Schöne Narben brauchen Zeit. Dass in diesem Klima hier der Heilungsprozess erheblich verlangsamt ist, spielt uns dabei in die Karten. Sie müssen nur achtgeben, dass keine Insekten, die Sie dort nicht haben wollen, ihre Eier im Wundbereich ablegen.«

Elmar Bauch sieht auf dem Linoleumfußboden, auf den sein Blick jetzt gerichtet ist, ein paar tiefrote Flecken in länglicher Anordnung verstreut wie Tropfen und glaubt, eine Schrecksekunde lang, dass ihm da etwas aus dem eigenen Kopf heraustropft oder trieft, bis er begreift, dass seine geblendeten Augen diese Flecken auf den Fußboden projiziert haben und dass es sich bei ihnen um die Form der maledivischen Atolle handelt, wie er sie beim Anflug aus dem Flugzeugfenster gesehen hat.

»Wenn Sie nicht vielleicht doch noch etwas über meine Tochter«, sagt der verzweifelte Vater, »dann würde ich wohl«, und spürt vor seinem inneren Auge alles unscharf werden, seinen Wortschatz, das ganze Areal der Sprache vor ihm zurückweichen. Vielleicht, denkt es in ihm als ferner Nachhall intentionaler Analyse, noch eine Wirkung oder Nebenwirkung von diesen Blättern, die mir der Arzt zum Kauen gegeben hat. Elmar Bauch spürt einen starken Juckreiz in seinem Körper aufkommen, an Stellen, an denen man sich unmöglich kratzen kann. An den Innenseiten der Kniescheiben juckt es ganz furchtbar, unter den Fußnägeln, zwischen den Lendenwirbeln in seinem Rücken.

Der Inselarzt Doktor Origineh Sophila erzählt dem schlaff dastehenden Vater der verstorbenen Schauspielerin Mona Bauch, den der Juckreiz quält wie eine Folter, von der maledivischen Volkssage einer schrecklichen Hautkrankheit, die das schönste Mädchen der Atolle durch die Berührung eines bösen Dämons befallen haben soll. »Das Mädchen, so geht die Geschichte«, sagt der Arzt, sei so schön gewesen, dass sie alle Männer auf den Atollen zurückgewiesen habe, die nicht im Ansatz an ihre Schönheit herangereicht hätten. Sie habe so lange ungebunden und unerreichbar schön auf einem der südlichen Atolle gelebt, bis ihr eines Tages ein ebenso wunderschöner bengalischer Seemann, der auf einem Handelsschiff unterwegs war, begegnete. Sie verliebte sich sofort und die beiden trafen sich jede Nacht nach Einbruch der Dunkelheit unter einer Kokospalme am Strand. Der schöne Seemann versprach dem schönen Mädchen, dass er bei ihrer Mutter um ihre Hand anhalten werde, am nächsten Abend, bevor er weiterreisen musste, damit sie sich verloben könnten und schließlich heiraten, wenn sein Schiff das nächste Mal die Malediven ansteuern würde. Das bengalische Handelsschiff, auf dem der schöne Seemann angeheuert hatte, musste aber am nächsten Morgen unerwartet früh die Segel setzen. »Er konnte«, erzählt der Arzt, »gar nicht mehr an Land gehen und dem schönen Mädchen Bescheid sagen«.

Das schöne Mädchen habe am folgenden Abend zuhause mit ihrer Mutter einige Stunden auf den schönen Seemann gewartet und sei dann durch die Dunkelheit runter an den Strand gegangen, zu der Kokospalme, unter der sie sich die letzten Nächte immer getroffen hatten. Elmar Bauch hört, wie ihm erzählt wird, dass das schöne Mädchen im Dunkeln unter der Palme einen Schemen oder Schatten wahrgenommen und geglaubt habe, es handle sich dabei um den schönen Seemann. Dass sie sich neben diesen schattigen Schemen gesetzt habe und gesagt: »Hier bist du ja, warum kommst du denn nicht in mein Haus, meine Mutter wartet dort. Hast du etwa Angst bekommen?«

Und als der Schemen nicht geantwortet habe, erzählt Sophila, habe das Mädchen ihn am Arm fassen wollen und sagen, dass er keine Angst zu haben brauche, ihre Mutter sei eine sehr freundliche Person und freue sich, dass das schöne Mädchen endlich jemanden gefunden habe, den sie begehrenswert finde, nachdem sie ja alle Männer auf den Atollen jahrelang verschmäht hatte. »Als sie aber nach dem greift, was sie für den Arm des schönen Seemanns hält«, erzählt der Arzt, »spürt sie plötzlich einen nass glitschigen, schleimig pusteligen Tentakel, der unter ihrem Griff weich nachgibt. Der ganze Schemen gerät von der Berührung des schönen Mädchens in eine schmatzende Bewegung, einen wulstig weichen, knochenlosen Aufruhr. Das Mädchen erschrickt fürchterlich und rennt nach Hause, wirft sich auf ihr Bett und schreit und heult, und als ihre Mutter ins Zimmer kommt, um nach ihrer Tochter zu sehen, bekommt sie selbst einen Schreck und beginnt, zu schreien und zu heulen, weil die Haut des schönen Mädchens von eitrigen Beulen und

Schwären übersät ist – riesige, mit fauligem Gas gefüllte Blasen bilden sich am ganzen Körper und platzen stinkend und nässend auf und hinterlassen widerliche Krater«. Der Geruch im Zimmer des schönen Mädchens sei unerträglich gewesen, erzählt der Inselarzt Sophila dem erschlafften Vater, selbst ihre Mutter habe sich abwenden müssen und sei später nur mit einem in Essig getränkten Lappen vor Mund und Nase in der Lage gewesen, sich ihrer Tochter zu nähern.

Nachdem die Oberhäupter des Dorfes vom Zustand des schönen Mädchens erfahren hatten, sei beschlossen worden, die Unglückliche auf eine abgelegene, unbewohnte Insel zu bringen, da Schwerkranke und Verfluchte zu dieser Zeit nicht inmitten der Gemeinschaft geduldet worden seien, aus Angst vor Ansteckung und Ausbreitung, die eine kleine Gesellschaft wie die auf den Atollen, erzählt Sophila, in Windeseile um die Ecke hätten bringen können.

Elmar Bauch weiß nicht weshalb und woher, aber vor seinem geistigen Auge formiert sich das Bild offen aufgeplatzter eitriger Wunden, deren Öffnungen wie Münder aussehen, fleischige Lippen, die unvermittelt und im Chor das Lied *Das ist die Liebe der Matrosen* von den Comedian Harmonists zu singen beginnen.

»Nach einigen Wochen des leidvollen Siechtums auf der abgelegenen Insel«, erzählt der Arzt, »nachdem man in ihrem Heimatdorf das schöne Mädchen fast schon vergessen hat, kommt das bengalische Handelsschiff mit dem schönen Seemann auf seiner Route zu den Malediven zurück. Der schöne Seemann erkundigt sich im Dorf und in der Hütte der Mutter des Mädchens nach ihr und entschuldigt sich, dass er das letzte Mal nicht habe kommen können, es sei nicht seine Schuld gewesen. Die Mutter erklärt dem schönen Seemann, was in der Zwischenzeit vorgefallen ist, dass sie sich nun regelmäßig zu der verlassenen Insel bringen lasse, um dem

Mädchen etwas Nahrung und Wasser auf die Türschwelle zu stellen, dass sie selbst den Gestank und den Anblick ihrer todkranken Tochter nicht mehr aushalte und dem schönen Seemann in jedem Fall davon abrate, das Mädchen zu besuchen. Er solle es lieber so in seiner Erinnerung behalten, wie er es kennengelernt habe«.

Elmar Bauch muss an den Professor in seinem Büro denken und wie der zu ihm gesagt hatte, er helfe den Menschen dabei zu vergessen, weshalb sie hierhergekommen sind.

»Aber natürlich gibt sich der schöne Seemann mit den Worten der Mutter und seiner Erinnerung an das schöne Mädchen nicht zufrieden«, erzählt Sophila weiter. »Er sucht im Dorf nach dem örtlichen *Fandita Veriyaa*, dem Zauberarzt und Wunderheilerschamanen der Gemeinde, um ihn um Beistand und Hilfe zu bitten. Der Fandita Veriyaa erklärt dem schönen Seemann, dass das schöne Mädchen von einem Dämon befallen worden sei, ein schreckliches Ungeheuer, das nicht freiwillig von ihr ablassen werde, bevor es sie nicht vollständig verunstaltet hat und alles Leben und alle Energie aus ihr ausgesaugt. Der schöne Seemann verspricht dem Zauberarzt all sein Geld und der Zauberarzt sagt, es sei eine sehr schwierige Aufgabe und er könne keinen Erfolg garantieren, der schöne Seemann solle ihn erst dann bezahlen, wenn er den Dämon tatsächlich besiegt habe.«

Origineh Sophila macht eine Pause im Erzählen, als falle ihm in dem Moment ein, dass er selbst vergessen hat, im Vorfeld auf die Modalitäten und die Bezahlung seiner eigenen Arbeit hinzuweisen, redet aber nach einigen Sekunden der Stille einfach weiter und sagt, dass der Fandita Veriyaa über ein ganz besonderes, magisches Messer verfügt habe, das er zur Austreibung des bösen Dämons mit auf die abgelegene Insel genommen habe. Dieses Messer sei ein sehr gutes, einzigartiges, außerordentlich magisches und spezielles Messer gewesen. »Es war ein schreckliches Ungeheuer«, sagt der Arzt, »aber mit dem magischen Messer konnte es vertrieben werden.«

Erst nachdem der Arzt nochmals einige Sekunden geschwiegen hat, wird Elmar Bauch klar, dass die Geschichte hier zu Ende ist. Von ihm selbst unbemerkt platzt eine kleine Anzahl kleiner Äderchen im linken Augapfel des verzweifelten Vaters, was dazu führt, dass sich dieser Augapfel seitlich der Iris blutrot einzufärben beginnt. Für einen Außenstehenden könnte diese Farbveränderung als eine innen in Elmar Bauch aufkochende, wütende Rage ausgelegt werden. Der Vater der verstorbenen Schauspielerin ist sehr unsicher, weshalb ihm diese ganze Geschichte überhaupt erzählt wurde. Er fragt den vor ihm sitzenden, einbandagierten Mann, ob es sich bei dieser Erzählung um ein Gleichnis handle, und Sophila antwortet und sagt ja, das sei natürlich nicht auszuschließen.

Der verzweifelte Vater will sich weder vorstellen noch beim Inselarzt nachfragen, wie konkret das magische Messer zur Austreibung des Dämons aus dem schönen Mädchen eingesetzt wurde. Über dieser anstrengenden Verdrängungsleistung versäumt Elmar Bauch, eine eindeutige Erinnerung daran in seinem Gedächtnis zu verankern, ob er die Worte »Wo ist meine Tochter und was habt ihr mit ihr gemacht« laut ausformuliert an den Inselarzt gerichtet oder sich nur sehr laut in seinem Kopf gedacht hat.

☾

Die Magnetkartenschlösser, die auch in den vormaligen Executive Suiten der oberen Stockwerke des Kuredi Branch Plaza Hotels im südöstlichen *Novi Jalta District* längst nicht mehr funktionieren, wurden von den neuen Bewohnern des Gebäudes entweder komplett herausmontiert oder durch improvisierte Einhängevorrichtungen ersetzt. Abschließen lassen sich diese improvisierten Türschlösser meistens nur von innen. Es herrscht ein Prinzip des Vertrauens zwischen den ausgewanderten Aussteigern in Malé, das nicht zuletzt auf dem Wissen beruht, dass niemand schnell genug herunterkäme von dieser Insel, um das Wenige, was man an Wertvollem einem anderen entwenden könnte, wirklich wegzuschaffen.

Auf dem stumpfgewetzten Veloursbezug einer Mahagonichaiselongue, die im Antik-Design eines längst untergegangenen, fiktiven Empires gestaltet und für die Inneneinrichtung verschiedener Hotelketten in Serie produziert wurde, liegt die einzelne Person am Tag nach ihrem Stehen auf der Brücke der Freundschaft ausgestreckt da und schaut durch eines der Fenster der Suite in den grauen Himmel. Ihre Gedanken sind fernab der Ufer des sprachlich Fassbaren in die verschiedenen Schattierungen der Bewölkung und ihre Bewegung vertieft. Am Morgen war der Person beim Aufwachen wieder die Luft weggeblieben, und sie hatte nochmal und länger als am Tag zuvor den vorzeitlichen Chorgesang vernommen, der ihr unheimlich verlockend erschienen ist, bevor dann wieder Luft in ihre Lungen eingeströmt kam und die Person ganz aufwachte, in einen sehr trüben Tagesanbruch hinein. Die Person liegt seit etwa zwei Stunden so da, wie sie sich nach einer kurzen Phase des langsamen, fast gewichtlos leichten Schleichens durch die Räume der vormaligen Executive Suite auf das Mahagonimöbel niedergelegt hat, um aus dem Fenster zu sehen, als sie durch das laute Aufschlagen ihrer Hotelzimmertür aufgeschreckt wird.

Die Tür wird, obwohl die Person versäumt hat, sie mit dem kleinen Messinghaken in der eingeschraubten Öse im Türrahmen zu verriegeln, durch einen festen Tritt geöffnet und schlägt mit dem Türknauf so hart gegen die angrenzende Trockenbauwand, dass dort ein Loch entsteht und die Plastikeinfassung des Lichtschalters auf den Fußboden fällt. In ihrer Reaktionszeit durch das völlige Vertieftsein in die Grautöne vor dem Fenster stark verlangsamt, benötigt die Person ein paar Sekunden, um sich auf ihren rechten Ellbogen aufzustützen und ihren Kopf zur Tür hin zu drehen. Sie erblickt dort, schon ein Stück weit in den kleinen Flur, von dem das Badezimmer abgeht, eingedrungen, drei schwarzglänzende, auf Schwimmflossen hereinschlappende Gestalten.

Die gewaltsam Eingetretenen tragen Taucherbrillen über Augen und Nasen, Neoprenanzüge, die bis auf ihre grob agierenden Hände den gesamten Körper bedecken, und auf ihren Rücken Sauerstofftanks, die über dunkle Gummischläuche mit den Atemreglern verbunden sind, die den Gestalten zwischen den Lippen stecken. Über ihren Schultern hängen Harpunen oder Gewehre, die Gläser ihrer Taucherbrillen sind von innen beschlagen, die Augen dahinter nicht zu erkennen. Eine der Gestalten stößt die Tür zum Badezimmer auf, macht dort Licht und verschwindet aus dem Blickfeld der Person. Eine andere durchsucht die Taschen der Regenjacke, die am Garderobenhaken hängt, und wirft dabei alles auf den Boden, was ihr in die Hände gerät. Die dritte Gestalt kommt in den Wohnraum der Suite hereingeschlappt und beginnt, die Schranktüren und Schubladen der verbliebenen Möbel zu öffnen und darin herumzuwühlen. Als sich diese dritte Gestalt mit einer Hand an einer Schranktür festhält, um mit der anderen die Kleider der Person seitlich an sich vorbei auf den Fußboden zu werfen, glaubt die Person, zwischen den Fingern, bis hoch zum ersten Gelenk, ledrige Hautlappen zu erkennen. Wie Schwimmhäute, denkt sie.

Beim Versuch, sich über den aufgestützten Arm hochzudrücken und aufzurichten, merkt die Person, dass sie sehr schwer und tief ins Polster der Chaiselongue eingesunken ist. Sie stöhnt ein wenig unter der Anstrengung, was sich mit den sie umgebenden Geräuschen des zischenden Schnaufens der Gestalten durch die Mundstücke ihrer Atemregler und des Wühlens in den Sachen der Person auf eine lustige Art, denkt die Person, vermischt. Wie die schwere Arbeit an Maschinen, denkt sie, hört sich das an. Der Person wird etwas schwummrig, als sie sich schließlich in eine aufrechte Sitzposition hochgedrückt hat. Sie schließt für einen Moment die Augen und horcht nur noch auf die Geräusche der Durchsuchung ihrer Zimmer. Im Bad wird etwas zerbrochen, das Schlappen der Schwimmflossen über den Teppichboden geht durcheinander und als die Person ihre Augen wieder öffnet, steht eine der Gestalten direkt vor ihr, nimmt ihren Atemregler aus dem Mund und spricht mit einer stark hochgepitchten, quäkenden Heliumstimme in einer der Person völlig fremden Sprache. Die Person überlegt eine Weile, aber noch bevor sie sich dazu entschließen kann, etwas zu erwidern, umfängt sie sehr plötzlich eine nachtschwarze Dunkelheit, die die Person sehr stofflich und sehr nah an ihrem Gesicht spürt, die sich beim Einatmen über ihren Mund und ihre Nasenlöcher legt und einen seltsam süßlichen Eigengeruch hat. Unmittelbar nach dieser Verfinsterung wird der Person ein harter Gegenstand gegen den Kopf gestoßen, was die Person zunächst nur als ein Geräusch an ihrem Schädelknochen wahrnimmt. Ihr waches Bewusstsein wird von diesem Stoß wie ein Eisstock auf einer sehr langen, sehr geraden, glatten Bahn aus ihrem Körper und der Situation in der vormaligen Executive Suite im Kuredi Branch Plaza Hotel herausgeschossen, in eine andere, anders bevölkerte Dunkelheit hinein, aus der die Person erst nach einigen Stunden mit den entsprechenden Schmerzen wieder zu sich kommt.

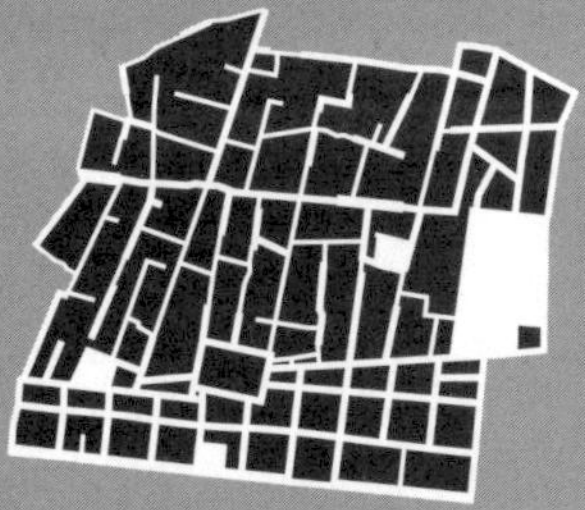

Nur unter speziellen, von ihnen festgelegten Bedingungen – Wetterlage und Wasserstand, Tageszeiten und Kapazitäten – entsenden die sogenannten Eigentlichen ein Versorgungsboot an den ehemaligen Güterhafen der Inselstadt Malé, um die Aussteigergesellschaft mit Nahrungsmitteln, Trinkwasser und anderen Artikeln des alltäglichen Bedarfs zu beliefern. Die Konditionen und Tarife dieser Lieferungen sind mit dem Professor ausgehandelt. Es findet keine Bezahlung der Eigentlichen während des Entladevorgangs ihres Bootes statt. Die ausgestiegenen Inselbewohner versammeln sich zu einem im Blauen Heinrich im Vorfeld bekanntgegebenen Termin (weshalb es mehr oder weniger obligatorisch und unerlässlich ist, den Blauen Heinrich regelmäßig aufzusuchen), entladen gemeinsam die Lieferung und teilen die Güter untereinander auf. Der Prozess dieses Ankommens und Entladens des Versorgungsbootes der Eigentlichen ist von den Fensterplätzen im Hühnersultan aus zu beobachten, sofern die Scheiben nicht völlig beschlagen oder mit einem opaken Fingerfettfilm zugeschmiert sind. Theoretisch könnte man also auch dort jeden Tag sitzen und warten, bis das Boot im Hafen auftaucht. Abgesehen von Wahid Barbari und seinem Sohn Maliko würde aber niemand den vollen Umfang seiner Tage wartend im Hühnersultan verbringen wollen, in der Grillhitze und dem Geruch von gebratenem Geflügel. Barbari selbst ist nicht auf die Lieferungen für die Ausgestiegenen angewiesen. Er unterhält eigene Deals, die mindestens so alt sind wie der Sturz der Regierung oder sogar noch vor diese Zeit zurückdatieren.

Es ist denen, die in der ehemaligen Hauptstadt aus- und abgestiegen sind und die meist knöcheltief im Wasser der überschwemmten Kais auf die Ankunft des Bootes warten, nicht bekannt, was ihnen geliefert werden wird. Die Milizionäre, die das Boot in den Hafen steuern und den Entladevorgang überwachen, richten zu keinem Zeitpunkt das Wort an die Ausgestiegenen und stehen auch nicht für Nachfragen zur Verfügung. Obwohl auch sie zu einem wesentlichen Teil aus den verschiedensten Weltregionen zusammengewürfelt sind, würde es einen unerwünschten Autoritätsverlust bedeuten, wenn sich die Eigentlichen mit den Urlaubern, als die sie die Ausgestiegenen noch immer betrachten, auf Englisch oder einer anderen gängigen Verkehrssprache unterhalten würden. Persönliche Beziehungen zwischen Milizionären und Ausgestiegenen gilt es unter allen Umständen zu vermeiden. Nachdem das Versorgungsboot an einem der halb aus dem Wasser herausragenden Steinpoller des ehemaligen Güterhafens festgemacht worden ist, wird per Handzeichen ein Wartender aus der Gruppe der Ausgestiegenen ausgewählt, der an Bord des Bootes kommen und von dort die Kisten und Kanister den anderen anreichen darf.

Selten sind diese Lieferungen besonders umfangreich. In der letzten Zeit bestehen sie vermehrt aus Feldrationen, die in eines der zahlreichen Krisen- und Kriegsgebiete der Welt geliefert werden sollten und vorher irgendwo abgefangen wurden oder deren Auslieferung in die Outposts der kämpfenden Verbände vor Ort so lange verzögert oder blockiert wurde, bis der Konflikt die potentiellen Abnehmer sämtlich aufgezehrt hatte. Oft handelt es sich auch um Versorgungspakete, die lediglich im Stil militärischer Feldrationen in ostasiatischen Fabriken hergestellt und abgepackt werden, um damit Armeebedarfsläden und Ausstatter von Preppern und Survivalisten der westlichen Welt zu beliefern.

Persönliche Präferenzen können bei der unmittelbaren Verteilung der Lieferungen nicht berücksichtigt werden. Es ist eine Frage der glücklichen Fügung oder des klugen Tauschgeschäfts mit den anderen Ausgestiegenen auf der Insel, ob man am Ende bekommt, was man braucht oder was einem schmeckt. Ein improvisierter Mensabetrieb im Plenarsaal des ehemaligen Parlamentsgebäudes der Hauptstadt – ein paar Gaskocher, ein Eimer voll Essbesteck, Tische und Stühle – ermöglicht den Ausgestiegenen, ihre zugeteilten Speisen aufzuwärmen, und bietet die Option, sofern das individuell gewünscht ist, in Gesellschaft anderer zu essen.

Die letzten Lieferungen der Eigentlichen enthielten vor allem Trinkwasserkanister (hier werden von den Milizionären leere Behälter entgegengenommen und wiederaufgefüllt mit einer Flüssigkeit, deren Verwendung von den Belieferten sehr viel Vertrauen und das Überwinden intuitiver innerer Widerstände erfordert) und Pappkartons mit Hygieneartikeln und Haushaltsware, namentlich Trockenshampoo, Zahncreme, kühlende Seife, Schraubenzieher, Rettungsdecken, Mückenspray, Batterien, Kondome, Rasierschaum, Menstruationstassen, Schiffslack, Isolierklebeband, Feuchttücher und Brennstofftabletten.

Das Angebot an Fertiggerichten, die ebenfalls in großen, von der Feuchtigkeit aufgeweichten Pappkartons angeliefert werden, einzeln in Kunststoffbehältern oder Assietten aus Aluminium abgepackt sind und von den Empfängern nach Geschmack und gutem Gewissen getauscht werden können, reicht von Ravioli in Champignonsoße, Indischer Reispfanne, Grießbrei mit Waldfrüchten, Gulasch mit Salzkartoffeln über Cevapcici an Djuvecreis und Gartengemüse, Obstsalat,

Bouletten in Tomatensoße, Königsberger Klopsen, Patagonischem Gemüsechili hin zu Linseneintopf mit Mettwurst, Spiralnudeln all'arrabbiata, Tortellini mit Fleischfüllung in Paprika-Sahnesoße, Gewürzreis mit Garnelen- und Krebsfleischersatz, Schupfnudeln mit Erbsen und Fleischbällchen, Bifteki-Tellern, Jägertöpfen, Tofucannelloni, Dosenbrot, Geflügellyoner, Skycrackers, Zartbitterschokolade, Strong-Mint Zahnpflegekaugummi, Instantkaffee, tropischem Früchtemüsli, Stracciatellamousse, Proteinriegeln und Vitaminbrausetabletten.

Die grundsätzlichen Fragen, die dieses Angebot seinen Empfängern stellt, sofern sie für grundsätzliche Fragen grundsätzlich offen sind, sind solche nach der eigenen Definition des alltäglichen Bedarfs, möglichen Verzichts, verdienter Privilegien, Entwöhnung von Gewohntem, von Abstrichen und Opfern und der entsprechenden Entschädigung oder Belohnung auf immaterieller Ebene. Die Belieferung des Blauen Heinrich, die Flaschen und Fässer für den täglichen Verbrauch, ist separat über den Professor geregelt und erscheint den meisten Gästen an der Bar wie das magische Nachsprudeln eines nie versiegenden Brunnens.

Zusätzlich zu den unregelmäßigen Lieferungen der Eigentlichen finden außerdem an verschiedenen Orten der ehemaligen Hauptstadt ebenso unregelmäßige Flohmärkte und Tauschbörsen statt, die meistens von engagierten, erst vor kurzem angekommenen, sozial ambitionierten Ausgestiegenen organisiert werden. Oftmals haben diese Neuen für die Verhältnisse auf der Insel viel zu viel Kleidung oder ein anderes Übergewicht nicht lebensnotwendiger Dinge eingepackt, die vielleicht, so hoffen sie, gegen lebensnotwendigere Dinge getauscht werden könnten mit jemandem, der oder die einen entsprechend anders gelagerten Überfluss oder Mangel im eigenen Inventar entdeckt hat. Auf diese Flohmärkte werden auf Anordnung des Professors auch säckeweise gesammelte Kleider und Alltagsgegenstände gebracht, die von abgereisten Ausgestiegenen in ihren Unterkünften zurückgelassen oder in den Lagerräumen des aufgelassenen Einzelhandels der Insel gefunden wurden. Mehr noch als überall sonst auf der Welt wird auf diesen Flohmärkten der Ausgestiegenen auch unendlich viel Schrott zum Kauf oder Tausch angeboten, kaputte Elektrogeräte, analoge Fotoapparate, Ersatzteile ungewisser Funktion in unbekannten Maschinen, Treib- und Schwemmgut, dysfunktionales Werkzeug, Kabel ohne Stecker oder Stecker ohne Kabel, einzelne Schuhe und Schwimmflossen, zerkratzte Lesebrillen, verrostete Maschinengewehrpatronen – jede Menge Güter, deren Präsenz auf den Märkten nochmal überdeutlich klarmacht, dass der Wert einer Sache am Ende doch immer eine Frage individueller Beimessung ist.

Abtrünnige Bewohner ferner Atolle, die mit Motorbooten im frühmorgendlichen Dunkel auf die Insel kommen und sie erst nach Sonnenuntergang wieder verlassen, um Abgabenzahlungen aus Verkaufserlösen an patrouillierende Milizionäre zu vermeiden, bieten auf diesen Märkten auf ihren mitgebrachten Tapeziertischen an, was sie unterwegs aufgesammelt haben oder was das Meer an den Ufern ihrer Inseln ausgespuckt hat. Ein paar dieser meistens schrägen, meistens abgerissenen Gestalten streunen tagelang in der Stadt herum und sind auf den Märkten nicht selten mit nichts als den geklauten Endgeräten der Ausgestiegenen im Angebot anzutreffen, die sie für horrende Preise zurückverkaufen wollen, wobei sie in stundenlangen Verhandlungen runtergefeilscht werden müssen auf Beträge, die gerade noch ausreichend hoch sind, um diesen Kreislauf aus Stehlen und Hehlen und Handeln aufrechtzuerhalten.

Direkt proportional zu den Entbehrungen der Ausgestiegenen wachsen und gedeihen die farbenfrohen Ausgestaltungen der Mythen und Gerüchte, die sich ranken um das Leben der Milizionäre auf dem gekaperten Kreuzfahrtschiff, das auf der anderen Seite der zerstörten Brücke der Freundschaft, im ehemaligen Fährhafen von Hulhumalé festgetäut liegt und nicht mehr fährt. Das Schiff dient den Eigentlichen als Hauptquartier, von dem aus sie ihre Operationen auf den Atollen koordinieren und wo, so will es die auf Malé kursierende Legende, Hehler, Händler und Freibeuter der Meere empfangen werden, um mit ihnen Geschäfte zu machen in einem Umfeld des Überflusses. Die schamlose Prahlerei mit den aufgehäuften Reichtümern des Materiellen, die sich die von diesem orgiastischen Luxusleben ausgeschlossenen Ausgestiegenen imaginieren, erscheint ihnen emblematisch für die dunkle Unterwelt der Kriminalität, der Gesetz- und Skrupellosigkeit. Die volle Ausstattung des norwegischen Luxusliners, angereichert mit den verschiedensten Schätzen verschiedenster Bestohlener, Übervorteilter, über den Tisch Gezogener, Prostitution, Drogen, Glücksspiel – in den Augen und den Erzählungen der ausgestiegenen Bewohner der ehemaligen Hauptstadt gibt es auf dem Kreuzfahrtschiff der Eigentlichen nichts, was es aus gutem Grund nicht gibt. Man sagt, dass die, die ohne Spur verschwunden sind aus der Gesellschaft der Ausgestiegenen, auf dem Schiff gehalten werden wie Tiere, zum Handel und zum Gebrauch. Die Produktionsstätten der Droge, die unter den Ausgestiegenen eine wachsende Abnehmerschaft findet, sind dem Vernehmen nach ebenfalls auf diesem Schiff untergebracht. Es werden hier die verschiedenen Inhaltsstoffe vermengt und das körnige, teilweise kristallin verklumpte beigebraune Pulver hergestellt, das über klandestine Kanäle seinen Weg unter die neuen Inselbewohner gefunden hat und findet.

Aus dieser Konstellation hat sich über die Jahre nach dem Sturz der Regierung und der Ankunft der Ausgestiegenen eine unausgesprochene, wechselseitige Verachtung herausgebildet, die niemand offen adressiert und die umso unauflösbarer wird, je länger sie fortbesteht.

Der Professor genießt unter den Eigentlichen einen Status der Duldung. Eine Mischung aus gottesfürchtiger Unterwürfigkeit, Weisheit des Alters, regionalsprachlicher Kompetenz, buchhalterischer Übersicht, Lesbarkeit und offener Zurückhaltung verschafft ihm den nötigen Respekt. Der Professor ist sich im Klaren darüber, dass Versuche unternommen werden, seine Position zu übernehmen, ihn zu verdrängen und zu ersetzen. Er ist sich ebenfalls bewusst, dass der Weg, den die mutmaßlichen Putschistinnen gewählt haben, der über die Beschaffung und den Vertrieb der Droge ist, deren Konsum sich die Eigentlichen selbst verboten haben, nachdem ihre Wirkung die Organisierbarkeit, den Zusammenhalt und den generellen Lebenswillen der Milizionäre in existenzgefährdendem Maß zersetzt hatte. Für die Einfuhr der Substanz auf die Insel der ehemaligen Hauptstadt wurde vonseiten des Professors aus Sorge vor ähnlichen Effekten schon früh ein Moratorium verhandelt. Der alte Mann und die Milizionäre sind sich einig darüber, dass die Droge ihre hochpotente Wirkung anderswo entfalten soll als inmitten der eigenen, ohnehin fragilen Strukturen.

Wachen Auges sieht der Professor das Anwachsen der Macht derjenigen, die sich auf das *Apolloprogramm*, wie die Distribution der Substanz unter den Ausgestiegenen auch genannt wird, einlassen und unter großen Risiken Wege finden, um von den Produktionsstätten der Eigentlichen ausreichende Mengen auf die Insel der ehemaligen Hauptstadt zu schleusen. Er weiß, dass es eine Zeit der Ablösung geben wird und geben muss. Er weiß auch, was außerhalb seines Machtbereichs liegt und womit er sich die Finger verbrennen würde.

O

Während eines Stromausfalls auf der gesamten Insel der ehemaligen Hauptstadt, von nichts als dem weißen Licht des Bildschirms seines Endgeräts beleuchtet, das noch 27 % Akkuleistung übrig hat, sitzt Elmar Bauch in schlechter Haltung auf der Matratze der Unterkunft, die ihm im Blauen Heinrich zugewiesen wurde, und liest.

Der verzweifelte Vater der verstorbenen Schauspielerin Mona Bauch ist für die Dauer seiner Suche auf der Insel der ehemaligen Hauptstadt in einem mehrgeschossigen Gebäude untergebracht, das vor allem aus Studioapartments mit kleinen Pantryküchen und lichtlosen Nasszellen besteht und nach dem Wegzug der ursprünglichen Bevölkerung sehr schnell durch die meist allein, auf sich gestellt und auf sich selbst fixiert eintreffenden Ausgestiegenen wiederbewohnt wurde. Nur das Erdgeschoss (in dem sich einmal ein Verleih für Propangaskartuschen befunden hat, der vor Jahren schon vollständig geplündert wurde) und die der Wohnung, in der Elmar Bauch sitzt und liest, gegenüberliegende Einheit im ersten Obergeschoss sind unbewohnt. Vom verschlickten Eingangsbereich aus führt ein unbeleuchtetes Treppenhaus in die oberen Geschosse, das so eng mit dem diversen Krempel diverser Bewohnerinnen und Bewohner vollgestellt wurde, dass nur ein schmaler Weg zum Gehen freigeblieben ist, auf dem keine zwei Menschen aneinander vorbeipassen. Sobald Gehende auf der Treppe hören, dass noch eine andere Person in Gegenrichtung unterwegs ist, rufen sie sich ihre jeweiligen Ziele zu und suchen gegebenenfalls nach einer Nische im Treppenhauskrempel, um diese andere Person passieren zu lassen. Die leicht zurückversetzten Wohnungstüren auf den Etagen sind für diese Manöver gut geeignet. Bauch hört oft die Rufe treppensteigender Hausbewohner vor der Tür seiner Unterkunft und die verschiedenen Grußformeln, die höflichen Danksagungen derer, die dort gerade durchgelassen werden. Am Tag seiner Ankunft hat Bauch sich schon gefragt, was wohl passiert, wenn hier einmal ein Feuer ausbricht. Und es nur als bedingt beruhigend empfunden, dass ihm die dem Ausgang nächstgelegene Unterkunft zugewiesen wurde. Er hatte sich zu Beginn ohnehin gefragt, wie es wohl mit Rettungswegen auch von der Insel als ganzer aussieht. Ob es noch einen anderen Notfallplan gäbe, als sich ins Meer zu stürzen.

Die der Unterkunft Elmar Bauchs im ersten Obergeschoss gegenüberliegende Wohnungstür ist mit zwei überkreuzten Latten zugenagelt. Jemand hat außerdem die Türklinken abmontiert und die Löcher von außen mit Panzertape überklebt. Auf dem Türblatt, dem Rahmen und der modrigen Tapete daneben sind verschiedene Kratz- oder Hackspuren zu sehen, die wirken, als hätte jemand versucht, ein scharfkantiges Gerät, eine Häcksel oder einen Mähdrescher gewaltsam in die Wohnung zu bekommen. Elmar Bauch hat Gespräche anderer Bewohner vor der Tür seiner Unterkunft überhört, die verschiedene Mutmaßungen zum Inhalt hatten, wie es zu diesen Beschädigungen gekommen ist und weshalb die Wohnung dahinter verschlossen und gesperrt wurde. Einige dieser Mutmaßungen, vor allem diejenigen, die davon ausgehen, dass die Person, die hinter dieser Tür gewohnt hat, *geholt* worden sei, von etwas, das mit seinen eigenen Klauen oder Krallen die Schäden verursacht haben soll, erscheinen dem verzweifelten Vater äußerst unglaubwürdig.

Am Abend des Stromausfalls ist niemand im Treppenhaus zu hören. Elmar Bauch sitzt im weißen Licht des Bildschirms seines Endgeräts auf dem Rand der Matratze in schlechter Haltung und liest:

»Ich fange also gleich an, ohne mir Gedanken über eine mögliche Anrede oder einen Einstieg zu machen.

Es ist nicht mehr viel zu sagen. Ich möchte bitte nicht gesucht und nicht gefunden werden. Ich möchte nicht beschützt werden oder erlöst, ich möchte mich nicht vereinigen und weder mich noch einen anderen Menschen vervollständigen müssen. Niemand soll durch mich zu sich selbst finden. Niemand soll er oder sie selbst so richtig, so schön wie nie und nirgends sonst nur bei mir sein können. Niemand soll sich anlehnen und vertrauen, verlieren, nicht mehr wissen, wo man selber aufhört und der andere beginnt. Ich möchte nicht mehr hören: Das mache ich von dir abhängig, entscheide du, ganz wie du willst, Hauptsache, du bist glücklich. Ich werde nicht mehr sagen: interessant. Ich werde mich nicht mehr beeindrucken oder sonstwie eindrücken lassen. Ich werde mich vor allem nicht mehr fürchten, ganz hauptsächlich keine Angst mehr haben vor den Erwartungen und den Reaktionen der anderen. Ich will die Schuld nicht mehr bei mir selbst suchen, wo sie so schnell zu finden ist.

Der Zustand ist katastrophal. Diese große und vielleicht letzte Katastrophe ist aber kein einzelnes, apokalyptisches Ereignis, sondern eine langsam fortschreitende Konsequenz. Absolutes Bewusstsein – irgendwo habe ich gelesen, es sei, als wäre man mit Gott, bevor er sagte: Es werde Licht. Die Gespräche hier. Wie die Leute miteinander reden und wie sie auch hier nicht herauskommen aus dem gewöhnlichen Sprechen, das sie mitgebracht haben als mächtigste Institution. Dabei müsste es doch an einem besonderen Ort auch ein besonderes Sprechen geben, ein angemessenes, im besten Sinn vom Neuen des neuen Ortes infiziert. Die Ausnahmen sind so selten, wie sie großartig sind. An einem wirklich neuen Land wird ja bereits gebaut. Es hat die ersten Stürme überstanden. Hedi, deine schönen Muskeln, Khadeejah Sri Raadha Abaarana Mahaa Rehendhi, die *Mond*-Dynastie, das Feedback, das ein Leben heute immer ganz zwangsläufig sein muss. Bei manchen Menschen ist das Feuer der Ewigkeit, das sie verzehrt, stark genug, um selbst das Herz jener zu verbrennen, die sie umgeben. Feuer haben hieße auch, durch nichts als sich selbst und die eigene Berührung ewig sichtbare Narben zu hinterlassen. *Reach out and torch me.* Die Verweigerung, aus dem eigenen Leben zu lernen wie aus einem Schulbuch. Mit den verbrannten Fingern immer wieder ausgreifen.

Sie sehen die Geister der Veränderung, nachts und tagsüber nass tropfend aus dem Meer steigen. Ein herrlicher Mondaufgang und eine blauviolette Blüte, die im weißen Licht ihre Blätter öffnet. Die Gärten der Poesie und der Trost der Seele. Wir Bodysnatcher, bis zur Unkenntlichkeit verwandelt. Die uns fremd waren, lernen uns jetzt schon anders kennen. Eine Kirche der Lüge, ein Gottesdienst, Zeremoniell, Gebet, ein Gesang aus dem Totenbuch. Die Klage ist das Leben meiner Figur. Ich bin bereit, meine Rolle zu opfern. Meine Rolle sei das Opfer. Unendliche Ausweitung der Virtualität, der Träume, der Traumzeit im Leben. Ist überhaupt noch ein Sinn darin zu versuchen, das hier so komplett herausverinselt Gedachte mit anderen, anderswo Denkenden zu teilen? Vater, Agentin, Verleger, Regieassistenz, uneheliche Kinder, Kritikerinnen, Steuerbüro, Vorlassverwalter, Erben, Notare, Nachfolger, Apologeten, Fans und Follower, Abonnentinnen. Ja, schämen Sie sich denn nicht? Nö, geht eigentlich. Keine Beschwerden. Manchmal bisschen Schmerzen auf der Toilette, aber vielleicht habe ich da vorher auch einfach zu scharf gegessen. Mein Einwurf geht grundsätzlich in den Strafraum.

Ein Apolloprogramm. Nochmal neu auflegen. Einfach abschicken. Schickschick, sendsend. Es war, als hätt der Himmel, die Erde, still.«

O

Als der Himmel über dem Ozean sich düster verdunkelt, auch das Wasser darunter eine bleigraue Färbung annimmt, die Luft voll ist von elektrischer Spannung, Käfer und Libellen sinnlos hektisch herumfliegen, beginnt die Wirkung der Droge sich voll zu entfalten. Frances Ford spürte schon unmittelbar nach der Einnahme, wie alles in ihr, Gedärme, Knochen, Herz und Seele, euphorisch angehoben wurde und gleichzeitig ein sehr seidenes, leichtes Gefühl des Gleichmuts auf sie und über ihr sich senkte. Eine Himmelfahrt des ganzen Körpers in Wolken oder Watte hinein, in Weichheit der Außengrenzen. Keine fahrigen Bewegungen mehr. Schönheit der eigenen Körperlichkeit. Muskeln und Sehnen bei der Arbeit. Eine geniale Konstruktion, so eine Hand, die greift, die mit einem Knöchel des Zeigefingers die Konturen der eigenen Augenbrauen, Lippen nachfahren kann, die Skulptur, die jeder für sich auch ist, in ihrer Perfektion begreifend.

Frances Ford ist unsicher, ob die Verdunkelung und die elektrische Aufladung der Luft, das Aufrichten aller Härchen und Haare an ihrem Körper, Effekte der Einnahme sind oder ob tatsächlich ein Gewitter über den Atollen aufzieht. Sie denkt die Worte *tropical thunder* und bemerkt, wie sie, ohne das gewollt zu haben oder es wirklich kontrollieren zu können, versucht, am Übergang zwischen Mundraum und Kehle ein tiefes Grollen wie von fern heranrollendem Donner zu erzeugen. Ein kurzer, paranoider Stich des Bewusstseins, das sich fragt, wie wenig sie sich den anderen gegenüber jetzt noch im Griff hat und ob sie ohne Griff, als ungefasste Version ihrer selbst, nicht total peinlich wirkt, wird von einer warmen Welle grundlos tiefer Zuversicht weggespült.

Aus nordöstlicher Richtung treibt ein Wind die Wetterfront auf die Insel zu und nimmt, noch bevor es zu regnen anfängt, die feinen Salzwassertropfen der brechenden Wellen, den *ocean spray*, denkt Frances Ford, mit und trägt sie durch die Straßen der Stadt, den Gehenden entgegen, in ihre Gesichter und auf die Kleidung. Eine salzig und klebrig gesättigte Luft, wie Schweiß aus einer sehr großen Sprühflasche, denkt die amerikanische Literaturwissenschaftlerin, der alles schon mal vorsorglich benetzt, auf dass eine Vorfreude aufkommt auf die große Waschung, das Schütten und Ausgießen. Frances Ford macht mit ihrem Mund die Bewegungen nach, die man ihr in der Schule zur korrekten Aussprache deutscher Um- und Zischlaute beigebracht hat. Schütten und Gießen. Die Straßen glänzen von der Feuchtigkeit des Meeres, eine moosige, schimmlige Angelegenheit, bald stehen sie wieder tagelang unter Wasser.

Nicht weit von der Stelle, an der unter Anordnung des konvertierten Königs und ersten Sultans der Nation, Dhovemi Kalaminja Siri Thiribuvana-aadiththa Maha Radun, ein Götzentempel zur Opferung junger Mädchen an den Meeresdämon, der einmal im Monat nachts an Land kam und nach Auffassung der Zauberpriester des Inselreiches nur per Vergewaltigung und Tötung eines solchen jungen Mädchens davon abzubringen war, Unheil über die gesamte Bevölkerung zu bringen, nach dessen schließlich doch recht einfach erfolgter Austreibung durch die Rezitation von Koranversen im 12. Jahrhundert nach Christus niedergerissen wurde, um stattdessen eine Moschee zu errichten, saßen Frances Ford, Valeria Lenín und Yuli Olmert in einem achteckigen Holzpavillon mit Meerblick beieinander, um Fords erste Mondwanderung feierlich einzuläuten. Es wurden hierfür ein Schiffchen aus Alufolie, ein Feuerzeug und das Mittelstück eines auseinandergeschraubten Kugelschreibers im Kreis herumgereicht. In die Pausen zwischen Einsaugen des Rauchs durch das Kugelschreiberröhrchen und dem Ausatmen einer farblosen, von den Lungen gefilterten Luft krachten die Brecher der anbrandenden Wellen. Frances Ford zählte mit, weil sie, in der Einnahme noch unerfahren, nicht sicher war, wie lange der Rauch in der Lunge behalten werden musste. Bei Valeria Lenín zählte sie drei und bei Yuli Olmert zwei Brecher. Sie selbst musste noch zwischen zwei Brandungsgeräuschen heftig husten, was ihr im Hals und oben an der Nasenwurzel brannte und ihre Augen tränen ließ.

Frances Ford lässt, während sie federnd auf einem sehr weich wirkenden Asphalt dahingeht durch die vormalige Hauptstadt, ihren Kopf gewähren. Und ihr Kopf spielt, als Soundtrack sozusagen für diesen Gang durch die Straßen, high bei aufziehendem Gewitter, noch nicht völlig losgelöst aus den Gründen, die sie auf die Insel geführt haben, den Song *This Is How We Walk On The Moon* von Arthur Russell, von dem sie weiß, dass auch Judy Frank ihn sehr gerne gemocht hat. Ford lächelt ein anerkennendes Lächeln, während es in ihr singt:

»Each step is moving, it's moving me up. Moving, it's moving me up. Every step is moving me up. One tiny, tiny, tiny move. It's all I need and I jump over. This is how we walk on the moon.«

Die drei Frauen haben seit einiger Zeit nicht mehr miteinander gesprochen. Seit ihrem Aufbruch aus dem Holzpavillon gehen sie jede für sich, versunken in die je eigene Wirkung der Droge, beziehungsweise in das, wohin und worauf sie von der Einnahme gestoßen wurden, schweigend nebeneinander her. Jede der drei Gehenden hat die Veränderung der Luft und des Himmels unmittelbar bemerkt, in eben der Plötzlichkeit, mit der auf einmal dort, wo vorher nichts als blauer Himmel, die Dunkelheit des Gewitters war.

Yuli Olmert ist die Erste, die das Schweigen bricht, als die grau verrauschte Unruhe, die der Regenschauer auf der Meeresoberfläche verursacht, die Küste erreicht und die verwitterten Molen, die von dort ins Meer ausgreifen, schon im unscharfen Schleier verschwunden sind. Auf den Teerpappen der Hausdächer, den Schuppen und Hütten aus Wellblechplatten, verrosteten Karosserien in den Straßen kriechen das Klopfen und Trommeln der schweren Tropfen den drei Frauen entgegen. Von der Einnahme euphorisiert und in eine Hypersensibilität hineingesteigert, spürt Olmert das eigene Durchnässtsein vom Regen schon, bevor es sich ereignet, und regt an, im nächstbesten Gebäude Schutz zu suchen. Mitten auf der unbenutzten Fahrbahn der Chaandhanee Magu, ganz in der Nähe des Sultanparks, bleiben die drei Frauen stehen. Olmert deutet durch ein geöffnetes Gittertor auf den hoch und dunkel dastehenden Bau des Nationalmuseums der Malediven, das etwas zurückversetzt auf dem Grundstück an der rechten Straßenseite als ein Geschenk der Volksrepublik China zum 45. Unabhängigkeitstag der Nation errichtet und am 26. Juli des Jahres 2010 feierlich übergeben und eröffnet wurde, jetzt bemoost, mit Tags und Parolen besprüht und mit eingeschlagenen Fenstern in einem verwilderten Garten steht, aufgebrochen, ausgeplündert und unbeleuchtet.

Als die Frauen den Eingangsbereich des Nationalmuseums erreicht haben, knirschen Glasscherben unter ihren

Gummischuhen. Einige der Scherben bleiben in den weichen Sohlen der Schuhe stecken und erzeugen dann beim Weitergehen über den gefliesten Boden ein tikkendes Geräusch, wie die ungestutzen Krallen großer Katzen. Nachdem Olmert, Lenín und Ford gänzlich in das Gebäude hineingegangen sind, wird hinter ihnen der Regenvorhang zugezogen, die wenigen Lichter der Stadt verschwimmen und es rauscht vor den Eingangstüren des Nationalmuseums, als wären die drei durch das Betreten der Museumslobby auf die Rückseite eines Wasserfalls geraten.

Die Frauen nehmen die Taschenlampen an ihren Endgeräten in Betrieb und leuchten sich selbst den Weg durch die dunklen Räume. Frances Ford lässt das Licht ihrer Lampe die Wände entlangwandern, ihr eigener und die Lichtkegel ihrer Begleiterinnen schneiden helle Flächen aus der Dunkelheit, die durch den Kontrast nur noch dunkler wirkt. In dieser rastlos herumzuckenden Beleuchtung scheint es Frances Ford, als würde sich der gesamte Raum unruhig bewegen und als wäre da ein ständiges Huschen und Flüchten aus dem Licht in die Sicherheit der finsteren Ecken. Ford spürt, wie es in ihr durcheinandergeht in alle Richtungen, dass sie keinen festen Stand hat auf diesem Boden oder auf ihren Beinen und wie sich dadurch eine gewisse Übelkeit in ihr ausbreitet. Das Licht ihrer Taschenlampe stößt auf einen hastig hingeschmierten Schriftzug, der quer über die gesamte Fläche einer Infotafel hinter dem Empfangstresen angebracht wurde. Es handelt sich um ein kurzes Gedicht, mit einem dicken Pinsel in glänzend schwarzen Lackbuchstaben geschrieben und mit den Worten *Final Party* unterzeichnet:

we are the bubbles
in the champagne
poured off of the roof
rising always as we fall

Frances Ford weiß, erinnert sich jetzt beim Anblick des Gedichts, dass auch Judy Frank schon hier in diesem Gebäude gewesen ist und darüber geschrieben hat. In einem der Briefe an seinen Verleger hatte der deutsche Lyriker angemerkt, dass es einen Ort gibt auf der Insel, einen traurigen Haufen Trümmer, als Institution der Bildung und Aufklärung gedacht und für kurze Zeit auch genutzt, in dem die Geschichte der Inseln und der Umgang mit ihr etwas geisterschlosshaft Betretbares bekommen (»eine Ruine der vergeblichen Anstrengung, die Welt und das Leben zu fassen und zu erklären«). Ford leuchtet mit der Taschenlampe ihres Endgeräts über die zerschlagenen Vitrinen und die leeren Halterungen an den Wänden für Waffen, Kunsthandwerk und Musikinstrumente, die alle lange schon gestohlen und an fahrende Hehler veräußert wurden. Dem Skelett des ausgewachsenen Longman-Schnabelwals, das wie ein Mahnmal der vergänglichen Vielfalt maritimen Lebens im Museum ausgestellt war, wurde *in einem Akt sinnloser Zerstörung*, denkt Ford, das Rückgrat gebrochen. Die zwei Hälften des auseinandergebrochenen Skeletts liegen in einiger Entfernung voneinander auf dem Boden zwischen Trümmern und Müll. Die Rippenknochen ragen in den Raum und sehen im Licht der Taschenlampen aus wie die erstarrten Beine toter Riesenspinnen.

Valeria Lenín hat eine schmale Holzlatte vom Boden aufgehoben und stöbert damit durch den verstreuten Krempel. Yuli Olmert bedeckt mit der rechten Hand das Licht ihrer Taschenlampe und betrachtet sehr fasziniert das orangerote Leuchten zwischen ihren Fingern. Ford weiß, dass sie selbst sich mehr Wissen über die Geschichte dieser Inseln und ihrer Hauptstadt angelesen hat als der Großteil derer, die hier nach dem Sturz der Regierung abgestiegen sind. Um überhaupt verstehen zu können, worum es in den Gedichten und Briefen des deutschen Lyrikers geht, dachte sie, müsste sie schon auch die Umstände und die Voraussetzungen verstehen, unter denen diese Texte entstanden waren. Seit ihrem einführenden Gespräch mit dem Professor in dessen Büro hatte sie in keiner Unterhaltung mehr das Gefühl, sich auf Augenhöhe zu befinden, was die Vorbildung über diesen unwahrscheinlichen Weltfleck angeht. Auch nicht, als ihr Lenín und Hedi Peck von ihren utopischen Landgewinnungsplänen erzählten, die Frances Ford für sich, ohne das laut ausgesprochen zu haben, als etwas kläglich Naives empfindet. Die große Geste verlorener Seelen mit einem heftigen Drogenproblem. Die amerikanische Literaturwissenschaftlerin würde das sehr gerne anders sehen, aber am Ende war dieses neu zu bauende Neuland für sie doch nur ein Haufen schwimmender Müll.

Valeria Lenín fischt aus dem Verschiedenen, das vor ihr auf dem Boden liegt, einen ausgebleichten und von der Feuchtigkeit gewellten Reiseführer heraus und betrachtet ihn mit ihrer Taschenlampe. Sie ruft die anderen beiden zu sich mit den Worten »Oh, *bon voyage*, meine Lieben«.

Olmert und Ford treten von je einer Seite an Valeria Lenín heran und spenden ihr Licht, sodass sie die eigene Lampe ausschalten und den Reiseführer in beide Hände nehmen kann. Die drei Frauen befinden sich noch unter dem euphorisierenden Einfluss der Droge, sie stellen sich sehr dicht zusammen und schauen gemeinsam auf die gewellten Hochglanzseiten des Reiseführers, die das Licht ihrer Taschenlampen zurückstrahlen und dadurch nur sehr schwer zu lesen sind. Lenín spürt an ihren Schultern und ihren Seiten die Körper der beiden anderen Frauen, eine Hand auf ihrem Rücken, Haare an den Wangen. Sie liest den anderen vor, was auf der wahllos aufgeschlagenen Seite steht:

»Es ist eine sehenswerte Kleinstadt«, steht da, »überbevölkert und völlig bebaut, aber einen Besuch unbedingt wert.« Die Frauen beginnen zu kichern, Ford formt mit ihren Lippen still den Text mit und Olmert spürt in sich sehr viel angestaute Fröhlichkeit, die zur Abfuhr in lautes Lachen nur den kleinsten Anlass braucht.

»In einem halben bis zu einem Tag«, liest Lenín weiter vor, »lernt man diese Stadt kennen. Nicht zu empfehlen sind die häufig angebotenen Zwei-Stunden-Trips.« Olmert prustet Lenín die letzten drei Worte nochmal laut ins Ohr. Frances Ford lacht tonlos und spürt, wie von einem inneren Innendruck der Heiterkeit ein paar Tränen in ihre Augenwinkel gepresst werden und die Wangen hinabzulaufen beginnen. Valeria Lenín beherrscht sich selbst gerade genug, um weiterzulesen:

»Die Malediven zählen zu den besten Tauchgebieten der Erde. Wer hier niemals tauchte, hat die Malediven nicht erlebt. Die Unterwasserwelt ist einzigartig. Die Tauchtauglichkeitsbescheinigung des Haus- oder Sportarztes, die nicht älter als 6 Monate sein darf, muss von zuhause mitgebracht werden.«

Olmert krümmt sich nach vorne und hält sich den Bauch und stützt sich mit der anderen Hand auf Leníns Schulter ab.

»Vor dem Urlaub sollten auch die Zähne in Ordnung gebracht werden, denn Zahnschmerzen verderben jeden Tauchspaß.« Lenín macht eine Pause, Ford spürt, wie ihr eigener und der Körper der Lesenden in einem gegenläufigen Rhythmus vom Lachen geschüttelt werden. Lenín blättert um, die Seiten knarzen, sie liest:

»Auf den Malediven kann man überall gute Tauchplätze finden. Einige *Brennpunkte* haben sich in den letzten Jahren herauskristallisiert. Besondere *Haigründe* findet man im Wadu-Kanal, am Fishhead-Riff im Ari Atoll, im Außenriff von Tuluschu, nördlich von Gulhi und bei Maniyafaru. Sehr beliebt sind auch das Schiffswrack *Maldives Victory* vor Hulhulé und das einzige *Hausriffwrack*, das vor der Taucherinsel Ellaidhoo liegt. Die Geheimtipps kennen die Tauchlehrer, bei denen sollte man sich erkundigen, was gerade *in* ist.«

Das Lachen der Frauen ebbt langsam ab, sie spüren, obwohl noch hoch oben auf dem Kamm einer Welle des Frohsinns, wie der Spaß des Lesens des Reiseführers seinem Ende entgegengeht. Lenín ist allerdings in diesem Moment nicht in der Lage, einfach aufzuhören und das Buch zurückzuwerfen in den Haufen, aus dem sie es herausgefischt hat. Ihre Stimme liest ganz automatisch weiter vor, was an Wörtern auf den Rest der Doppelseite gedruckt ist.

»Was die Malediven berühmt gemacht hat, ist die einmalige Tierwelt unter Wasser. Hier bildet die Koralle den Grundstock allen Lebens. Im flachen Uferwasser, am Riffrand und am Außenriff lassen sich außerdem Barben, Äschen, Grundeln, Barsche, Anemonenfische, Chirurgen- oder Doktorfische, Drückerfische, Falterfische, Fledermausfische, Kaiserfische, Korallenfische, Kugelfische, Nasenfische, Nashornfische, Papageienfische, Pfauenkaiserfische, Phantom-Wimpelfische, Putzerfische, Soldatenfische, Schiffshalter, Schmetterlingsfische, Schnapper, Schwertgürtel, Süßlippen, Schwarzfeuerfische, Steinfische, Rochen, Muränen, Seesterne, Seeigel, Tintenfische, Kraken, Langusten, Schnecken, Stachelrochen, Makrelen, Bonitos, Thunfische, Sperrfische, Barrakudas, Pfeilhechte, Ammenhaie, Weißspitzen-Hundshaie, Schwarzspitzen-Riffhaie, Karett- und Suppenschildkröten und mit sehr viel Glück auch einmal ein ausgewachsener Walhai entdecken und beobachten.«

Die Körper der drei Frauen rücken ein Stück weit auseinander und Olmert und Ford lassen die Taschenlampen sinken, mit denen sie eben noch den Reiseführer beleuchtet haben. Die Gesichter der jeweils anderen sind in der Dunkelheit nicht zu erkennen, aber sie spüren jede für sich, dass das Verlesen dieser Totenliste der Vielen, die längst nicht mehr im Wasser um die Atolle entdeckt und beobachtet werden können, allen gleichermaßen den Magen umgedreht und die Fröhlichkeit ausgetrieben hat. Sie hören ein schweres, zorniges Grollen von draußen und schweigen für einige Zeit, bevor sie wortlos auseinandergehen.

Frances Ford fühlt, wie sie die Wirkung der Droge, oder vielmehr die Abwesenheit ihres normalen, nüchternen Bewusstseins in seiner verlässlichen Funktionsweise zu belasten beginnt. Sie wünscht sich, augenblicklich aus dem Bereich *under the influence*, der ja tatsächlich ihr eigener Körper ist, heraustreten zu können und die volle Kontrolle zurückzugewinnen. Zeitgleich mit dem Aufkommen dieser Gedanken spürt Ford, als würde sie von der Substanz in ihrem Blutkreislauf verhöhnt, die mit dem Wirken in diesem Körper noch längst nicht fertig ist, im Gesicht ein Jucken, wie von einem falschen Bart, das sich überall dort nur noch verstärkt, wo die amerikanische Literaturwissenschaftlerin sich hektisch zu kratzen beginnt.

Ford kratzt sich und leuchtet und läuft ziellos durch den großen Ausstellungsraum des Museums. Trümmer, Müll, Parolen (an einer der Wände steht auf Dhivehi und daher weder für Ford noch für die anderen zu entziffern der Satz: *Der Krieg ist aus, unsere Hände sind leer*), Scherben der Vitrinen, tote Schaben, nichtssagende Reste. An einem halbwegs intakt gebliebenen Ausstellungsstück, das keine veräußerlichen Artefakte enthält, bleibt Frances Ford stehen und hofft, dass sie ihre Konzentration, ihren analytischen Sinn, den gebildeten Geist, der ihrem Selbstbild zufolge den ganzen Wert ihrer Persönlichkeit ausmacht, hier wieder zusammenraffen und bündeln und so vielleicht aus diesem unangenehm unkontrollierten und fremdbestimmten Draufsein herauskommen kann.

Das Ausstellungsstück ist eine Art Nische aus Stellwänden, die mit Fotografien und laminierten Originalprotokollen an die welterste Unterwasserkabinettssitzung der maledivischen Regierung unter Präsident Mohammed Nasheed im Jahr 2009 erinnert. Frances Ford hat vor ihrer Abreise nach Malé diverse Artikel gelesen über diese Aktion, die damals vor der Weltklimakonferenz in Paris denjenigen Weltregionen Aufmerksamkeit verschaffen sollte, die als Erste von den steigenden Meeresspiegeln verschluckt würden. Ford betrachtet die Aufnahmen der Kabinettsmitglieder, die in Neoprenanzügen an Tischen auf dem Meeresboden sitzen und die comichaft vergrößerten, laminierten Dokumente vor sich liegen haben, die wenig später im neueröffneten Nationalmuseum ausgestellt wurden. Sie horcht auf den nächsten Donner von draußen, der sehr bald schon angerollt kommt, aber nicht mehr klingt wie die anderen zuvor, sondern plötzlich dumpf gurgelnd weggeschnappt wird im selben Moment, in dem es Ford sehr körperlich und sehr unangenehm erscheint, als stülpte sich der Boden und mit ihm die ganze Insel auf den Kopf, tauchte einmal durch den Ozean hindurch, alles innen und außen kurz schwerelos schwebend, keine Luft für die Lungen, kein Halt nirgends, dann wieder zurück in Oben und Unten, die Eingeweide der amerikanischen Literaturwissenschaftlerin sacken schwer in ihre Ausgangspositionen zurück, ein scharfer Stich schießt Ford vom Magen her die Speiseröhre hoch, einige wilde Krämpfe wringen ihr den Bauchraum aus, keine Zeit mehr, um sich abzuwenden, sie erbricht sich mehrmals heftig in die noch weitestgehend unbeschädigte Stellwandnische mit den Originalprotokollen zur weltersten Kabinettssitzung unter Wasser und die Geräusche, die sie dabei macht, kommen ihr ungehörig laut und bestialisch vor.

Die amerikanische Literaturwissenschaftlerin ist irritiert von einem seltsamen Echo der Geräusche ihres Würgens und Kotzens, bis sie sich umwendet und realisiert, dass auch Lenín und Olmert begonnen haben, sich heftig zu übergeben. Von Yuli Olmert, die sich so auf ihre Knie aufstützt, dass die Taschenlampe in ihrer Hand nur einen Teil des Bodens vor ihr beleuchtet, sieht Ford nichts als diesen Lichtfleck, in den hineingebrochen wird. Valeria Lenín leuchtet mit ihrer Lampe in Fords Richtung, ist also für sie bloß als blendender Punkt in der Dunkelheit zu erkennen und als Stimme, die von röchelnden Spasmen unterbrochen ruft, sie solle sich keine Sorgen machen, das sei völlig normal und Teil des Prozesses, eine Reinigung sozusagen.

Frances Ford beschleicht ein tiefes Gefühl des Verlassenseins. Eine Kälte breitet sich in ihr aus, die vom Herzen her zu kommen scheint und in die Arterien und Kapillaren gepumpt wird, ein kaltes Taubheitsgefühl in den Fingern und Zehen, *vielleicht das Ende*, denkt sie und empfindet ihre Begleiterinnen mit einem Mal als unerträglich, verantwortungslos, selbst zu unerfahren und zu wenig Schamaninnen, um eine andere auf diese Mondwanderung auszuführen. Anders als bei den Alkoholvergiftungen, die sie aus ihrer Jugend und von gelegentlichen Abstürzen als Erwachsene her kennt, gibt ihr der nächste und übernächste Schwall, den sie erbricht, nicht das Gefühl, damit gleichzeitig auch auszunüchtern, loszuwerden, was sie würgt und schwindelt. Die scharfe Säure aus ihrem Magen brennt Frances Ford am Zahnfleisch, das davon augenblicklich zu verkümmern scheint, die Zähne, nur noch lose und wacklig, müssen fest zusammengebissen werden, um nicht aus dem Kiefer herauszufallen. Eine Art Unterdruck im Kopf scheint die Augäpfel durch die Höhlen in den Schädel hineinsaugen zu wollen, Ford kann sich nicht vorstellen, dass das der gewollte Effekt der Einnahme sein soll. Dass man sich, sobald alles endlich vorbei ist, jemals wieder so fühlen und das alles nochmal haben wollen könnte. Bei mir läuft da wohl etwas ganz grundverkehrt, denkt sie, während Yuli Olmert ihr zuruft, dass sie später alle darauf achten müssen, dem Substanzverlust entsprechende Mengen Nahrung und Flüssigkeit zu sich zu nehmen, sie würden jetzt für eine gefährlich lange Zeit keinen Hunger und keinen Durst mehr haben.

Die Krämpfe in Fords Magen schicken nach einigen Minuten nur noch geringe Mengen Säure nach oben in den Rachen, die die amerikanische Literaturwissenschaftlerin wieder runterschluckt und langsam genug Stabilität in ihren Beinen spürt, um tiefer in die Dunkelheit des Museums hineinzugehen, etwas mehr Distanz zwischen sich und das Licht und die Beschwichtigungen der beiden anderen zu bringen.

Ford versucht, vorsichtig langsam einen Gummischuh vor den anderen setzend, auf immer wieder weich wegknickenden Knien, die Hände ausgebreitet, um das Gleichgewicht zu halten, ohne die Taschenlampe ihres Endgeräts voranzukommen. Sie dreht sich nicht nach den anderen um, ihre Augen sollen sich an die Dunkelheit gewöhnen, ohne ständig neu vom Licht der Lampen geblendet zu werden. Die Stimmen der beiden Frauen werden schnell zu unverständlichem Geräusch, das hinter den Donner von draußen zurücktritt. Mit jedem Schritt werden sie leiser und die Dunkelheit dunkler, tiefer und schwärzer. Der Raum könnte endlos sein oder Fords Fußspitzen könnten beim nächsten vorsichtigen Schritt gegen eine Wand stoßen. Sie wünscht sich, ein Organ zur Sonarverortung zu haben, wie ein nokturnaler Spezialist, denkt sie. Feuchte Hitze umgibt die amerikanische Literaturwissenschaftlerin, eine salzige, schwitzig klebrige, alt abgestandene Luft, von der nur der kleinste Teil aus dem zu bestehen scheint, was in die atmenden Lungen wirklich hineingehört.

Die Finsternis, die Ford jetzt völlig umfängt, beginnt, vor ihren Augen zu wimmeln und zu rauschen, körniges Gefissel, Muster von sich kreuzenden, hin und her kippenden dunkelgrauen Linien und dazwischen, darüber und dahinter, ein ölig schimmerndes Winden, übereinanderkriechende Aale oder Würmer, der Raum – oder die Abwesenheit des Raumes – besteht bald ganz aus dieser rastlos sich verknäulenden, ineinander verschlungenen Bewegung. Ford hört das schleimige Schmatzen glitschig gleitender Körper und streckt ihre Hand aus in der Erwartung, da irgendwo die Finger dazwischenzukriegen und eindringen zu können, wie in einen göttlichen, übernatürlichen Schlangenhaufen der Gleichzeitigkeit alles Gewesenen und Seienden, von dem sie, man, jeder augenblicklich verschlungen und verdaut würde.

Die aalige Präsenz dieser Dunkelheit, nach der sie greift und die doch ungreifbar bleibt, erkennt Ford mit einer plötzlichen und zweifellosen Klarheit als das Allesverbindende – ein endlos sich windender Lebens- und Totentanz, Ende und Anfang unablässig selbst verschlingend und wiedererbrechend, der hier in den unbeleuchteten Ecken des ehemaligen Nationalmuseums versteckt liegt wie eine Madenkönigin, umgekehrt transluzenter Körper, durchlässig für alle Finsternis. Fords Augen sind weit geöffnet und sie meint zu spüren, wie auch ihre Pupillen weitestmöglich geweitet sind, Riesenscheiben zur Aufnahme des Dunklen. Zwei der öligen Allseinsaale lösen sich vor diesen weit geöffneten Augen aus dem unendlichen Gewimmel und dringen der amerikanischen Literaturwissenschaftlerin durch ihre weit geöffneten Pupillen in den Kopf ein, ins Gehirn und in die Nerven und das Rückenmark. Jeder Muskel in Frances Fords Körper erstarrt in einem einzigen Krampf, ihr waches Bewusstsein wird hineingesaugt in den glitschigen Haufen, und sie findet sich, paralysiert als beobachtender Gast, unter einer dumpfen Glocke und unsichtbar für alle Anwesenden, im Wohnzimmer ihres Elternhauses in der Emerson Avenue in Bloomington, Minnesota, wieder, einer Gruppe pubertierender Mädchen gegenüber, denen dunkle Egel in den gemeinen Gesichtern sitzen, wo eigentlich ihre Augenbrauen sein sollten.

Ford erkennt die Situation als die Party, die sie selbst an ihrem sechzehnten Geburtstag ausrichtet, während ihre Eltern für einige Tage verreist sind und ihr zum ersten Mal erlaubt haben, nicht mitzufahren und allein im Haus zurückzubleiben. Ihre engste Freundin Wednesday Anderson Erie hat mit ihrem älteren Bruder Thomas und dessen gefälschtem Ausweis Alkohol besorgt und alle sind gekommen bis auf einen, dessen Anwesenheit sich die sechzehnjährige Frances Ford am sehnlichsten gewünscht hat und den einladen zu können der eigentliche Grund war, die Party in ihrem Elternhaus überhaupt zu veranstalten.

Die Mädchen, denen die Egel in den Gesichtern sitzen, wo eigentlich ihre Augenbrauen sein sollten, haben Luftballons mitgebracht, Diademe und Knicklichter und Kuchen und für die Schülerin, die die amerikanische Literaturwissenschaftlerin Frances Ford damals noch war, Lieder gesungen. Wann immer der Name desjenigen fällt, der nicht gekommen ist, obwohl ihn einladen zu können der eigentliche Grund und Anlass der Party gewesen ist, winden sich die Egel in den Gesichtern der Mädchen, was ihnen einen noch fieseren, bitterbösen Ausdruck verleiht. Die Mädchen sind aus Solidarität mit Frances Ford voller Missgunst. Die Ablehnung dieses einen, der nicht erschienen ist, das spürt die amerikanische Literaturwissenschaftlerin unter der Glocke in ihrem Elternhaus sehr deutlich, ist das stärkste Band zwischen ihr und ihren Freundinnen. Der Ausschluss dessen, der die Einladung nicht angenommen hat, rückt sie zusammen und verbindet sie, die Egelgesichtigen, in ihrer Gemeinheit und Enttäuschung. Ford begreift, was sie als Sechzehnjährige zwar auch schon gespürt hat, aber so noch nicht für sich formulieren konnte: dass sie als Teil dieses Zusammenschlusses der Ablehnenden auf die falsche Seite geraten ist und von dort vielleicht nie mehr zurückkommen kann.

Hinter den Mädchen, am Ende des Raumes, sieht Frances Ford, als sie an ihnen vorbeiblickt, befinden sich anstelle der Fenster in den Wänden ihres Elternhauses nur ein paar pechschwarze Rechtecke, durch die man nicht nach draußen schauen kann. Dieses schwarze Pech fließt unten zäh aus den Rechtecken heraus über die Fensterbretter, tropft auf den beigefarbenen Teppichboden und bildet dort dunkle Pfützen.

In dem Augenblick, in dem die amerikanische Literaturwissenschaftlerin begreift, dass es sich dabei um die Finsternis des Nationalmuseums handelt, beginnt die ganze Szene in ihrem Elternhaus zu verschwinden. Die Möbel und Menschen schmelzen in sich zusammen zu Haufen aus Schleim und schwarzen Würmern und alle Farbe weicht aus den Ballons und den *Happy Birthday*-Bannern, bis Ford wieder vor nichts als Dunkelheit steht. In einer Niedergeschlagenheit, von der sie spürt, dass sie von ihr begleitet wurde oder sie begleitet hat, seit diesem Geburtstag oder vielleicht auch schon sehr viel länger, holt Ford ihr Endgerät aus der Tasche und nimmt die Taschenlampe in Betrieb, deren Licht sofort den ganzen göttlichen Schlangenhaufen der Finsternis vertreibt und ihr erhellt, dass sie unmittelbar vor einem Holzsockel auf einem Ausstellungspodest stehen geblieben ist, auf dem die Nationalflagge der Malediven aufgespannt ist.

Ford starrt sich eine Weile an dem grünen Rechteck mit der dünnen weißen Mondsichel fest, das von einem blutroten Rahmen eingefasst ist. Oberhalb der Flagge ist eine runde Leerstelle auf dem Sockel zu sehen, wo das Holz weniger stark nachgedunkelt ist und wo sich bis zur Plünderung des Nationalmuseums eine kleine Acrylglaskuppel befunden hat, in die Bodenproben der amerikanischen *Apollo 11* Mondmission eingegossen waren. Eine Plakette am Fuß des Sockels weist die Flagge und die Proben als Geschenk des 37. amerikanischen Präsidenten Richard Nixon aus. Die Astronauten der Mission haben, so erklärt es die Plakette der amerikanischen Literaturwissenschaftlerin, die sich zum Text die Stimme eines Nachrichtensprechers aus den 1970er Jahren vorstellt, auf ihre erfolgreiche erste Mondlandung und Begehung des Trabanten die Nationalflaggen von 135 Nationen mitgenommen. Die Vereinigen Staaten von Amerika, hier repräsentiert durch ihren Präsidenten Nixon, verschenkten diese weit gereisten Flaggen nun gemeinsam mit dem in Acrylglas gegossenen Mondgestein als Symbol der Freundschaft und des Friedens und der Verbundenheit im Streben nach Aufklärung und Erleuchtung.

Den Plünderern des Nationalmuseums erschien die Flagge, die den Mond im Zentrum trägt und ihn selbst im Gepäck der Astronauten bereist hat, ganz offenbar als wertlos. Die symbolische Aufgeladenheit des Objekts, denkt Ford, während die Farben der maledivischen Nationalflagge im Licht der Taschenlampe pulsieren, als befände sich im Kern des Sockels ein schlagendes Herz, lässt sich nur schlecht in einen entsprechenden Verkaufswert umrechnen. Das Mondgestein dagegen übertrifft den Wert seines Gewichts in Gold auf dem Schwarzmarkt, auf dem es ausschließlich vertrieben werden kann, um ein Tausendfaches, weshalb der größte Teil dieser generösen Geschenke an die 135 Nationen der Erde auch im Verlauf der Jahre gestohlen und verhökert wurde.

Ford denkt für einige Zeit über die Geste hinter diesem Geschenk nach, die ihr für ihre Heimatnation repräsentativ erscheint. Zum Mond fliegen, Bodenproben auflesen und diesen Mondboden dann zurück auf der Erde an alle möglichen Nationen verschenken, die selbst nicht die Kapazitäten haben, eine solche Reise zu unternehmen. Wobei ja gerade in diesem Akt des Schenkens, denkt die amerikanische Literaturwissenschaftlerin, auch ein Akt der Annexion enthalten ist. Wir verschenken den Mond, wie er von uns zuerst betreten wurde. Eigene Mondfahrten anderer sind nicht mehr nötig. Der Wettlauf, als den wir diese Expedition von Anfang an begriffen haben, ist gewonnen, wir waren die Ersten und werden also für immer die Ersten bleiben. Unsere Flagge haben wir dort oben in den weißen Sand gesteckt, eure Flaggen haben wir wieder mitgenommen. Es gibt keinen Ort im bereisbaren Radius des Menschen, den wir nicht erreichen und den wir uns nicht unterwerfen können. Zu einer Freundschaft mit dieser mächtigen Potenz wird dringend geraten und das Geschenk ist im wahrsten Sinne des Wortes als ein symbolisches zu betrachten. Frances Ford denkt, als handle es sich dabei um einen Kommentar, die aus einer Briefkorrespondenz des amerikanischen Lyrikers Allen Ginsberg stammenden Worte:

Visit the moon, see the dead, see God.

Lichter, die unmöglich die der Endgeräte von Yuli Olmert und Valeria Lenín sein können, hell und professionell und zielstrebig nüchtern, tauchen plötzlich aus der Dunkelheit am entferntesten Ende des Ausstellungsraums des Nationalmuseums der Malediven auf, blenden die empfindlichen Augen der amerikanischen Literaturwissenschaftlerin Frances Ford und versetzen ihr einen kalten Schrecken. Sie erinnert sich, nur halb bewusst, eher gefühlsmäßig, mit einem Gedächtnis, das irgendwo in ihrem leergekotzten Bauch verortet sein muss, an ein virales Internetvideo, das die Rettung eines tagelang in einer Luftblase im Inneren seines gesunkenen Schiffes eingesperrten nigerianischen Seemanns zeigte. Sie hört

Stimmen, die eindeutig nicht die Stimmen der beiden Frauen sind, mit denen sie das Nationalmuseum betreten hat. Männerstimmen sind darunter, die im vertrauten Akzent ihrer Herkunftsnation sprechen.

O

Als das Wasser, das durch das Loch im Glasbaustein des schmalen Kellerfensters in den Raum hereingeströmt kommt, hüfthoch angestiegen ist, nach Stunden des kontinuierlichen Rauschens und Plätscherns, kann der Gefesselte es nicht mehr länger zurückhalten. Er entleert seine Blase durch den Stoff seiner Hose in das lauwarme Element, das ihn umgibt. Der Gefesselte spürt einen leichten Temperaturunterschied im Schritt und an den Oberschenkeln und eine schamvolle, fast kleinkindliche Traurigkeit, die für den Moment sogar die Sorge und die Ratlosigkeit überdeckt, in die ihn die akute Höchstwahrscheinlichkeit seines nahen Todes in dieser Kellerraumsituation versetzt hat.

Der Gefesselte denkt, dass vielleicht jetzt, wo die hinter der Stuhllehne mit einem Strick zusammengeschnürten Handgelenke unter Wasser sind, alles so weit aufweichen könnte, dass es ihm möglich würde, sich zu befreien. Die Hände des Gefesselten sind allerdings von der stundenlangen, abwärts gerichteten Fixierung schmerzhaft prall mit Blut gefüllt, die Adern sind dick hervorgetreten und die Fesseln dadurch eher noch enger als lockerer geworden. Dem Gefesselten sind die Füße zuerst eingeschlafen, kribbelnd wiederaufgewacht und schließlich ganz taub geworden. Die Gefühllosigkeit, die bewirkt, dass der Gefesselte meint, er würde sich langsam im ansteigenden Wasser auflösen, hat sich bereits bis über die

Knie und zur Hälfte in die nun warm von seinem eigenen Urin umwölkten Oberschenkel ausgebreitet.

Das hereinströmende Wasser ist so trüb, dass der Gefesselte darin nur die Spiegelung der Leuchtstoffröhre an der Decke, den öligen Film auf der Oberfläche und den umhertreibenden Staub erkennen kann. Mit der Möglichkeit, ihn zu betrachten, und ausreichend Gefühl, ihn zu bewegen, verschwindet auch die Gewissheit, einen Körper unterhalb dieses Schmutzwasserspiegels überhaupt noch zu haben. Sicher ist sich der Gefesselte über die Schmerzen in seinem Rücken vom langen Sitzen ohne Spielraum, um seine Haltung zu verändern. Auch spürt er Durst, einen sehr trockenen Hals und Kopfschmerzen. Die Wunde unter seinem linken Auge pulsiert noch immer, die Schwellung hat die Lider darüber bis auf einen schmalen Schlitz, durch den der Gefesselte kaum mehr hindurchschauen kann, verschlossen. Von irgendwo innerhalb seines Kopfes, aus den Nebenhöhlen oder der Nase herkommend, hat sich ein metallener Blutgeschmack im Mundraum des Gefesselten ausgebreitet. Er sieht, vor seinem geistigen Auge, nochmal den Anflug auf die Inselkette vom Fenster des kleinen Wasserflugzeugs aus. Diese Stadt, die ihm so vorkam, als wäre sie aus einer normalen Großstadt mit einer runden Keksform ausgestochen und in den Ozean gesetzt worden. Der Gefesselte denkt, während ihm das Wasser im Kellerraum bis über die Hüften angestiegen ist, dass er wohl damals schon, im Anflug auf die Insel, eine Ahnung davon gehabt hat, diesmal nicht mehr heil davonzukommen. Das Unheil, denkt er, nimmt nun langsam seinen Lauf, indem ich mich von den Füßen her auflöse und mit all dem vermenge, was sich hier vor mir schon aufgelöst und eingemischt hat.

Der Gefesselte fragt sich, ob der Sauerstoff in seinem Blut und seinen Lungen ausreichen würde, um ihn mitsamt des Stuhls, auf den er festgebunden ist, an der Wasseroberfläche treiben zu lassen. Und ob er sich dafür irgendwie speziell leicht zu machen hätte. Er überlegt, von welcher Art Last er sich jetzt noch befreien könnte, was ihm möglicherweise genug Auftrieb verschaffen würde.

O

»Es ist schon möglich«, sagt Adel Politha zu den anderen, die nach der Erzählung vom Untergang der *Jascon 4* und der wundersamen Rettung des nigerianischen Schiffskochs um den Tisch im Hühnersultan sitzen geblieben sind und den Saft aus ihren gekühlten Kokosnüssen ausgetrunken haben, »dass das auch mit meinem Konsum zusammenhängt.«

Hämäläinen, Politha, der junge Kröcher und Okene geben ihre leergetrunkenen Kokosnüsse an Wahid Barbari zurück, der mit einem Korb an ihren Tisch herangetreten ist, um sie einzusammeln.

»Aber das spielt eigentlich keine Rolle. Jedenfalls habe ich diesen wiederkehrenden Traum, seit ich hierher auf diese Insel gekommen bin.«

Harrison Odjegba Okene beginnt, sich zu fragen, ob seine Erzählung nur dazu gedient hat, dem Romanschriftsteller im Hühnersultan Stichworte für sein eigenes Erzählen zu geben, ihn zu triggern und zu animieren. Er hätte sich, denkt er beim Zuhören, wohl schon gewünscht, dass Politha ein paar Notizen macht oder das Gespräch aufzeichnet. So ist doch nun, denkt er, alles gleich wieder vergessen.

»Das hier war ja«, fährt Politha fort, ohne die Enttäuschung an Okene zu bemerken, »mal ein einzigartiges Schnorchel- und Tauchparadies. Die eigentliche unglaubliche und unfassbare Vielfalt war hier ja auch früher schon nicht an Land zu finden – nur ein paar Palmen und Hütten und die stinkende Stadt, die aus dem Wasser herausragen. Die Zauberwelt war ja damals schon unter der Oberfläche. Und wenn ich hier träume, also wenn ich einen klaren Traum habe, an den ich mich nach dem Aufwachen auch noch gut erinnern kann, dann ist es eben meistens derselbe Traum und ein Traum vom Tauchen.«

Im visuellen Gedächtnis des Finnen Hämäläinen existiert kein besonders prägnantes Bildmaterial, das durch die Rede von der Vielfalt des Lebens unter Wasser heraufbeschworen werden könnte. Er lässt außerdem, im Gegensatz zu vielen anderen auf der Insel, seine Finger ganz grundsätzlich von den diversen Substanzen, die hier zu haben sind, und hat daher auch keine Träume oder Visionen, die mit denen Polithas vergleichbar wären.

»Der Traum beginnt schon unter Wasser. Ich bin in einer Gruppe von Tauchern und ich weiß, dass ich das Tauchen gerade erst gelernt habe. Ich habe den Atemregler eines Sauerstoffgeräts im Mund und auf meinen Ohren den dichten Druck der Tiefe. Es gibt einen Tauchlehrer oder Unterwasserführer, der die Gruppe anleitet, und ich weiß meistens schon am Anfang, weil ich mich aus den vergangenen Träumen daran erinnere, dass alle anderen sehr viel besser tauchen können als ich, sich viel geschickter bewegen und wissen, wie das mit dem Druck und der Sauerstoffmenge in den Tanks auf ihren Rücken funktioniert. Ich aber habe alles Wissen aus meiner Tauchschulung, die vor dem Tauchgang ja stattgefunden haben muss, wieder vergessen. Es fühlt sich an wie in diesen Träumen, in denen einem auffällt, dass man seinen Text nicht kann, kurz bevor man auf eine Theaterbühne muss, um ein Stück aufzuführen.«

Adel Politha macht eine kurze Pause, weil er sieht, dass Harrison Odjegba Okene im Begriff ist, sich heftig in eines der Küchentücher zu schnäuzen. Er wartet den geräuschvollen Schnäuzprozess ebenso geduldig ab wie das nachfolgende Entfernen der Rückstände, bevor er seine Erzählung wiederaufnimmt.

»Jedenfalls falle ich in diesem Traum immer schnell hinter die Gruppe zurück, was mich sehr nervös macht. All meine Angst und Sorge gilt dem Abgehängtwerden und dem Verlieren des Anschlusses an den Unterwasserführer und die anderen Tauchschüler. Ich habe sozusagen nur Augen für die sich immer weiter entfernenden Gestalten, die schon sehr bald nur noch schwarze Schemen mit Flossen und die Lichtkegel ihrer Lampen sind und werde immer panischer und merke, wie ich hektisch zu atmen anfange und wie das nur sehr schlecht geht mit dem Atemregler und dem Sauerstoff aus dem Tank auf meinem Rücken, wie ich gar nicht genug Luft für meine Lunge aus dem Mundstück heraussaugen kann. Ich fange an zu zappeln und gar nicht mehr recht vom Fleck zu kommen, mein Schlagen und Strampeln bewirkt nicht, dass ich mich durchs Wasser bewege. Ich denke, ich mache etwas falsch, die anderen schaffen es doch auch, sie machen doch auch nichts anderes mit ihren Beinen und Flossen als ich und trotzdem entfernen sie sich immer weiter. Es schaut sich auch keiner nach mir um.«

Der junge Kröcher beginnt, sein vom Frittierfett aufgeweichtes Papierschiffchen auseinanderzureißen, was Adel Politha für einen Moment vom Erzählen ablenkt. Politha erinnert sich daran, dass der junge Kröcher sehr wahrscheinlich eh kein Wort von dem versteht, was um ihn herum gesprochen wird, und entschließt sich dagegen, ungeteilte Aufmerksamkeit auch von ihm einzufordern.

»Ich weiß in meinem Traum, dass sich beim tiefen Tauchen der arterielle Sauerstoff-Partialdruck erhöht, so viel habe ich wohl aus meiner Schulung doch noch behalten. Und dass es dadurch zu zentralnervösen Symptomen kommen kann – Tunnelblick, Ohrgeräusche, Übelkeit, Schwindel, Erbrechen, Gesichtsfelddefekte, Persönlichkeitsveränderungen, Erregung, Angst, Verwirrtheit, Sauerstoffkrämpfe, Fieber, Wahnsinn –, aber ich weiß nicht, wie ich darauf reagieren soll. Ich fühle mich von meinem Tauchlehrer und den anderen Schülern im Stich gelassen mit meinen zentralnervösen Symptomen und finde das unverantwortlich und fahrlässig und unfair. Ich denke: Jemand müsste doch zuständig sein für mich in meiner Not.«

Für die anderen am Tisch im Hühnersultan steht außer Frage, dass es sich bei Adel Polithas Rede von den zentralnervösen Symptomen und zerebralen Defekten um angelesenes Halbwissen handelt, das im Traum keine Rolle gespielt hat und sich lediglich für das Erzählen des Traumes angeeignet wurde. Sie entscheiden sich unabhängig voneinander dagegen, auf das für sie Offensichtliche hinzuweisen.

»Und im Moment meiner größten Verzweiflung«, sagt Politha, »schaue ich dann in diesem Traum immer wie unfreiwillig und fremdgesteuert nach oben, in den Himmel sozusagen, vielleicht, weil ich mir von dort Beistand erhoffe.«

Der Romanschriftsteller sieht an dieser Stelle den pensionierten Schiffskoch sehr eindringlich an, weil er glaubt, der müsste doch hier mit seiner eigenen Erzählung von der Rettung aus dem Schiffsbauch durch den allmächtigen Gott Anschluss finden können, erhält von Okene allerdings kein entsprechendes Signal.

»Und über mir ist tatsächlich ein Himmel oder eine Art von Himmel: Ich sehe die Oberfläche des Ozeans, auf die es von oben heftig zu regnen angefangen hat. Millionen Tropfen schlagen in dieses riesige gläserne Dach über mir ein und hinterlassen ebenso viele perfekte Kreise, deren Ränder sich überschneiden. Der Wasserspiegel ist sehr weit weg, aber ich kann trotzdem diese einzelnen Tropfen gut erkennen, und ich weiß, dass über mir ein tropischer Regenschauer heftig über den Ozean hinweggeht, düstergraue Wellenwolken rollen durch das Muster der Millionen Kreise, es schwappt irr durcheinander, aber ich bin so weit entfernt, so tief unten, dass ich davon gar nichts mitbekomme. Und als ich meinen Blick wieder senke, auf das vor und um mich und unter mir Liegende, sehe ich überhaupt zum ersten Mal die wunderschöne Welt, die mich umgibt. Ich vergesse die anderen Taucher und meine Not. Und ich sehe Fische und Quallen und Muränen und Korallen, Polypen, Krebse, Schnecken, Seepferdchen, Würmer und Gurken, Aale, Algen, Wale und Tintenfische und ich sehe, als unwirklichstes dieser Wunder, wie ein schlohweiß leuchtender, herrlich schöner Vollmond hinter einem der schroffen Felsen aufgeht, sich als blendend helle Scheibe über allem erhebt und diese ganze fabelhafte Welt mit seinem Licht bestreicht. Die Fische fangen an zu schillern und zu glitzern in ihren tausend Farben und die Würmer und Schlangen winden sich in sehr kunstvollen Verknotungen und all die Bewohner all der Löcher in dem Felsen und im Boden kriechen hervor und baden sich im Licht und ich werde davon unglaublich ruhig und fürchte mich gar nicht mehr. Plötzlich ist mir völlig klar, ohne jeden Zweifel, dass ich das Sauerstoffgerät auf meinem Rücken nicht mehr brauche. Ich nehme einfach das Mundstück aus dem Mund und atme.«

Politha atmet zur Illustration des Gesagten einmal sehr tief ein und macht dabei mit seinen Händen eine Geste, die die Befüllung seiner Lungen mit herrlich frischer Luft oder herrlich frischem Meer anzeigen soll. Beim folgenden langen Ausatmen muss er sich sehr konzentrieren, einen Hustenreiz zu unterdrücken, der ihm wie echtes Wasser in den Lungen hängt.

»Woher weiß man eigentlich«, fragt Politha, als er seinen

Hustenreiz in den Griff bekommen hat, »dass man aufgewacht ist und nicht mehr träumt, wenn man blind ist?«

Politha sagt, dass ihn auch in dieser Hinsicht die Geschichte des pensionierten Schiffskochs Okene sehr interessiere und dass der Text für einen entsprechenden Roman bereits Form annehme in seinem Kopf. Er fragt den Finnen Hämäläinen, ob der denn auch bereit und so nett wäre, seine eigene Geschichte mit ihnen zu teilen, auf dass alles zu einem herrlichen Strauß zusammengebunden werden könne.

Hämäläinen schaut eine Weile auf die Prothese seiner rechten Hand und sagt dann nein, er glaube eigentlich nicht, dass seine Geschichte hier noch vorkommen müsse. Politha könne doch eh niemals all die Romane schreiben, von denen er ständig erzähle.

»Seit ich hier bin«, sagt Përparim Hämäläinen, »muss ich ganz oft an meine Zeit in der Grundschule denken. In der ersten Klasse, als uns das Schreiben beigebracht wurde.«

Aus Gewohnheit, oder weil er im Geist gerade zurückgereist ist in eine Zeit, als sie ihm noch nicht fehlte, macht der Finne eine schreibende Bewegung mit seiner Plastikhand in die Luft.

»An der Tafel im Klassenzimmer der ersten Klasse haben wir jeden einzelnen Buchstaben geübt, indem unsere Lehrerin ihn dort aufgezeichnet hat und wir ihn dann mit lauter bunten Farben nachgemalt haben. Und weil das Schreiben allen Erstklässlern in diesem Klassenzimmer jahrelang so beigebracht worden ist, waren auf der Tafel unauslöschliche Kreideschatten des Alphabets eingeschrieben, die auch beim Wischen nicht mehr weggegangen sind. Und die Menschen hier kommen mir eben ganz oft genauso vor wie unser Schreibunterricht in der Grundschule in Nokia.«

Hämäläinen schaut in eine Runde fragender Gesichter, als er weiterspricht:

»Alle haben ständig eine neue Idee und einen neuen Versuch für ihr Leben, die aber nur Übungen bleiben. Man sieht ihnen die Schatten der vergangenen Übungen noch an und gleichzeitig reift die Schrift nie ausreichend aus, um damit jemals einen Satz zu schreiben und eine Mitteilung zu machen. Oder etwas wirklich zu erfassen und aufzuzeichnen.«

Bevor der übergewichtige Romanschriftsteller, der glaubt, er sei gerade heftig kritisiert worden, auf Hämäläinens Aussage reagieren kann, öffnet sich die Eingangstür zum Hühnersultan. Flavio Gentilis Kopf und Schultern, die augenblicklich in der heißen Luft zu schwitzen beginnen, erscheinen im Raum. Die Gruppe um den Tisch in der Mitte schaut sich um, aus der Musikanlage kommt ein paar Sekunden lang nichts als die Stille zwischen zwei Songs und für einen kurzen Moment sind nur das hackende Zerteilen von Hühnerknochen durch Wahid Barbaris Küchenbeil und Harrison Odjegba Okenes schnaufende Nase zu hören.

Gentili fragt, in die vier Gesichter, die sich ihm zugewendet haben:

»Habt ihr meinen Bruder gesehen?«

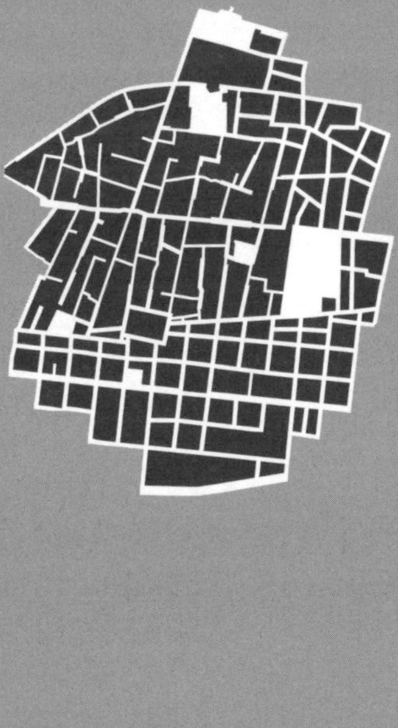

◑

Auf der Behandlungsliege im Krankenzimmer liegt der Verletzte, den die beiden Milizionäre im Schnellboot zum Kreuzfahrtschiff zurückgebracht haben. Er ist nicht ansprechbar. Eine beachtliche Menge Schmerzmittel wurde dem Verletzten in die Körperseite mit den Stichwunden gespritzt. Der Verletzte deliriert, er wirft den Kopf hin und her und stöhnt und murmelt, hin und wieder schreit er auf und hebt den Arm seiner unversehrten Körperseite wie zum Schutz vor unsichtbaren Angreifern vors Gesicht. Der sanitätsdiensthabende Milizionär, dem die beiden den erschlafften Körper des Gebissenen übergeben haben, hat den Neoprenanzug entlang der Seitennaht aufgeschnitten, eine großzügige Menge Tramadol per Injektion ins seitliche Rippenfell verabreicht und damit begonnen, die Einstichstellen mit Nadel und Faden zu vernähen. Der Verletzte hat auf seinem Rücktransport zum Kreuzfahrtschiff eine lebensbedrohliche Menge Blut verloren, für das es weder auf dem Schiff noch auf einem der umliegenden Atolle ausreichenden Ersatz gibt. Um eine angemessene Transfusion zu erhalten, müsste der Gebissene in ein Krankenhaus ausgeflogen werden, was, das wissen der behandelnde Sanitäter und die beiden Milizionäre, die ihn gebracht haben und in der Tür zum Krankenzimmer stehen geblieben sind, gleichermaßen, nicht zur Debatte steht. Ein gurgelndes Atemgeräusch aus dem Brustinnenraum, das der sanitätsdiensthabende Milizionär auch ohne Stethoskop sehr deutlich vernimmt, lässt ihn davon ausgehen, dass, welches

Stich-, Hieb-, Reiß- oder Beißwerkzeug auch immer diese Einstichwunden verursacht hat, bis in den linken Lungenflügel des Gebissenen durchgedrungen ist.

Der Behandelnde macht ein Machtlosigkeitsgesicht in Richtung der beiden, die in der Tür stehen geblieben sind, und bedeutet ihnen, dass sie sich entfernen können. Im Abwenden sehen die beiden Milizionäre noch, wie der Gebissene sich mit der rechten Hand ins Gesicht greift, die Finger darin wie Krallen versenkt und verkrampft und unter gurgelndem Stöhnen zu zerren beginnt, als wollte er sich die Totenmaske, die ihm schon über den Totenschädel gekrochen ist, wieder herunterreißen.

Die beiden Milizionäre schleichen vom Krankenzimmer, das auf der fensterlosen Innenseite im zweiten Unterdeck des Kreuzfahrtschiffes gelegen ist, im Kunstlicht der Leuchtstoffröhren einen langen Flur entlang – nicht wissend, was sie tun sollen, und in der Hoffnung, dass der Sterbende in seinem Delirium keine belastenden Informationen preisgeben wird. Sie hadern, ohne das gegenüber dem jeweils anderen laut auszusprechen, mit ihrer Entscheidung, den Gebissenen nicht so lange an Bord des Schnellbootes behalten zu haben, bis er seinen Verletzungen erlegen und wirklich gestorben wäre, mit allem, was er weiß und für sich behalten muss.

Die beiden gehen schweigend nebeneinander her, über das dünngetretene Linoleum, umgeben vom Stahl des Rumpfes des Kreuzfahrtschiffes und dem metallenen Widerhall der Geräusche der Geschäftigkeit der anderen. Sie versuchen, nicht durch ihren Gang und ihre Haltung sofort schon zu verraten, dass sie gerade keiner praktischen Tätigkeit nachgehen, dass sie seit der Übergabe des Gebissenen an den sanitätsdiensthabenden Milizionär ohne Aufgabe und doch innerlich schwer beschäftigt sind. Sie fürchten sich vor den

Konsequenzen ihres Handelns. Für sich selbst und alle anderen an Bord. Sie fürchten sich vor verschiedenartigen Bestrafungen von unterschiedlichen Instanzen, dämonischen, göttlichen und sehr konkret diesseitigen. Von Anfang an war ihnen voll bewusst, dass sie, gemeinsam mit dem, dem gerade im Krankenzimmer des Kreuzfahrtschiffes die Wunden zugenäht werden, die Grenzlinien des Erlaubten übertreten würden und dass mit den härtesten Strafen zu rechnen wäre, falls ihre Übertretungen jemals ans Licht kämen. Während sie an den stählernen Handrädern der Maschinenraumluken vorübergehen, hoffen sie, dass sich keines davon zu drehen beginnen und niemand, der vielleicht gerade einen Kontrollgang gemacht hat, dort herauskommen möge. Der riesige Schiffsmotor im Innern des Maschinenraums ist stillgelegt und in Teilen verkauft oder anderen Zwecken zugeführt worden, die beiden Milizionäre spüren dennoch Vibrationen im Boden und vernehmen das konstante Dröhnen des massigen Generators, der hinter diesen Luken pausenlos Diesel verbrennt und Strom erzeugt.

Obwohl es längst nicht mehr auf den Ozeanen unterwegs ist, müssen permanent Maßnahmen ergriffen werden, der völligen Durchrostung des Kreuzfahrtschiffes vorzubeugen. Der Geruch von Schiffslack, der in allen erdenklichen Farben und in dicken Schichten über hervortretende Rostblüten gestrichen wird, ist gerade in den fensterlosen Bereichen allgegenwärtig. Die vom Lackgeruch satte Luft ist in den maschinenraumnahen Fluren zudem aufgeheizt und brennt beim Atmen in den Lungen. Die meisten Milizionäre, die auf dem Schiff unterwegs sind, haben Tücher oder zerrissene T-Shirts vor ihre Gesichter gebunden.

Ohne zu wissen, wohin sie wollen oder wohin sie jetzt noch könnten, gehen die beiden, die den verletzten Dritten an Bord gebracht haben, ziellos durch das Schiff. Sie sprechen nicht, aber sie sind sich einig, dass es erstmal angebracht ist, in Bewegung zu bleiben, zu überlegen, beim Gehen die nächsten Schritte zu bedenken. Auf ihrem Weg durch das zweite Unterdeck passieren sie verschiedene Wirtschaftsräume, die Wäscherei, das Munitionsdepot und das Kühlhaus, das zur Hälfte seiner Kapazität mit Serverschränken aufgefüllt und mit den Computerarbeitsplätzen im darüberliegenden Deck verkabelt ist. Die Viererkabinen ohne Fenster, die hier früher die untersten Crewmitglieder beherbergt haben, die Stewards und Deckhands und Öler und Anstreicher, dienen den Eigentlichen inzwischen als Zellen für ihre Gefangenen. Die an das Kühlhaus angrenzende Großküche befindet sich in ursprünglicher Funktion in Betrieb. Gerade in ihrem nächsten Umfeld vermehren sich Populationen sowohl von Ratten als auch von Küchenschaben in gesundheitsgefährdendem Ausmaß. Ort und Zeit der erstmaligen Einschleppung dieser ungewollten Wesen sind den Eigentlichen ein Rätsel. Zur Bekämpfung der Ratten wurden Katzen auf das Schiff gebracht, die ihrerseits ganze Bereiche durch Kot, scharf stinkende Katzenpisse und die Kadaver ihrer Beute, für deren Entfernung sich niemand zuständig fühlt, unbewohnbar gemacht haben. Die Schaben werden von den Milizionären meistens unter den Stiefeln zerquetscht und in eine Ecke getreten, wo sie liegenbleiben und nachkommenden Kakerlaken als Nahrung dienen.

Die Eigentlichen haben den Stützpunkt ihrer Operationen aus überwiegend praktischen Gründen auf diese maximalperverse Ausformung des zerstörerischen Tourismus, den sie zutiefst verachten als das schlechteste Verhältnis, das der Mensch zur Welt nur haben kann, verlegt. Ein vielleicht nicht vollbewusst gewollter Nebeneffekt dieser Wahl ist außerdem die Funktion des Schiffes als Symbol und Mahnmal – als ein Ort, der sich nie vollständig für ihre Zwecke umformen lässt, der immer noch einen deutlich sichtbaren Rest seiner ursprünglichen Bestimmung bewahrt, als Feindbild und Hohn aller Anstrengungen der Milizen, der Revolution und der Rückeroberung der Meere.

Die Fahrstühle des Kreuzfahrtschiffes, das vor der Insel Hulhumalé festgetäut liegt, sind sämtlich außer Betrieb, die beiden Milizionäre müssen ihren Weg durch die Geschosse zu Fuß über die verschiedenen Treppenhäuser und Verbindungsgänge zurücklegen, wo ihnen immer wieder andere Halbvermummte entgegenkommen, deren Blicken sie ausweichen, so gut es geht.

Ein Großteil der vormals preisgünstigsten Passagierkabinen im ersten Unterdeck wurde von den Eigentlichen zu Stauräumen für ihre Handelswaren umfunktioniert. Hier lagern, unter sehr viel anderem, hinter verschlossenen Türen in dunklen Kabinen, diejenigen Kunstschätze aus dem geplünderten Nationalmuseum in Malé, die noch nicht an fahrende Händler veräußert werden konnten. Es ist eine schwierige Zeit für den Handel mit Kunstwerken, insbesondere solchen längst vergangener Epochen. Zudem gibt es unter den Eigentlichen kaum jemanden, der über ausreichend Sachverstand verfügt, um den Wert dieser Waren richtig einschätzen zu können. Der Ausdruck und die Darstellung lebendiger Wesen in der Kunst und der unpolitische Selbstbezug ästhetischer Empfindsamkeit sind den Milizionären von Grund auf suspekt.

Eingewickelt in einen Gratisjutebeutel des Nationalmuseums, zum Transport mit anderen, im Verkaufswert noch unbestimmten Kleinteilen in einen wasserdichten Werkzeugkoffer gepackt und hinter einer Reihe schwerstversehrter Buddhaköpfe aus Muschelkalk in diesem Stauraumdunkel abgestellt, lagern die über achthundert Jahre alten Kupferplatten des *Isdhoo Loamanfaanu* – ein in den alten Schriftzeichen des Dhivehi Akuru abgefasstes Geschichtsbuch der maledivischen Atolle, das denen, die willens und fähig wären, es zu lesen, Auskunft geben könnte über die ewige Wiederkehr derselben Geschichten, die Grundlagen der Mythen, des Glaubens und der Angst vor dem bösen Fluch, die die beiden Milizionäre in ihren Herzen tragen, während sie an den verschlossenen Kabinentüren vorübergehen.

Die Flure der oberen Decks des Kreuzfahrtschiffes, seine Speisesäle, Lounges und Einkaufspassagen, sind mit einem marineblauen Teppichboden ausgelegt, der den Schrittschall verschluckt und über die Jahre der Stilllegung und Umnutzung einen eigentümlichen Eigengeruch aus verrottendem Seetang und Chlorbleiche angenommen hat. In den Becken der Schwimmbäder auf dem Sonnendeck und im Spa-Bereich wurden von den Eigentlichen Aquakulturen zur Aufzucht von Heringen und Hummerkrabben angelegt. Die finnische Blockhaussauna und das römische Caldarium dienen als Räucherkammern für Käse und Fisch, die Souvenirgeschäfte der *Fantasy Promenade* sind mit Stallungen für Hühner und Hasen gefüllt, mit Waffenkisten, Elektroschrott und Maschinenteilen, der ehemalige *Heart of the Ocean* Juwelier enthält eine Werkbank, eine Tischkreissäge, Bohrmaschinen, eine Lötstation und einen Stahlschrank voller Schweißgeräte, Masken und Ethingaskartuschen. Und dort, wo ein skandinavischer Funktionskleidungshersteller seinen maritimen Flagshipstore an der Einkaufspromenade des Kreuzfahrtschiffes betrieben hat, als es noch auf den Meeren der Welt unterwegs war, befindet sich zum Zeitpunkt des ratlosen Gehens der beiden Milizionäre durch die Gänge und Passagen die Ausgabestelle für Gummistiefel, Flossen, Taucherbrillen und die von jeder Markenbotschaft befreiten Neoprenanzüge, die den Eigentlichen zur Uniform geworden sind und die, um Hautkrankheiten, Läuse- und Wurmbefall vorzubeugen, regelmäßig in der Wäscherei im zweiten Unterdeck durch ein Bad aus Natronlauge hindurchgezogen und zum Trocknen in den Wind des Sonnendecks gehängt werden.

Die Lounges und Bars und Konferenzräume, die vormals auf Messingschildchen an den Eingangstüren die Namen *Ernest Shackleton*, *Roald Amundsen*, *Josephine Peary* und *Fridtjof Nansen* trugen, sind jetzt zu Schulungs-, Versammlungs- und Besprechungsräumen umfunktioniert. Karten, Pläne, Charts, Tafeln, ein Konferenztisch für die Zusammenkünfte und Geschäftsverhandlungen mit Vertretern der Milizen des Südens und der äquatorialen Zone, Ring- und Theaterbestuhlung für Plena und Wahlen, für die demokratischen Gesetzgebungs- und Entscheidungsprozesse, die in der hierarchisch flachen Organisationsstruktur der Eigentlichen sehr viel Zeit und Raum einnehmen.

Im gläsern überdachten Tropenhaus des *Conservatory Deck*, das den Passagieren ermöglichen sollte, auch während der längsten Ozeanpassagen und Arktisreisen zwischen verschiedensten Palmen, Sukkulenten, Sträuchern und Kakteen hindurchzuflanieren, den Sinn fürs Grüne und Erdige nicht völlig zu verlieren, haben die Milizionäre nach einem gründlichen Kahlschlag ihre agrarwirtschaftlichen Anbauflächen eingerichtet. Kartoffeln, Möhren, Salate, Tomaten, Zucchini, Kiwis, Zitronen, Kokospalmen, Weinreben, Grünkohl und Futtermais für die Tiere. Schmale Wege aus Holzbohlen führen zwischen den verschiedenen Nutzpflanzen hindurch. In einem abgetrennten Teil etwas abseits der Anbauflächen, von einem engmaschigen Fraßschutznetz überspannt, wurde ein einzelner Zerberusbaum eingepflanzt, dessen Samenkapseln für die Herstellung der Droge benötigt werden, die die Eigentlichen von ihrem operativen Stützpunkt aus an Händler und Hehler und Piraten aus allen Erdteilen verkaufen.

Die beiden, die den verletzten Dritten dem diensthabenden Sanitäter übergeben haben, vermeiden auf ihrem Gang durch das Kreuzfahrtschiff die ehemalige *Observation Lounge* im Oberdeck, die mit spähenden Wachposten besetzt ist, deren konzentrierter Aufmerksamkeit für Abweichungen, ihrem Absuchen der Umgebung des Schiffes mit Ferngläsern, Wärmekameras und Nachtsichtgeräten, sicher nicht entgangen ist, dass zwei der Ihren mit einem schlaffen Dritten im Schnellboot am Einstieg angelangt und an Bord gekommen sind. Sicherlich würde man ihnen hier die unangenehmen Fragen stellen, die beantworten zu müssen sie so lange wie möglich umgehen und herauszögern wollen. Sofern die beiden Milizionäre sich nicht dazu entschließen sollten, vor einer möglichen Bestrafung zeitnah zu flüchten, unterzutauchen und sich ohne Hilfe durchzuschlagen, werden sie diesen Fragen bald unausweichlich ausgesetzt sein. Bis es dazu kommt, bis sie sich zur Flucht oder zur Konfrontation entscheiden, versuchen sie jedoch, den unauffälligen, unbehelligten Zustand längstmöglich beizubehalten und nicht durch ihr Handeln, ihre Verfehlungen und ihre Schuld ausgesondert zu werden. Die beiden Milizionäre sehen dem jeweils anderen die Angst an, aus der Gesellschaft, deren Teile sie gerade noch sind – oder von der ein Teil zu sein sie sich zumindest im Moment noch selbst täuschen können –, offiziell und öffentlich ausgestoßen zu werden, verbannt auf eines der umliegenden, unbewohnbaren Atolle oder direkt, ohne langen Leidensweg, exekutiert. Sie sehen im jeweils anderen außerdem die Sorge und die Furcht, dass ihnen anderswo als in der relativen Sicherheit des Kreuzfahrtschiffes ein ähnliches Schicksal droht wie dem gebissenen Dritten. Dass, was oder wer auch immer für dessen Verletzungen verantwortlich ist, ihnen einen ähnlichen Schaden zufügen und vorher keine Ruhe finden wird.

Ihr Weg durch das Schiff endet an der Treppe zur Kommandobrücke, die seit einiger Zeit zum Laboratorium umfunktioniert ist, zur Drogenküche, in der die Substanz hergestellt wird, die die beiden Milizionäre in ihre grässliche Lage versetzt hat. Niemand sonst ist auf dem Gang zu sehen. Die beiden beginnen ein vorsichtiges Gespräch darüber, was zu sagen wäre und wie, ob sie direkt alles eingestehen und bereuen sollen, ein Strafmaß vielleicht selbst vorschlagen, oder ob es eine Möglichkeit wäre, das Ausmaß ihrer Schuld herunterzuspielen, ihre Motive darzulegen, zu argumentieren, dass es schließlich, von einem moralischen Standpunkt her, kein bisschen besser ist, von den Ausgestiegenen zu profitieren, indem man ihnen die schäbigsten Artikel des täglichen Bedarfs verkauft, ihnen dabei das Beste immer vorenthält oder gerade so viel zugesteht, wie nötig ist, um ihre kleine Gesellschaft aufrecht aber klein zu halten. Dass sie immer auch das Wohl des Kollektivs im Blick hatten und die Erlöse zu teilen bereit waren und sind, dass sie erstmal austesten wollten, auf welchen Kanälen sich die Substanz unter den neuen Inselbewohnern vertreiben lässt, ob ihre Kontaktperson vertrauenswürdig und zuverlässig ist. Die beiden Milizionäre kommen überein, dass es unmöglich wäre, in einer Versammlung, die ihre Verfehlungen verhandelt, diesen Standpunkt wirklich zu vertreten.

◑

Arbeit nur noch nachts. Tagsüber schauen und horchen. Gestern schon morgens mit Luna auf dem Hoteldach, unvergleichlicher Gemeinsinn, das Gemeinsame und das Gemeine der Sinne. Jedes Mal aufs Neue begreifen, dass einem diese

Welt ja gehört wie jedem und jeder anderen auch. Heute Nacht gar nichts Eigenes geschrieben, sondern alte Meister gelesen und in die eigenen Worte übersetzt.

Schatzinselmeister. Verwandlungspoet. Selbst am Ende im Rückzug auf der kleinen Insel Ausgeknipster. Letzte Worte: Seh ich komisch aus?

»Die quälendsten Schmerzen folgten. Ein Aufreiben in den Knochen, ein Schaben an den Sehnen entlang, Anspannung und Krampf, Übelkeit und übelster, rasend schnell hinabtaumelnder Todesschwindel. Ein Entsetzen der Seele, das zur Stunde der Geburt oder des Sterbens noch entsetzlicher nicht sein kann. Dann aber begannen diese Qualen sehr rasch nachzulassen und ich kam zu mir wie nach dem Fieber einer langen, schweren Krankheit. Etwas Seltsames war da in meinem Empfinden, etwas unbeschreiblich Neues, sich innen in mir unglaublich süß und warm und schön Ausbreitendes.

Ich fühlte mich körperlich jünger, leichter, glücklicher, mein ganzes Bewusstsein ohne Sorge, unbekümmert und rücksichtslos, ein Strom sehr unordentlicher Gefühlseindrücke, der wie ein fantastischer Mühlbach durch meinen Geist hindurchsprudelte, eine Loslösung von allen Fesseln der Verbindlichkeit, eine unbekannte, dabei aber nicht unschuldige Freiheit der Seele.«

◐

Frances Ford hofft, dass mit dem Nachlassen der Wirkung der Droge irgendwann auch dieses ständige Auftauchen aus dem Dunkel, dieses Erscheinen und Verschwinden von Leuten und Dingen wieder aufhören wird. Dass sie sich diese

Beeinträchtigung jetzt nicht für die elend lange Restdauer ihres restlichen Lebens eingebrockt hat. Sie wird von der bekannten Paranoia im Spätstadium des Rausches befallen, im berauschten Bewusstseinszustand hängenzubleiben und nie mehr in die Normalität der normalen, nüchternen Selbst- und Fremdwahrnehmung zurückkehren zu können.

Die Lichter, die gemeinsam mit den vertraut klingenden Stimmen aus der Dunkelheit des Nationalmuseums der Malediven auf die amerikanische Literaturwissenschaftlerin zukommen, strahlen sehr viel heller als die Taschenlampen der Endgeräte der drei Frauen, beleuchten einen weiten Bereich, in dem das ganze Ausmaß der Verwüstung und Verwahrlosung des Ausstellungsraumes erahnbar wird. Dieser alles grell erhellende Lichtbereich wandert über den Boden, wird hin und wieder zu den Wänden hingeschwenkt und kommt dabei immer näher auf Frances Ford zu, die regungslos stehen bleibt und den Moment erwartet, in dem sie erfasst und den Trägern dieses Lichtes sichtbar wird. Die beiden anderen Frauen haben ihre Taschenlampen ausgestellt und sich tiefer ins Dunkel des Nationalmuseums zurückgezogen, um nicht von den eingedrungenen Fremden entdeckt zu werden. Ford aber bleibt stehen, wie die Hirschkuh auf der Straße, denkt sie, und spürt dabei physisch das Herannahen des Lichts und wie es von den Fußspitzen aufwärts ihre ganze Person erfasst, beleuchtet, herauslöst aus dem Dunkel und erkennbar macht.

Ford fragt sich, wer das sein mag, der über eine so brachiale Beleuchtung verfügt. Sie denkt die Worte *Autorität* und *Gewaltmonopol* und würde wahrscheinlich die Milizionäre hinter diesem Leuchten vermuten, hätte sie nicht vorher schon Stimmen im vertrauten Englisch miteinander sprechen gehört. Sie denkt an Soldaten der Armee ihres Herkunftslandes, die in den wackligen Videoaufnahmen der Nachrichtensendungen in lehmfarbene Gebäude umkämpfter Städte eindringen und Befehle bellen, hinlegen, Hände auf den Kopf. Sehr wahrscheinlich, denkt Ford, sind unterhalb dieser Lampen Pistolen und Gewehrläufe auf mich gerichtet, und hebt also ihre Hände, um zu zeigen, dass sie selbst unbewaffnet ins ehemalige Nationalmuseum der Malediven gekommen ist.

Als die amerikanische Literaturwissenschaftlerin vom Licht der hellen Lampen voll erfasst ist, schwindet die Dunkelheit des Nationalmuseums an einen dünnen Rand des sichtbaren Bereiches. Der Rest ist gleißend weiß ausgefüllt. Vielleicht ist das auch der wahrhafte Übertritt, denkt Ford, das berühmte Licht am Ende des Tunnels, durch den ich nicht hindurchgehen musste, wie ich mir das immer vorgestellt hatte, sondern der an mir vorbeigezogen ist. Das Licht, als die übermächtige Gewalt des nahen Endes, denkt Ford, kommt auch auf die Unbewegten unaufhaltsam zu, um schließlich, *all-encompassing*, die Seele zu umfangen, aufzulösen in Helligkeit, den elektrischen Impuls, Kernschmelze und Supernova des Geistes, Gaswolke, Einheit mit Gott, Ende der Individualität, mein endliches Ich und das unendliche Licht, als eine Stimme plötzlich sagt: »Hey there« und »How's it going?«

Silhouetten treten hinter der Lichtwand hervor. Erst eine, dann eine Nächste, und dann werden die hellen Strahler so eingerichtet, dass sie Frances Ford nicht mehr frontal bescheinen und blenden, sondern einen ausgeleuchteten Raum in der Dunkelheit des Nationalmuseums bilden, eine Kulisse für die Begegnung mit den Trägern dieses Lichts, die Ford ihre Hände entgegenstrecken und sich vorstellen, mit Vornamen und den jeweiligen Funktionen in dem Filmteam, das sie sind.

Frances Ford erfährt, dass es sich bei diesen so dramatisch hier aufgetretenen Amerikanern um Dokumentarfilmer aus Baltimore handelt, die ganz frisch, gerade erst heute, auf der

Insel angekommen sind, um einen Dokumentarfilm über die Schauspielerin Mona Bauch zu drehen – einen filmischen Essay, ein Porträt auch dieses Ortes hier in dieser Zeit, vor allem aber eine Spurensuche, die dem Anlass des Selbstmordes der Schauspielerin nachspüren möchte und den Gerüchten auf den Grund gehen, wonach Bauch ihren Tod auf dem Atoll nur inszeniert hat, um sich vollständig aus der Öffentlichkeit zurückzuziehen. Gerüchte, die die Dokumentarfilmer aus Baltimore nicht zwingend für besonders plausibel halten, die ihnen aber für ihre Arbeit einen historischen Assoziationsraum eröffnen: prominente Tote, deren Tode die Gesellschaft nicht akzeptieren konnte und deshalb die obskursten Theorien entwickelte. Presley, Messi, Hitler, Jackson, Lennon, Lady Di – im Film könne das durchaus ein Seitenarm von großer Schönheit werden, auf all diese Spekulationen einzugehen.

Die Regisseurin und Autorin des Dokumentarfilmessays über die verstorbene Schauspielerin Mona Bauch, die als Erste das Wort an die amerikanische Literaturwissenschaftlerin Frances Ford gerichtet hat, erzählt, dass sie sich noch gar nicht im Blauen Heinrich gemeldet hätten, wohin zu gehen man sie unmittelbar nach der Ankunft angewiesen habe. »Wir haben gesehen, wie vom Meer her der Sturm auf die Insel zugerollt ist, und wollten das unbedingt filmen. *Breathtaking.* Und ich dachte, das könnte ja schon eine visuelle Metapher sein für unseren eigentlichen Gegenstand – die überwältigende Depression, die Verfinsterung … dann sind wir vor dem Regen geflüchtet und über dieses Museum hier gestolpert. Alles wirklich total fotogen, wenn das so weitergeht, dann yeah« – die Regisseurin unterbricht sich und streckt den Arm aus, um dem im Halbdunkel, am Rand des beleuchteten Raumes, mit einer Kamera auf der Schulter dastehenden Kameramann ihre Handfläche zum Abklatschen hinzuhalten – »wird da ein richtig guter Film draus. Zumindest, was die Bilder angeht.«

Frances Ford meint, an der Kamera auf der Schulter des Kameramanns ein kleines rotes Licht leuchten zu sehen, und fragt sich, ob nicht, falls hier gefilmt wird, ihr Einverständnis eingeholt werden müsste. Die Tonperson hat die Angel mit dem Mikrofon beiläufig neben sich auf den Boden gestellt, könnte aber aus dieser Position auch ebenso gut aufzeichnen. Die amerikanische Literaturwissenschaftlerin fühlt sich, hier in diesem ausgeleuchteten Raum, umstellt vom Dokumentarfilmteam und dem professionellen Gerät, mit einem Mal wie in der Kulisse eines sorgfältig vorher zu ihrer Verarschung arrangierten Spaßvideos. Als wäre die Wirklichkeit, die ihr doch ständig verdächtig und unwirklich vorgekommen ist, jetzt entlarvt als Gag, als Inszenierung, als Irreführung zur Belustigung unserer Zuschauer zuhause. Und als wäre alles, der ganze Nachlass des Lyrikers Judy Frank und wie er seinen Weg zu ihr gefunden hat, aber auch die Einnahme heute, die Mondwanderung, das Ritual, das die beiden Frauen mit ihr veranstaltet haben, die Halluzinationen und die Übelkeit, ein einziger *Prank* gewesen, in den sie vollumfänglich reingefallen ist.

Ford wird gefragt, was ihr eigener Grund und Antrieb gewesen sei, auf die Insel und hierher in die Dunkelheit des Nationalmuseums zu kommen. Wie lange sie schon hier und ob sie nicht vorher noch in Gesellschaft gewesen sei, man habe doch beim Reingehen Stimmen gehört, oder sei man etwa jetzt schon direkt dem Wahnsinn der Abgeschiedenen anheimgefallen?

»Für uns von großem Interesse«, sagt die Regisseurin des dokumentarischen Essayfilms, »wäre grundsätzlich die Frage, wie es sich hier lebt und warum.«

Es solle natürlich den Leuten nichts in den Mund gelegt

werden, was sie besser selber sagen könnten, aber faszinierend fänden sie schon jetzt die Vorstellung einer Stadt, die im Verfall etwas von der Magie zurückgewinnt, »die wir aus unseren gentrifizierten Metropolen gar nicht mehr gewohnt sind, eine Reerotisierung des urbanen Raums, man denke auch an vergleichbare Orte der Vergangenheit: der Ostblock und die geteilte Stadt Berlin, der Rustbelt der Nullerjahre, Havanna unter Fidel Castro, Venedig nach der großen Flut, Tschernobyl, Hiroshima, Pjöngjang, Nauru, das kollabierte Lagos, eigentlich müssten wir eine Serie machen und keinen einzelnen Film –, aber es geht uns ja vordergründig um die Person der toten Schauspielerin.«

Sie würde schon dazu raten, sagt Ford, den Blauen Heinrich aufzusuchen und das Erstgespräch zur Orientierung mit dem Professor zu führen. Die amerikanische Literaturwissenschaftlerin empfindet ihre eigene Stimme als seltsam schräg und fragt sich, wann sie eigentlich zuletzt gesprochen hat und ob es ihr möglich sein wird, vor dem Filmteam zu verheimlichen, dass sie sich gerade unter dem stark beeinträchtigenden Einfluss von Luna befindet. Sie spürt auch eine überraschend unumstößliche Solidarität den beiden Frauen gegenüber, die sie hier mit den aufdringlichen Dokumentarfilmern im Zustand der Unzulänglichkeit und des Highseins alleingelassen haben. Die investigative Neugier des Teams bewirkt in ihr das Gefühl, selbst schon dieser Inselgesellschaft anzugehören und in der Pflicht zu stehen, die Geheimnisse zu hüten, die ihr bis hierhin anvertraut wurden. Sie sagt der Regisseurin, dass sie alleine hergekommen sei und »weiß auch nicht, was ihr da gehört habt«.

Das Grollen des Donners draußen hat sich hörbar weiter fortbewegt, klingt jetzt ferner und seltener, und das Rauschen des Regens ist dem allnächtlichen Rauschen von Wind und Palmwipfeln, dem Heulen in den Hohlräumen und dem omnipräsenten Geräusch der Brandung gewichen. Ford bemerkt eine unangenehme Fremd- und Verschiedenheit den aus ihrer Herkunftsnation angereisten Personen gegenüber, die sie als ein Fremdsein von dieser Gesellschaft als Ganzes empfindet. Die Welt, aus der diese Leute gerade erst hierhergekommen sind, deren Gesetze, Wahrheiten und Widersprüche – ihr eigentliches, eigentlich eigenes Leben dort – kommen ihr seltsam blass und unbedeutend vor, als wäre ihr nie wirklich etwas daran gelegen gewesen.

Nüchternsein, denkt Ford, ansprechbar, *in charge* und unter Kontrolle, im Vollbesitz meiner geistigen Kräfte und Kapazitäten, mündig, souverän, selbstgewiss, wie im Umgang mit Autoritäten und Eltern. Wie einfach ich diesen Leuten weiterhelfen könnte, wie schnell und weit sie durch mich weitergebracht würden, durch ein paar Hinweise, Elmar Bauch, Valeria Lenín, Hedi Peck, das Landgewinnungsprojekt, Judy Frank, Luna, tatsächlich bin ich doch, wäre ich ja, würde ich ihnen geben, was sie wollen, ein Glücksfall für diese Leute.

»Wir sind vor allem am Austausch mit denen interessiert«, unterbricht die Regisseurin den Gedankengang Fords, »die schon lange genug hier sind, um Mona Bauch gekannt zu haben, die Zeit mit ihr verbracht haben und bereit sind, darüber etwas zu erzählen.«

Wie schon im Gespräch mit Elmar Bauch im ehemaligen Royal Ramaan Residence Hotel bemerkt Frances Ford, dass ihre aktive Abwehr gefragt ist, um nicht zur Verantwortung gezogen zu werden für die Sache der anderen. Sie schweigt und schaut und versucht, sich nicht zu fragen, wie wohl ihr Gesicht dabei aussieht, über das sie noch immer nicht die volle Kontrolle zurückgewonnen hat. Sie würde es gern betasten und sichergehen, dass sie die Dokumentarfilmer nicht aus einer völlig irren Grimasse heraus anstarrt.

Das Filmteam wechselt wortlos ein paar Blicke, dann

sagt die Regisseurin zur schweigend dastehenden Literaturwissenschaftlerin, dass sie jetzt vielleicht wirklich mal den Blauen Friedrich aufsuchen sollten, um sich mit dem Professor zu unterhalten. Wenn sie weiterhin so viel Glück hätten wie bisher, könnten sie da ja vielleicht zu den schönen Außenaufnahmen auch schon ein paar verwertbare O-Töne der neuen Inselbevölkerung und ihres Oberhauptes einsammeln.

Frances Ford hört sich selbst sagen, sie könne sich sehr gut vorstellen, dass man ihnen im Blauen Heinrich die Zähne eintreten werde, wenn sie versuchen sollten, den Professor in seinem Büro zu filmen. Dass das aber auf einen Versuch ankomme, natürlich.

In allen Teilen des Dokumentarfilmteams aus Baltimore herrscht Ratlosigkeit darüber, ob man die Aussage der hier allein im Dunkeln herumstromernden Amerikanerin als Scherz oder Warnung auffassen soll, ob es angebracht wäre zu lachen oder ob diese sehr schräg und unheimlich mit den Möglichkeiten ihrer Mimik verfahrende Person nicht doch eher eine hier gestrandete Verrückte ist, die jeden Moment ihr lautes Selbstgespräch wiederaufnehmen wird.

Ford ist selbst verwundert darüber, was da gerade eben als Aussage aus ihr herausgekommen ist. Sie glaubt eigentlich nicht daran, dass jemals jemandem im Blauen Heinrich *die Zähne eingetreten* wurden, obwohl das natürlich nicht absolut undenkbar ist. Sie fühlt sich von sich selbst, beziehungsweise von dem, was infolge der Einnahme aus ihr geworden ist, zur Idiotin gemacht. Die amerikanische Literaturwissenschaftlerin stülpt ihre Lippen in den Mund, um draufzubeißen, verbietet sich jede weitere Äußerung dem Filmteam gegenüber und versucht, die fürchterliche Vorstellung zu verdrängen, dass sie als diese aktuell total grotesk verzerrte Erscheinung ihrer selbst für immer irgendwo aufgezeichnet abrufbar sein wird. Eine völlig losgelöste, ungezügelt boshafte innere Stimme formt bereits die nächsten Sätze, Vorwürfe und Beschimpfungen, wie gerne würde ich diese Leute jetzt niedermachen – aber wieso? –, die in ihrer grässlich lauten, selbstgerecht imperialistischen Art hier auftreten und nichts anderes wollen, als die immergleichen Geschichten reproduzieren, Verstetigung der Teilung und Trennung und Spaltung, nichts weiter hierin sehen als einen apokalyptischen *Backdrop* für die vorher vorgefertigte Story, alles wird da eingeschnürt, dumm, arezeptiv, nicht affizierbar vom Unerwarteten, von dem, was vielleicht wirklich neu und anders wäre an der Erfahrung, die eine hier machen kann.

Ford hört den späten Judy Frank sein eigenes Spätwerk verlesen, über die Lautsprecheranlage des Nationalmuseums, mit einer Stimme, die sie nie selbst vernommen, sich aber oft schon vorgestellt hat. Eines der letzten, unvollendet gebliebenen Langgedichte: *Die Konventionen der Frisöre*, aus dem Zyklus *Halt in allen Haaren*, in dem die ewig weiter Schreibenden in einer Welt, die ihre fundamentale Literaturbedürftigkeit verleugnet, als transzendentale Frisöre dargestellt werden. Eine tagelange Tagung, mit Panels und Roundtables und Keynote-Speeches – über die Bedeutung der Blicke der Kunden im Spiegel. Sehen und wissen, was erwartet wird: diesen Anblick durch Antizipation – wer schaut da und wie wollen die in Wirklichkeit wirklich aussehen –, durch die richtige Haupthaarrahmung richtiger, angenehmer, selbstbewusster zu machen. Eine repräsentative, den Kern des unkommunizierbaren Inneren treffende Vision der äußeren Erscheinung, der Oberfläche, mit der die selbst Ahnungslosen den Kontakt zur Außenwelt aufnehmen müssen. Aber ist das überhaupt ein guter Text? Doch sehr wahrscheinlich nicht. Und trotzdem, denkt Frances Ford, worum es da geht, das Gefühl der Verantwortung für die unterstellten Erwartungen der anderen in einen, gerade hier und jetzt, sehr richtig.

Die Dokumentarfilmer verabschieden sich von der amerikanischen Literaturwissenschaftlerin, die auf weitere Nachfragen nicht mehr reagiert hat. Sie wenden sich ab mit ihrem Licht und machen sich auf den Weg Richtung Ausgang.

Ich kann die Welt doch auch selbst wahrnehmen, denkt Frances Ford. Ich brauche keine Autoritäten der Wahrnehmung dafür. Niemanden, der es für mich in Worte fasst.

Am Ostrand der ehemaligen Hauptstadt, wo Brandung und heftige Regenfälle aus den Fußwegen und Promenadenstraßen große Stücke herausgenagt und den Untergrund hohlgewaschen haben, auf scharfkantigen Asphalttrümmern, Schlick, Algen, Müll und Schwemmgut, auf ungeeigneten Schuhen und weichen Beinen, ist Elmar Bauch sehr allein, sehr traurig und verzweifelt unterwegs, die Insel zu umrunden, in der Hoffnung, doch irgendwo noch Spuren seiner Tochter Mona vorzufinden, einen Beweis, dass sie am Leben ist auf dieser schrecklichen Welt und sich nur sehr gut und gründlich versteckt gehalten hat seit der Falschmeldung ihres Todes.

Elmar Bauch trägt ein Pflaster am Wangenknochen unterhalb des linken Auges. Die versehrte Gesichtshälfte ist angeschwollen, was Bauch einen etwas schiefen Ausdruck verleiht. Der verzweifelte Vater befühlt das Pflaster. Das Weiche der Wundauflage unter dem Klebestreifen lässt die tatsächliche Verletzung sehr viel größer erscheinen, als sie ist. Auch von dieser leichten Berührung geht ein Schmerz aus, der sternförmig um den gesamten Schädel ausgreift. Bauch ärgert sich über die geistige Abwesenheit, die ihm diese Verwundung eingetragen hat. Sein ganzer Körper fühlt sich schwer, ungelenk und verkatert an, geschwächt von Trauer und Hilflosigkeit der letzten Wochen. Alles Denken, Handeln, Empfinden, die Bewegung der Glieder, ist wie am Tag nach einem heftigen Besäufnis eingeschränkt, taub und unzuverlässig. Und wie der Verkaterte nach der Alkoholvergiftung denkt, dass jetzt diesmal wirklich etwas kaputtgegangen ist, Hirnmasse irreversibel zerstört und man also so fertig und übel zugerichtet bleiben wird, sieht Bauch kein Ende und keine Erlösung von diesem Zustand in der Zukunft. Allein die Entdeckung, dass seine Tochter die ganze Zeit über am Leben und nie tot und verschwunden war, so ist er überzeugt, würde seine Verfassung verbessern können.

Elmar Bauch sieht, dass die Erosion der Promenadenstraße schon bis zum stadtseitigen Fußweg fortgeschritten ist, wo nur ein schmaler Pfad noch unversehrt entlangführt. Zwischen den Asphalttrümmern der Fahrbahn ragen die Reste von Strandkörben, Pavillons, Imbissbuden, Parkbänken, Sonnenschirmen und Fahrradständern hervor, darunter auch verbeulte und verrostete Motorroller, die von öligen Pfützen und Benzingeruch umgeben sind. Die Häuser, die hier direkt an der Straße gelegen sind, tragen an ihren Fassaden einen dunkelgrünen, schimmligen Belag, der weiter oben, an der Grenze zum nächsten Stockwerk, in eine salzweiße Kruste übergeht, die die höchsten Höhen anzeigt, in denen anbrandende Wellen an stürmischen Hochwassertagen aufgespritzt sind. Wo die ebenerdigen Ladenfenster eingeschlagen oder zerbrochen sind, quillen Schlamm und Plastikmüll hervor. Nur wenige Gebäude an dieser dem offenen Ozean zugewandten Seite der Insel werden noch bewohnt. Das Meer hat heute etwas unzufrieden Gurgelndes, wie ein verstimmter Magen, denkt Elmar Bauch, dem zu wenig des Richtigen oder zu viel Falsches zugeführt wurde.

Bauch hat den vergangenen Abend, die Nacht und den Morgen damit zugebracht, die Tagebücher und Gedichte des Lyrikers Judy Frank zu lesen, die ihm von Frances Ford nach ihrem Treffen im Royal Ramaan Residence Hotel auf sein Endgerät weitergeleitet wurden, und sie nach Anspielungen auf seine Tochter Mona zu durchsuchen.

Die Nachmittagssonne fällt schräg gegen die Rückseiten der Gebäude der Promenadenstraße, Bauch geht im Schatten. Er schaut raus auf den Ozean, wo die unschlüssig schaukelnden Wellen im Gegenlicht glitzern. Der verzweifelte Vater der verstorbenen Schauspielerin Mona Bauch hat beim Anblick des tiefblauen Meeres zwei Gedichtzeilen aus den Aufzeichnungen des Lyrikers Judy Frank im Kopf, die dort, wie so viel anderes, was er in der vergangenen Nacht gelesen hat, als Irrläufer unverstanden umhergeistern. *Es ging die blaue Blume auf*, denkt Bauch in den Worten aus Franks Notizen, *Und blühte Einsamkeit*.

Die Texte, die ihm Frances Ford zur Lektüre weitergeleitet hat, damit er sich ein eigenes Bild machen kann von dem vermeintlichen Verhältnis seiner Tochter zum Lyriker, haben in Elmar Bauch vor allem anderen ein Gefühl der Entfremdung verursacht. Bauch versteht nicht, worauf die Gedichte, die er als sehr anspielungsreich empfindet, verweisen sollen. Er glaubt, zu einem Zeitpunkt in seinem Leben, vielleicht schon in der Schulzeit, versäumt zu haben, den Umgang mit anspielungsreicher Lyrik zu erlernen. Es scheint ihm, als würde hier mit sehr viel Aufwand sehr viel Verschleierung betrieben, als müsste man sich jahrelang hineinarbeiten in die Gedankenwelt eines anderen oder in eine besondere Literaturgeschichte der Symbole und Gesten der Sprache. Bauch empfindet dem deutschen Lyriker gegenüber eine Ablehnung, die von der Exklusivität dieses Denkens und Sprechens herrührt, von der er sich ausgeschlossen und im Zuge dieses Ausschlusses verhöhnt vorkommt. Es schmerzt ihn der Gedanke, dass seine eigene Tochter auf dieses Denken und Sprechen ganz offensichtlich ganz anders reagiert hat als er. Dass sie in den Worten des Lyrikers etwas Verwandtes entdeckt hat, das zu ihr gesprochen hat. Dass da vielleicht etwas formuliert wurde, das vorher wortlos in ihr vorhanden war, in Erwartung, endlich benannt zu werden. Wenn die Verbindung zwischen seiner Tochter und dem Lyriker eine gewesen ist, denkt Bauch, die über dieses Sprechen und seine exklusiven Codes funktioniert hat, wird sie ihm für immer ein Rätsel bleiben müssen. Er befürchtet, dass ihm auch die amerikanische Literaturwissenschaftlerin Frances Ford mit ihrer Expertise und Erfahrung nicht weiterhelfen kann dabei, das alles wirklich zu durchdringen. Der verzweifelte Vater sucht den Horizont ab, mit seinem vor Trauer blinden Blick, und findet, dass diese Verbindung, diese Liebe, ungeachtet ihrer möglicherweise sehr besonderen Seltenheit, am Ende, wenn sie tatsächlich in den Tod geführt hat, ein riesiger Irrtum gewesen sein muss.

Elmar Bauch fühlt sich umstellt von Unverständlichkeiten. Das Meer, auf das er schaut und das an jedem Tag auf der Insel überall ständig präsent ist, die gerade blaue Linie des Horizonts in allen Richtungen, wäre doch eigentlich eine einfache Angelegenheit und ist dennoch mit Worten nicht zu beschreiben. Bauch befürchtet, dass sein eigener innerer Monolog, aller Ablehnung zum Trotz, von der Lektüre der Gedichte des deutschen Lyrikers quasi poetisiert wurde, während er denkt, dass das Meer, als ewig unersättlich Verschlingendes, für Rückfragen nicht zur Verfügung steht. Dass es seine Geheimnisse vor den Menschen bewahrt und nur aus unvorhersehbaren Launen heraus hin und wieder einmal jemanden oder etwas ausspuckt an die Ufer, um Tatsachen zu schaffen, wo vorher nur Spekulationen gewesen sind. Bauch spielt mit dem Gedanken, in dieses Meer hineinzugehen. Zu sehen, ob es ihn aufnehmen würde und ob er dort vielleicht einer anderen Gewissheit begegnen könnte als auf dem versinkenden Eiland. Das Lesen von Büchern und Gedichten, denkt er, sollte einen doch nicht vereinzeln und vereinsamen, sondern eine Gemeinschaft stiften.

Der verzweifelte Vater fragt sich, ob seine Tochter, sollte sie wirklich hier irgendwo vorsätzlich und tatsächlich mit diesem Lyriker gemeinsam *ins Meer gegangen* und erst als Tote wieder aufgetaucht sein, noch leben würde, wäre sie Judy Frank niemals begegnet, nie für ihn zu *Luna* geworden oder von ihm dazu gemacht. Er ist außerdem enttäuscht und wütend auf die anderen Inselbewohner auf Malé, weil sie alle einfach weiterleben wie immer, als wäre das Verschwinden seiner Tochter keine grausame Katastrophe, die alles zum Stillstand bringen müsste.

Bauch sieht vor sich eine schwarz schimmernde Rabenkrähe auf der schräg emporragenden Ladesäule einer Elektroskooter-Verleihstation sitzen. Der Vogel dreht den Kopf zur Seite, um den verzweifelten Vater mit dem schwarzen Knopf seines linken Auges zu beobachten, und fliegt auch dann nicht fort, als Elmar Bauch auf wenige Schritte herangekommen ist. Der Vater der verstorbenen Schauspielerin sieht das Schillern im Gefieder des Vogels, die schwarzen Läufe, feine Federhaare wie Wimpern um das schauende Auge, er meint, etwas wie einen *Charakter* oder eine *Seele* hinter dem auf ihn gerichteten Blick zu erkennen, und wäre im Moment dieser Begegnung sehr gerne entsprechend disponiert, um in der Krähe eine Inkarnation seiner toten Tochter zu sehen, überhaupt den Gedanken nicht als völlig schwachsinnig zu verwerfen, dass sie in einer anderen Form hier zu finden wäre als der ihm vertrauten. Mona will nicht gefunden werden, denkt Elmar Bauch in unerwünschter Deutlichkeit und fühlt sich augenblicklich zurückversetzt in eine Vergangenheit, die viele Jahre zurückliegt – eine Episode, die seinem Bewusstsein aufgrund verschiedener Verdrängungsprozesse nicht ständig voll verfügbar ist und einen Auslöser braucht, um emporzukommen.

Bauch sieht sich im Gespräch mit der diensthabenden Stationsschwester der psychiatrischen Abteilung des Klinikzentrums am Ostrand der benachbarten Großstadt, in seiner ihm furchtbar fern vorkommenden Heimat- und Herkunftsregion, oder sieht vielmehr die Stationsschwester im Gespräch mit ihm. In seiner Erinnerung an diese Szene und das, was in ihr gesprochen wurde, ist das Licht der Leuchtstoffröhren auf den Krankenhausfluren ebenso beißend hell und schmerzhaft wie im Behandlungszimmer des Inselarztes Sophila. Der ganze Hintergrund der Szene wird von diesem weiß gleißenden Licht verschluckt. Die Stationsschwester erklärt dem besorgten Vater, dass seine Tochter ausdrücklich nicht besucht werden möchte und dass ihm auch keine Auskunft darüber erteilt werden könne, wie lange sie auf der Station behalten werden muss. Es würden Gespräche mit ihr geführt durch die Stationsärzte und das Pflegepersonal, sie sei versorgt mit allem, was sie brauche, wovon Ruhe das meiste sei, und stehe unter ständiger Beobachtung, um sicherzustellen, dass sie nicht doch noch tue, was sie durch ihre eigene Einlieferung habe verhindern wollen.

Elmar Bauch erinnert sich an seine erfolglosen Anstrengungen, der Stationsleitung klarzumachen, dass seine Tochter gesund und normal und mit ihr alles in Ordnung ist und sie für niemanden eine Gefahr darstellt und es also völlig unnötig und überzogen ist, sie hier wie eine Gefangene von der Außenwelt abzuschirmen. Es war für den besorgten Vater nicht zu akzeptieren und nicht zu ertragen, dass eine Institution sich zwischen ihn und seine Tochter geschoben hatte, die nun den Zugang zu ihr blockierte. Bauch war davon überzeugt, dass er, würde er nur durchgelassen, seiner Tochter helfen könnte. Und sei es dabei zu erkennen, dass es keinen Grund dafür gab, ihm den Kontakt zu verwehren. Und als wäre das wirklich ein Argument in seiner Sache gewesen, hört Elmar Bauch sich zur Stationsleitung sagen, dass die Mutter des Kindes, das sie hier auf angeblich eigenen Wunsch eingesperrt hätten, sich in einem sehr schwachen, haltlosen Zustand befinde und daher leider nicht mit der gleichen Autorität auftreten könne wie er, das aber sicherlich würde, wenn sie nur könnte.

Seit seine Tochter Mona eine prominente Person geworden ist, gibt es immer wieder überall, in Nachrichten, Blogs, Besprechungen, Porträts, freien Enzyklopädien, Gesprächen mit Neugierigen, die sich *ein Bild machen* wollen, verschiedenste Projektionen und falsche Vorstellungen davon, wer sie wirklich ist, als Person im sogenannten wirklichen Leben, wenn ihr kein Script vorschreibt, was als Nächstes zu tun und zu sagen ist, und sie keine Rolle und kein Kostüm hat, um sich dahinter zu verstecken. Deshalb fällt es dem verzweifelten Vater auch so schwer, die Aussagen anderer zu akzeptieren und zu glauben, dass sich seine Tochter wirklich auf diesen Lyriker eingelassen hat und mit ihm in der ehemaligen Hauptstadt der Malediven in den Tod gegangen ist.

In den Texten Judy Franks, die Elmar Bauch von Frances Ford zur Durchsicht weitergegeben wurden, in einem der Tagebucheinträge aus den letzten Wochen, bevor die Aufzeichnungen enden, ohne dass von ihrem Ende die Rede wäre, befindet sich eine für den verzweifelten Vater besonders schmerzhafte Passage. Frank beschreibt darin auf eine seltsam distanzierte Weise den Selbstmord als den vielleicht einzig gangbaren Weg, um sich wirklich endgültig zu emanzipieren von den Erwartungen und Projektionen der anderen.

Bauch hatte das beim Lesen intuitiv als pubertär empfunden, nicht zuletzt weil ihm das Zusammendenken von Suizid und Ausweg aus der Gesellschaft als etwas Kindliches oder Jugendliches vorkommt, aus dem man herauswächst, wenn man erwachsen wird. Die von Frank in seinem Tagebuch an sich selbst gestellte Frage nach einem wirklichen Sein, das mehr wäre als ein Produkt der Vorstellungen der anderen, findet im Denken und Empfinden des verzweifelten Vaters keinen Resonanzraum. Dann aber ist im Text die Rede davon, wie *Luna* für Frank als Schlüssel, als Öffnung zum Unbekannten, Wahrnehmungspforte und Jenseitsversprechung erfahren wird, die mehr noch als alles andere die andere Seite verheißungsvoll und wunderbar, als Erlösung von den Grässlichkeiten der verfallenden Welt aufblitzen lässt, ein Mondlicht, das einem paradoxerweise aus der Dunkelheit des Ozeans entgegenleuchtet, um einen dort hineinzulotsen, was anderen Leserinnen oder Lesern vielleicht sehr romantisch vorkommen würde, Bauch aber als ein fataler Unfug erscheint.

Elmar Bauch hatte sein Kinn auf die Brust gesenkt und den Blick auf den Boden gerichtet, während er sich an die Episode im Klinikzentrum am Ostrand der nahen Großstadt erinnerte. Die Wunde unter dem Pflaster auf seinem linken Wangenknochen pulsiert im Rhythmus seines Herzschlags. Als er seinen Blick wieder hebt und den nächsten Schritt auf dem Weg um die Insel der ehemaligen Hauptstadt machen möchte, rutscht ihm das Standbein ab und in die Lücke zwischen zwei Asphaltbrocken. Sein rechter Fuß wird in einen Spalt eingezwängt und dadurch unnatürlich weit nach innen verdreht. Bauch rudert mit den Armen. Bevor er das Gleichgewicht wiederfindet, wirkt sein gesamtes Körpergewicht in einer zermahlenden Drehbewegung auf die Knorpel und Bänder des rechten Knöchels, es knirscht im Sprunggelenk des verzweifelten Vaters, ein Schnalzen der reißenden Außenbänder und ein Schrei vor Schmerz, die erste auch für ihn selbst laut vernehmbare Äußerung seit langer Zeit, von der die Rabenkrähe, die ihn noch immer beobachtet hatte, schließlich verscheucht wird.

☽

Hedi Peck krault Freistil im Schwimmbad des ehemaligen Krankenhauses am Westrand der Insel. Die Wasseroberfläche ist ruhig und glatt, Peck ist die einzige Schwimmerin im Becken. Der Körper der Niederländerin schiebt eine sehr gleichmäßige Bugwelle vor sich her, was den Widerstand des Wassers auf ein unumgängliches Mindestmaß reduziert. Wo die Hände der Schwimmerin, von der Hüfte her in einem Bogen aus dem Wasser gehoben, nach vorne gebracht und sanft zurückgetaucht werden, entsteht ein leises Glucksen. Nach vier Armzugphasen taucht ihr Kopf seitlich aus dem Wasser und Hedi Peck saugt Luft durch den Mund in ihre Lungen ein. Jeder Zyklus aus Eintauchen, Beschleunigen, Zurückholen, Gleiten, wird von sechs peitschenartigen Beinschlägen begleitet.

Gemessen an der besonderen Schwierigkeit der Verhältnisse ist die Wasserqualität im Schwimmbecken des ehemaligen Krankenhauses am Westrand der Insel fabelhaft. Hedi Peck weiß, dass sie die Flüssigkeit, in der sie schwimmt, unter keinen Umständen schlucken sollte und nach Möglichkeit direkten Kontakt mit ungeschützten Augen vermeiden. Das für ihre Zwecke verfügbare, weitestgehend entsalzte und gefilterte Meerwasser im Becken ist mit großzügigen Mengen Sumpfkalk, Natriumaluminat, Wasserstoffperoxid und

Chlorbleichlauge aus dem Lagerbestand der abgewanderten *Swooshy Inc.* versetzt und von einem farblosen Flirren, das vermutlich von chemischen Reaktionen herrührt, abgesehen, durchsichtig bis auf den Grund. Hedi Peck meint, eine deutliche Aufhellung sowohl ihrer Zähne als auch der Körperbehaarung bemerkt zu haben, seit sie das Schwimmbad auf Malé betreibt.

Peck genießt ihr Training. Jeder Ablauf jeder Bewegung im Wasser ist von ihr tausendmal geübt und ins motorische Gedächtnis eingeschrieben worden. Der Körper der Schwimmerin liegt entlang seiner Längsachse gerade im Wasser und rollt seitlich hin und her. Ihre breiten Rückenmuskeln, die Strecker und Beuger, die Innen- und Außenrotatoren arbeiten uhrwerkartig perfekt zusammen, sind ausdefiniert, kräftig, voll durchblutet und unter der Kontrolle der Niederländerin, die Herrin über ihren schwimmenden Körper ist, selbstbewusst, achtsam, bei sich, in allen Gliedern empfindsam und präsent. Pectoralis major, triceps brachii, latissimus dorsi, deltoideus, rectus femoris, tensor fascia latae, gluteus minimus. Die Gedanken folgen der mathematischen Ordnung der Biomechanik, Signal, Impuls, Abklappen, Stoßen, ultimativ unverzetteltes Denken, kein Chaos. Wenn Peck nach einer Stunde Training aus dem Becken steigt, herrscht in ihr eine fast unmenschliche Aufgeräumtheit.

Die Beleuchtung im Innern der Schwimmhalle des ehemaligen Krankenhauses am Westrand der Insel ist schwach. Peck und Bömmel, der während der Trainingszeiten der Niederländerin auf einer Holzbank am Beckenrand sitzt und ein Buch liest, haben einige Nachttischlampen aus den Krankenzimmern an den Beckenseiten aufgestellt. Die in die Fliesen im Beckeninneren eingefassten Leuchten sind längst defekt und nicht mehr zu gebrauchen.

Ein Gewitter ist über der Insel aufgezogen. Tiefblaue

Dunkelheit vor den Fenstern, unruhiges Aufflackern der Blitze von draußen. Von dort, wo sich Bömmel mit dem Buch hingesetzt hat, ist zu sehen, wie der riesige Spiegel der Wasseroberfläche das helle Blitzlicht auf die Gipskartonplatten der Schwimmhallendecke wirft. Der Regen, der gegen das Fensterglas und auf die Dachkonstruktion fällt, erzeugt ein Rauschen im ganzen Raum, das Bömmel als sehr angenehm empfindet und das selbst bei der schwimmenden Hedi Peck unter Wasser als ein fernes Flüstern noch ankommt.

Bömmel liest den Roman *El ingenioso hidalgo Don Quixote de la Mancha* in einer Übertragung ins Niederländische. Er liest das Buch seit einigen Monaten auf eine rituelle, meditative Art unheimlich langsam und wünscht sich, dass es niemals zu Ende gehen möge. Bömmel beobachtet Hedi Peck beim Schwimmen, schaut ins Buch, liest einen einzelnen Satz, horcht, was dieser Satz in ihm anstößt, beobachtet die Schwimmerin für einige Minuten und empfindet dabei das befriedigende Gefühl äußerster Ruhe und Gegenwärtigkeit. Er glaubt, dass das seine Weise ist, den Zustand zu erzeugen, der für die schwimmende Peck im Becken nur durch Anstrengung und Erschöpfung ihrer körperlichen Kräfte zu haben ist.

Hedi Peck glaubt ihrerseits nicht, dass ihr Begleiter Bömmel auch nur im Ansatz die allumfassende Befriedigung nachvollziehen kann, die durch das tägliche Training eines gehorsamen, definierten, in allen Teilen dem athletischen Ideal entsprechenden Körpers erlangt wird. Pecks Selbstbewusstsein ist ein Bewusstsein ihrer Beispielhaftigkeit. Sie fühlt sich bereit und befähigt, anderen als Vorbild zu dienen, als Modell und Ziel und Verkörperung der sehnsuchtsvollen Vorstellung. In ihrer Überzeugung beginnt jede Reise in die Landschaften der Utopie, das visionäre Vordenken einer heute noch unbekannten, besseren Zukunft, an den Konturen des Körpers. Alle anderen, Bömmel, die Ausgestiegenen im Blauen Heinrich, die Neuen und die Alten, sind eingeladen, im Angesicht des Körpers der Niederländerin auf eine Reise der Vorstellung zu gehen und dabei den eigenen Weg, die eigene Distanz zum Ideal zu erfassen und zu begreifen, was ihnen fehlt.

Peck stemmt sich auf ihren Armen am Beckenrand aus dem Wasser, stellt sich aufrecht auf dem harten Fliesenboden auf, spürt die volle Wirkung der Schwerkraft und doch noch immer die Leichtigkeit, das Getragensein der Bewegung im anderen Element. Ein gesunder Mensch sein in einer kranken Welt. Eine Soldatin in eigener Sache, ohne Stützen und Krücken. Unabhängig. Hedi Peck ist heute schon repräsentativ für die Zukunft, die sie sich vorstellt. Sie sammelt auf der Insel und im Meer schwimmfähigen Plastikmüll für ihr Landgewinnungsprojekt und sie sammelt Mitstreiterinnen unter den Ausgestiegenen, andere Begabte der Vorstellung eines anderen Lebens in Zukunft.

Der muskulösen Niederländerin ist bewusst, dass man sich nur sehr schwer von den Versorgungsleistungen der Eigentlichen wird emanzipieren können. Aber *first things first*, kein Ort, kein System, keine Gesellschaft auf der Erde kann von denen optimiert und in ein wirklich Besseres überführt werden, die sich selbst vernachlässigen. Die schweren, unausgeschlafenen, ungelenken Sackförmigen mit den hängenden Gesichtern in den Parlamenten haben versagt, haben nie eine kraftvolle Vision der Zukunft irgendwo real implementieren können, sind immer wieder auf Schwäche, Krankheit, Angst und Impotenz zurückgefallen und haben so realpolitisch schwachen, kränklichen, angstvollen und impotenten Gesellschaften vorgestanden. Der Professor, in seiner altersbedingten Gebrechlichkeit, ist für Peck ein Repräsentant dieser

Herrscherfigur in ihrer reinsten Form. Sie empfindet ihm gegenüber keinen ausreichenden Respekt, um ihn als Autorität zu akzeptieren.

Jede Vision, denkt die niederländische Schwimmerin, braucht ein Vorbild. Niemand kann auf eine weiße Fläche eine wirklich visionäre Vorstellung projizieren.

Hedi Peck spürt Bömmels Blick, der ihr folgt auf ihrem Weg den Beckenrand entlang in Richtung der Duschen. Und obwohl dieser Blick ausschließlich auf ihre körperliche Erscheinung gerichtet ist, empfindet sie ihn nicht als sexualisierten, objektifizierenden *male gaze* Bömmels, sondern eher wie das unfertige Gegenstück dessen, was betrachtet wird. Hedi Peck weiß, dass dort, von wo dieser Blick herkommt, der ihr auf dem Weg unter die Dusche folgt, etwas Unzureichendes, Fehlerhaftes, ein Makel sich wünscht, mit dem Vollkommenen ebenbürtig vereinigt zu werden. Sie zieht sich noch vor der gefliesten Wand, hinter der sich die Duschen befinden, den Badeanzug aus, um ihn über dem Schwimmbecken auszuwringen und dabei die Muskeln an ihren Armen zu betrachten. Sie empfindet dem beobachtenden Bömmel gegenüber kein Schamgefühl. Oder irgendein anderes Gefühl. Der Schauende ist mit sich und seinem Blick allein. Alles, was er sieht, so ist Peck überzeugt, muss in Bömmel die Gewissheit verfestigen, dass die Verbindung ihrer beiden Körper nur in einer Vorstellung möglich ist, in der Bömmels eigener Körper angemessen definiert wäre. Eine Vision also, die eine Veränderung, eine Optimierung Bömmels einschließt, ihn sich selbst als den besseren Bömmel, den an den Idealen Pecks ausgerichteten Ideal-Bömmel imaginieren lässt.

Und wie er da sitzt und schaut, mit dem Buch auf dem Schoß, Appendix, Begleiter, Beschützer in seiner eigenen Fantasie, und wie sie wringt und sich selbst betrachtet und die Tropfen, die vom Badeanzug aus ins Wasser fallen und dort konzentrische Kreise bilden, die sich überschneiden, größer und weiter werden und schließlich verschwinden, sich anschauen lässt, aber nicht zurückschaut, fühlen sich beide in ihrer jeweiligen Wahrnehmung der Dynamik und des Verhältnisses, das sie verbindet, wohl und aufgehoben.

Bömmel ist Hedi Peck nach Malé gefolgt, um seinem sich selbst auferlegten Auftrag nachzugehen, die Niederländerin vom Suizid abzuhalten. Er hätte diesen Ort niemals für sich selbst gewählt und ist über seinen Auftrag hinaus auch nicht weiter an ihm interessiert. Bömmel ist der ehemaligen Hauptstadt und den versinkenden Atollen gegenüber indifferent eingestellt. Wenn Hedi Peck morgen beschließen würde, an einem anderen Ort weiterleben zu wollen, wäre Bömmel unverzüglich reisefertig und bereit, sich in die Verhältnisse des neuen Ortes zu fügen. Würde er jemals gefragt, er könnte keine Antwort darauf geben, welchen Ort oder Teil, welchen Aspekt der bewohnbaren Welt er als so dringend lebenswert empfindet, dass Hedi um jeden Preis von einer vorzeitigen Beendigung ihres Daseins auf dieser Welt abgehalten werden muss.

Peck dagegen ist in der ehemaligen Hauptstadt der Malediven nicht irgendwie gestrandet wie die meisten anderen, sie ist nicht auf der Flucht, versteckt sich nicht vor der Öffentlichkeit, einer Haftstrafe, dem Zorn einer Familie oder der Vergeltung eines verfeindeten Clans, wurde nicht vom Ausverkauf der Städte, von der Ausbreitung des Wohlstands der anderen aus ihren Lebensräumen verdrängt. Sie hat einen Plan, den sie auf der Hauptstadtinsel verwirklichen will. Von den tausend Inseln der Malediven ist Malé als Einzige geeignet, ihrer schwimmenden Landmasse Ankerpunkt und Fundament zu sein. Die Pläne, die bislang hauptsächlich in Pecks Kopf vorliegen, sehen eine Weiterentwicklung der ersten, einem Sabotageakt zum Opfer gefallenen Recyclinginsel vor, die zwischen den Gebäuden der ehemaligen Hauptstadt vertäut und von den steigenden Wasserständen mit emporgehoben werden wird, anstatt zu versinken wie die restlichen Atolle. Es müssen zuerst die Straßen, die Plätze und Parks, das Netz, das sie bilden, mit eng verbundenem, schwimmfähigem Plastikmüll geschlossen ausgekleidet werden, die ganze Keksform der Stadt, und bedeckt mit einer Schicht aus Korallenkalk und Muttererde, die emporgetaucht und durch Kompostierung gewonnen werden. Die Gebäude der Stadt können in ihrer Funktion so lange stehen bleiben, wie sie zum Stehen in der Lage sind.

Hedi Peck hat, in Begleitung Bömmels und mutiger Mitstreiterinnen, gefährliche Ausfahrten zu anderen Landesteilen unternommen, um sich ein Bild zu machen vom Zustand der Substanz und der Gebäude. Die Milizionäre, die auf den umliegenden Atollen Außenposten unterhalten, stehen im Ruf, unter dort unerlaubt Aufkreuzenden keine Gefangenen zu machen, also machten sich die von Peck angeführten Expeditionen ihr jeweiliges Bild überwiegend unauffällig vom Wasser aus. Für die Niederländerin galt es dabei ohnehin nur zu bestätigen, was sie bereits vermutet hatte: dass sich kein anderes Atoll für ihr Projekt eignen würde, dass die Verhältnisse auf Malé die idealen sind. Abgesehen von reichlichen Mengen schwimmfähigem Müll an den Stränden und der einen oder anderen möglicherweise noch nicht völlig durchseuchten Süßwasserlinse unter der Erde, deren Ertrag die neue Gesellschaft in Pecks Vision etwas mehr noch von der Versorgung durch die Eigentlichen emanzipieren könnte, wäre nichts wirklich Verwertbares andernorts abzuholen. Die schwimmenden Photovoltaikanlagen, die von einem österreichischen Öko-Startup entwickelt und vor den Küsten einzelner Ressorts installiert wurden, sind ebenso längst gekappt und auf den Ozean davongetrieben wie Pecks erste Installation der schwimmfähigen Landmasse. Die Vaterländische Umweltpartei, die vor dem großen Putsch an die Macht kam und in ihrer kurzen Regierungszeit zumindest nach außen hin die *Grüne Wende* versucht hat, ließ auf einigen unbewohnten Inseln nahe des Äquatorkanals den gesamten Palmen-, Baum- und Buschbestand abholzen, die Lagunen aufschütten, die Küstenstreifen mit Flutmauern verstärken und Solarkraftwerke errichten, die aber unter den gegebenen Umständen unerreichbar weit entfernt liegen und sehr wahrscheinlich inzwischen auseinandergebaut und verkauft oder schlicht verrostet und verfallen sind.

Beim Anblick der verrottenden Ressortkomplexe, der auf ihren Holzstelzen verwitternden, nach und nach einstürzenden Wasserbungalows in den Lagunen, der vernagelten Strandbars und Luxushotels, empfand Hedi Peck eine tiefsitzende Ablehnung, einen Ekel, von dem sie glaubte, er sei Zeugnis einer inneren Verfasstheit, die den Eigentlichen verwandter ist als den anderen Ausgestiegenen auf Malé. Der Tourismus, in der Form, wie er auf den Malediven jahrzehntelang praktiziert wurde, ist für Peck der maximal widerliche, steht stellvertretend für die Vernichtung des Schönen auf der Welt durch die Ignoranz, die kleingeistige Engstirnigkeit und ängstliche Egozentrik der Menschen, die das Privileg des Reisens für sich in Anspruch nehmen, ohne dabei die Erfahrung der Fremde machen zu wollen. Die Infrastruktur, die für diese nur scheinbar reisenden Touristen geschaffen und perfektioniert wurde, war in allem ausgelegt und ausgerichtet auf die Erfüllung der Erwartungen der Gäste an das Inselparadies im Indischen Ozean.

Das Paradies, dachte Peck beim Anblick der verfallenen Ressorts, ist eine Kulisse, eine Scheinwelt der ultimativen

Häuslichkeit, wo nicht gearbeitet werden muss, wo es keine Verbindlichkeiten, keine Verantwortung gibt und keine Widersprüche, keine politische oder soziale Realität. Die Idealtouristen, die Kunden, für deren Wünsche und Bedürfnisse eine Inszenierung der maximalen Gastfreundlichkeit aufgeführt wurde, dachte Peck, sind Geflüchtete aus ihren Herkunftsverhältnissen, die aus Furcht vor dem Verlorensein im Fremden einwilligen, in die Simulation einer paradiesischen Häuslichkeit eingeschlossen zu werden.

Dass all das jetzt am Versinken ist im ewig gleichmütigen Element des Meeres, dass die Illusion nicht aufrechterhalten werden kann und also auch das Angebot nicht mehr steht, sich von ihr über die wahren Verhältnisse hinwegtäuschen zu lassen, empfindet die Niederländerin als eine zutiefst beruhigende Gerechtigkeit. Erst nachdem die Täuschung vollständig überwunden ist, das Fremde, das bedrohliche Element nicht mehr ausgeschlossen werden und die neuen Inselbewohnerinnen bereit sind, sich dem Unbekannten zu öffnen, können die Grenzen des Möglichen ausgeweitet werden.

Hedi Peck verschwindet für die kurze Dauer des Duschvorgangs hinter der gefliesten Wand und aus dem Blick Bömmels. Der schaut auf das Buch in seinem Schoß und liest den Satz:

»Der Pfarrer war es müde, noch länger Bücher anzusehen. Und so verlangte er, alle übrigen sollten auf einen Schlag verbrannt werden.«

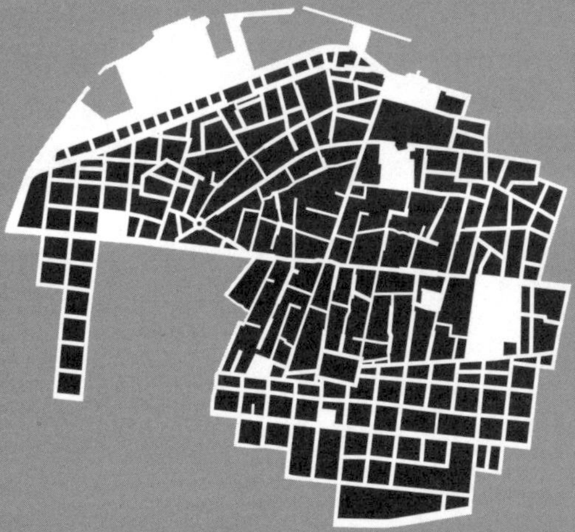

»Ich würde gerne in einem Text, in einem Gedicht über diese Sache hier, das Leben hier, in dieser Umgebung, mit diesen Leuten, ein Bild aus dem sogenannten Tierreich verwenden, von dem ich aber schon weiß, dass es ein Unsinn ist, also dass es die Wissenschaft inzwischen widerlegt hat. Es ist sozusagen ein Tierreichmärchen aus der Vergangenheit, das aber auf die reale Situation hier sehr gut passen würde.«

»Ich habe in Paris einmal einen Intellektuellen bei einem Vortrag den Satz sagen gehört: *Das Reale muss zur Dichtung werden, damit es gedacht werden kann.* Das fand ich einleuchtend. Ich dachte eigentlich nicht, dass empirische Belastbarkeit ein Maßstab ist, wenn einer ein Gedicht schreibt.«

»Stimmt natürlich. Aber man will ja auch nicht die ganzen Irrtümer der Vergangenheit reproduzieren. Dann bewegt sich das Denken doch auch keinen Schritt voran. Ich würde deinen Franzosen so verstehen, dass man das Gegebene so neu zu erfinden versucht, dass seine Möglichkeiten ungeahnt ausgeweitet werden. Und dass man es dann überhaupt erst begreift. Die Frage ist vielleicht, ob man die ganze Welt auch dann von einer kleinen Spur her rekonstruieren kann, wenn diese Spur ein alter Holzweg ist.«

»Aber worum geht es denn eigentlich? Was ist denn dieses Märchen?«

»Ich habe eben irgendwo in einer sehr alten Quelle einmal gelesen, dass sich Skorpione, wenn sie in eine Situation äußerster Hoffnungslosigkeit versetzt werden, wenn man zum Beispiel einen Ring glühender Kohlen um sie ausbreitet, aus dem sie nicht mehr ausbrechen können, ihren eigenen Giftstachel in den Kopf stechen. Man hat das damals als Beweis geführt, dass auch Tiere ihr Leben absichtlich beenden können. Dass nicht jedes Lebewesen außer dem Menschen immer danach streben muss, so lange wie möglich und um jeden Preis zu überleben.«

»Und die Situation hier hat dich daran erinnert?«

»Na ja, ja – das Eingekreistsein vom feindlichen Element, der steigende Meeresspiegel, die Abwesenheit der Hoffnung, dass das nicht einfach nur immer schlimmer wird mit der Zeit. Der letzte giftige Stich, den man sich selber setzt.«

»Dramatisch.«

»Schon. Aber eben auch Unsinn.«

»Ich wurde jetzt schon mehrfach von einem Romanschriftsteller, der sich hier niedergelassen hat, gefragt, ob ich mit ihm im *Hühnersultan* essen gehen und mich interviewen lassen würde. Er meinte, er würde gerne meine Lebensgeschichte als Stoff in seinem Buch verarbeiten.«

»Romanschriftsteller sind mir suspekt. Unter denen, die noch festhalten am Schreiben, sind sie fraglos die eitelsten. Diese schreckliche Geste des Geschichtenerzählens. Wer die Welt so wahrnimmt – als einen Haufen *guter Geschichten* –, dem sollte man eigentlich das Schreiben verbieten. Wenn es noch um irgendwas gehen kann beim Schreiben, dann doch um das, was man eben nicht sofort erkennen kann, das Nichtwissen, die Ratlosigkeit, die Schweigsamkeit der Dinge, die Geheimnisse hinter den Symbolen und die Angst, die von diesem Unwissen, von der Leere und der Sinnlosigkeit ausgeht.«

»Aber keine alten Tierreichmärchen, sobald sie wissenschaftlich widerlegt sind?«

»Ich hätte es einfach gerne möglichst immer möglichst

unvernünftig, glaube ich. Nicht organisiert und durchkonstruiert, nicht *über* etwas, kein Personal, dessen seelische Prozesse wie in einer Ameisenfarm zur Ansicht ausgestellt sind, sondern dämonisch, irrational, schräg – Fetischismus, Fürze, Trümmer, das Schweißtuch der Veronika, sowas. Am Ende werden es dann wohl die Wahnsinnigen sein, die uns die Wahrheit verkünden.«

»Für das letzte Theaterstück, in dem ich in Deutschland mitgespielt habe, musste ich den Monolog eines Verrückten aus dem Spätwerk eines russischen Autorenfilmers auswendig lernen und auf der Bühne wiedergeben. Im Film zündet sich der Verrückte am Ende seiner Rede an und verbrennt auf einem öffentlichen Platz in Rom, während ein anderer versucht, eine brennende Kerze von einem Ende zum anderen durch das leere Becken des Thermalbads der Santa Caterina in Bagno Vignoni zu tragen und dadurch die Welt zu retten. Es ist ein bisschen kompliziert. Jedenfalls habe ich mich in meiner Rolle auf der Bühne mit Wasser aus einem Benzinkanister übergossen und ein langes Streichholz angezündet, das dann zwischen meinen Fingern abgebrannt ist, während ich meinen Text aufgesagt habe. Etwa in der Hälfte des Monologs kam ein brennender Stuntman in einem feuerfesten Anzug von links nach rechts über die Bühne geschritten, mit einer Kerze in den Händen, deren kleines Flämmchen er vor dem Verlöschen behütet hat, die ihm aber gleichzeitig zwischen den Fingern zerschmolzen ist. Das war ein sehr bewegendes Bild, fand ich.«

Ein Windstoß fährt der Sprechenden durch die Haare und der Zuhörende denkt an das Bild, das hinter dem Schreibtisch des Professors an der Wand hängt.

»Das kann ich mir vorstellen.«

»Ich kann den Text auch noch auswendig, und ich habe hier sehr oft daran gedacht. Es ist ja interessant, was von dem, was man gelernt hat über die Jahre, hängenbleibt und was nicht und warum.«

»Mich hat das immer beeindruckt, ich könnte mir nie so viel Text auswendig merken. Gerade im Theater, wo man den ganzen Abend durchspielen muss und nicht ins Drehbuch schauen kann.«

»Das beeindruckt die meisten, aber es ist eigentlich der geringste Aufwand beim Spielen.«

»Also ich würde diesen Monolog jetzt natürlich schon sehr gerne hören.«

»Oh je, das ist aber sehr peinlich. Mir ist diese Theaterzeit und die Arbeit dort doch ziemlich fremd geworden über die Jahre.«

»Ist er denn lang?«

»Wieso, hast du noch was anderes vor?«

»Absolut nicht.«

»Okay, ich sage ihn auf für dich, aber du musst auch was machen. Du kannst nicht einfach so hier sitzen, als wärst du mein Publikum.«

»Ich bin aber ein ganz schlechter Schauspieler. Ich kann mir meinen Text ganz bestimmt nicht merken.«

»Du hast auch keinen Text, es ist ja ein Monolog.«

»Dann bin ich wohl der Verrückte, der in Flammen steht?«

Sie reicht ihm das Feuerzeug, mit dem sie zuvor das Schiffchen aus Alufolie erhitzt haben, um die darin verrauchende Substanz mit einem aufgeschraubten Kugelschreiber in ihre Lungen einzusaugen.

»Hier. Du bist dafür verantwortlich, dass das Flämmchen nicht ausgeht, bevor ich fertig bin. Sobald es ausgeht, höre ich auf.«

»Es ist aber schon sehr windig hier.«

»Das ist jetzt deine Rolle. Okay. Nicht vergessen: Die Welt steht auf dem Spiel.«

»Wenn es wenigstens ein Sturmfeuerzeug wäre.«

Er öffnet die Hälfte der Knöpfe an seinem Hemd und versucht, einen Schild gegen den Wind aufzubauen. Die Hitze des Flämmchens des Feuerzeugs spürt er an der Brust nahe dem Herzen. Er spürt außerdem, wie schnell aus einer Requisite eine Rolle und aus einer Rolle ein Auftrag wird. Sie stellt sich aufrecht hin, nimmt eine Haltung ein und verwandelt sich vor seinen Augen in die Figur, die sie im Theaterstück verkörpert hat.

»Ich kann nicht gleichzeitig in meinem Kopf und in meinem Körper leben«, sagt sie.

»Deshalb gelingt es mir nicht, eine einzige Person zu sein. Die Straße unseres Herzens ist mit Schatten bedeckt. Man muss auf die Stimmen hören, die unnütz scheinen. In die Hirne, die angefüllt sind mit den langen Rohren aus den Abwassern, mit Schulmauern, mit Sozialpraxis, muss durch den Asphalt das Summen der Insekten dringen. Unser aller Ohren und Augen müssen mit den Dingen angefüllt werden, die der Anfang eines großen Traumes sind. Jemand muss uns dazu aufrufen, dass wir die Pyramiden bauen werden. Es macht nichts, wenn wir sie dann nicht bauen. Der Wunsch muss genährt werden. Wir müssen die Seele nach allen Seiten ziehen, als wäre sie ein Betttuch, das man auseinanderziehen kann. Wenn ihr wollt, dass die Welt vorankommt, müssen wir uns an den Händen fassen.«

»Uh, das war knapp. Alles gut. Brennt noch!«

»Wir müssen uns mischen: Die sogenannten Gesunden und die sogenannten Kranken. Eh, Ihr Gesunden! Was bedeutet eure Gesundheit? Die Augen der ganzen Menschheit schauen auf den Abgrund, in den wir alle stürzen. Die Freiheit nützt uns nichts, wenn ihr nicht den Mut habt, uns ins Gesicht zu sehen, mit uns zu essen, mit uns zu trinken, mit uns zu schlafen. Es sind gerade die sogenannten Gesunden, die die Welt an den Rand der Katastrophe gebracht haben. Mensch, höre! In dir sind Wasser, Feuer und dann die Asche. Und die Knochen in der Asche. Die Knochen und die Asche. Wo bin ich, wenn ich nicht in der Wirklichkeit bin und auch nicht in meiner Einbildung? Ich schließe einen neuen Pakt mit der Welt. Dass es in der Nacht die Sonne gibt und im August schneit. Die großen Dinge gehen zu Ende, es sind die kleinen, die bleiben. Es reichte, die Natur zu beobachten, um zu verstehen, dass das Leben einfach ist und dass man an den Punkt von früher zurück muss, den Punkt, an dem ihr die falsche Straße gewählt habt. Man muss zu dem prinzipiellen Grundlegenden des Lebens zurückkehren, ohne das Wasser zu verschmutzen. Was für eine Welt ist das, in der eine Verrückte euch sagt, dass ihr euch schämen sollt? Oh Mutter, oh Mutter. Luft – das ist diese leichte Sache, die Dir um den Kopf weht und heller wird, wenn Du lachst.«

»Oh nein. Es ist ausgegangen.«

»Der Monolog ist eh zu Ende.«

»Aber was wird jetzt aus der Welt?«

»Keine Ahnung. Was wird aus der Welt?«

»Mir hat das, glaube ich, gut gefallen. Ich war ein bisschen abgelenkt von meinem Auftrag. Kann ich den Monolog nochmal hören?«

»Später vielleicht. Oder nein. Eigentlich lieber nicht. Auch nicht später.«

»Wenn man sich alles, was einem relevant erscheint, nur so gut merken könnte wie eine Schauspielerin ihren Text.«

»Dann würde aus dem Anschein eine Gewissheit, relevant oder nicht, und man würde sich dem Nächsten zuwenden, das man noch nicht versteht.«

»Ich muss sagen, dass du mir schon wirklich sehr gut gefällst.«

»Soso, sehr gut.«

»In der Zeit, bevor ich hierhergekommen bin, vielleicht ein Jahr oder so, bevor die Entscheidung gefallen ist, habe ich obsessiv täglich jedes Video und jeden Beitrag, jeden Niederschlagsradar und jede Bewölkungsanimation für alle möglichen Erdteile auf den Wetterportalen geschaut. Ich habe irgendwann gar nichts anderes mehr geschaut, nur noch Wettermänner und Wetterfrauen vor animierten Karten und Videos von umstürzenden LKWs auf vereisten Autobahnen, vom Funkenflug der Waldbrände in Kalifornien oder dem Amazonas, Vulkanausbrüchen, Flutwellen, Hochwassern, Dürren, Schlammlawinen, zerbrechenden Eisschollen, schmelzenden Gletschern, öligen Seevögeln, schillernden Schmutzwasserflüssen, Gewittern, Tornados, vom Tod der Glühwürmchen und der Bienen. Und bei alldem wurde natürlich immer die brutalstapokalyptische Bibelsprache verwendet, die diesen Wettermännern und Wetterfrauen verfügbar war. So, dachte ich, überlebt die Sprache der Buchreligionen, die ja eine Literatursprache ist, den Tod der Bücher: als dramatische Untergangsrhetorik auf den Wetterportalen und in den Manifesten der Terroristen.«

»Mir sind alle Nachrichten, nicht nur die über das Wetter, irgendwann wie Manifeste des Terrors vorgekommen. Das Terroristische war doch, dass man sich von der immer neuen Gegenwartsmeldung nicht mehr abwenden durfte und dadurch in einer permanent terroristischen Gegenwart gefangen war, ohne aber wirklich im gegenwärtigen Moment, also im Augenblick, im sogenannten Hier und Jetzt, gegenwärtig zu sein.«

»Ja, genau. Nirgends war aber die Rede von der realen Schönheit der Ereignisse. Die biblische Terrorsprache ist fundamental moralisch und dabei fundamental unschön. Es geht nicht um die klare, objektiv nüchterne Vermittlung von Fakten, aber es geht auch nicht um die Ästhetik, obwohl die Bilder ständig Ästhetik suggerieren – die Bilder sagen ja immer: World Press Photo Award, Komposition, Nachbearbeitung, ultimative Kontraste, Gemachtheit, Professionalität, Kunst und so weiter. Aber der Text sagt: Vergeltung, Sünde, jüngstes Gericht, Schande, Apokalypse, Zorn Gottes. Die Bilder zu diesem Text sind ganz unerhört schön, aber von der Schönheit darf man nicht sprechen, das gehört sich nicht oder ist mindestens naiv. Den Atompilz findet man ja auch nur faszinierend, beeindruckend oder vielleicht furchteinflößend, aber nicht wirklich schön, oder doch?«

»Ich habe in einem Geschichtsbuch einmal ein Foto gesehen, das den Oberkommandeur der ersten Atombombentests auf dem Bikini-Atoll zeigt, wie er mit seiner Frau, die selbst ein bombastisches Blumenbukett als Deko in ihre Hochsteckfrisur eingeflochten trägt, eine riesige Torte anschneidet, die in ihrer Form der Wolke der Atomexplosion nachempfunden ist. Ein anderer Würdenträger des Militärs steht daneben und lächelt, das Paar schaut verschmitzt in die Kamera. Da muss es schon ein Bewusstsein gegeben haben für die dekorative Qualität, also doch auch die Schönheit des Atompilzes, oder nicht?«

»Schwer zu sagen, so aus der zeitlichen Distanz. Ich habe immer das Gefühl, in diesem zwanzigsten Jahrhundert grassierte nochmal ein anderer Wahnsinn, der auch irgendwie lustvoll und affirmativ die totale Zerstörung als Möglichkeit implementiert hat. Die Leute, die da diese Torte angeschnitten haben, waren ja wahrscheinlich überzeugt davon, dass die Menschheit einen Schritt nach vorn gemacht hat in der Ausweitung dessen, was den Menschen möglich ist.«

»Aber wäre das nicht eine Aufgabe der Kunst? Die Ausweitung des Möglichen und die Erfahrbarmachung der Schönheit, die in diesem ausgeweiteten Raum auftaucht? Die

Spiralnebel der Ferne, Wesen der Tiefe, diese sonst unsichtbaren Dinge?«

»Ich glaube ganz grundsätzlich nicht an irgendeine Aufgabe. Es darf um gar nichts gehen müssen, sonst bleibt man ewig der Schüler, der Knecht und Lieferant.«

»In dem Theaterstück, in dem der Monolog von vorhin vorkommt, wurde auch eine kanadische Schriftstellerin zitiert, die sich in den 1970er Jahren im alten Hafen von Montreal selbst verbrannt hat und dabei den Satz *»Ne tuons pas la beauté du monde!«* gerufen hat. Daraus wurde dann auch ein bekannter Chanson.«

»Ich kann leider kein Französisch.«

»Schade.«

»Aber dieses Stück hätte ich sehr gerne gesehen.«

»Es war okay, glaube ich, wahrscheinlich hätte es dir gefallen.«

»War es denn erfolgreich?«

»Darauf kam es nicht mehr an.«

»Weil du schon wusstest, dass es dein letztes Stück sein würde?«

»Und weil eh klar war, dass sich dafür nur ein Zirkel von Eingeweihten interessieren wird. Das gilt doch sicher auch für Gedichte, oder nicht?«

»Klar, immer schon. Deshalb ist ja die ganze Geste, Gedichte zu schreiben, mit der Zeit nur noch subversiver und devianter oder noch lächerlicher und affektierter geworden, was jedes Gedicht als schwerstes Gepäck mit sich herumschleppt.«

»Ein paar Gedichte müsstest du aber doch wohl auswendig können.«

»Ja, doch, davon ist auszugehen.«

»Willst du was aufsagen? Was Gutes? Dein Lieblingsgedicht!«

»Ah, schrecklich! Lähmender Erwartungsdruck, das Hirn macht dicht, kein Zugriff auf nichts!«

»Okay, irgendwas, was Eigenes vielleicht?«

»Furchtbar.«

»Einfach irgendein Gedicht, Mann, von mir aus auch einen Schüttelreim, *Den Umzug plant die Transe Hans …*«

»Schon gut, halt! Ja. Irgendwas.«

»Egal was. Kann aber auch was Eigenes sein.«

»Dann müsstest du jetzt aber auch was machen, oder bist du dann nur Publikum?«

»Publikum.«

»Klar.«

»Oder du denkst dir noch was aus für mich, aber das scheint dich ja eher bisschen nervös zu machen.«

»Wilde Fratzen schneidet der Mond in den Sumpf / Es kreisen alle Welten dumpf; / Hätt ich erst diese überstanden! / Mein Herz, ein Skarrabäenstein; / Blüht bunter Mai aus meinem Gebein / Und Meere rauschen durch Guirlanden. / Ich wollt, ich wär eine Katz geworden; / Der Kater schleicht sie lustzumorden / Im vollmondblutenden Abendschein. / Wie die Nacht voll grausamer Sehnsucht keimt – / Sie hat in mir oft zart geträumt / Und ist entstellt zur Fratze. / Der Tod selbst fürchtet sich zu zwein / Und kriecht in seinen Erdenschrein, / – Aber ich pack ihn mit meiner Tatze.«

»Das leuchtet mir ein, dass das Überwindung kostet.«

»Danke.«

»Nein, ist halt peinlich. Aber auch schön.«

»Ich glaube, ich muss mich jetzt mal übergeben.«

◑

Valeria Lenín, die das panoramaverglaste, früher als Fitnessstudio genutzte Dachgeschoss der *Sultan Sharif Ahmed Shoppingmall* im Zentrum der ehemaligen Hauptstadt bewohnt, wohin sie sich zurückgezogen hat nach der Mondwanderung mit Frances Ford und Yuli Olmert, der Flucht vor dem Regen ins Nationalmuseum und dem Aufkreuzen des Filmteams dort, nachdem sie die Fragen der Dokumentarfilmer aus der Dunkelheit heraus gehört und sich gewünscht hatte, diese Leute wären, nicht zuletzt zu ihrem eigenen Besten, niemals auf die Insel gekommen und würden, allesamt mit allen anderen Neugierigen, sofort wieder verschwinden oder zumindest dieses Fragen und Suchen nach Mona Bauch endlich einstellen und die Tatsachen, das offensichtlich Augenscheinliche akzeptieren, vorangehen, nach vorne schauen wie sie selbst, wie Hedi Peck und die anderen Frauen, die Unmöglichkeiten der Zukunft infrage stellen und nicht die Glaubwürdigkeit der Vergangenheit, sitzt auf dem Fußboden nahe der Fensterscheibe, vor der es dunkle Nacht geworden ist und in der sich ihre sitzende Gestalt spiegelt, den Reiseführer aus dem Nationalmuseum auf dem Schoß, den sie mitgebracht hat aus ihr selbst nicht zugänglichen, schwer nachvollziehbaren Gründen und in dem sie eben den Satz gelesen hat, die Malediven seien seit mehreren Jahren schon ungeschlagen erstplatzierte Top-Destination für Honeymooners in ihren Flitterwochen, was sie finden lässt, dass es diese Vorstellung vor allen anderen gewesen sein muss – die Sehnsucht nach dem paradiesischen Ort, an dem sich die Sehnsucht nach der lebenslangen Liebe feierlich erfüllt –, die diese Nation, diesen unwahrscheinlichen Ort zu einem unrealistischen, unwirklichen, unmenschlichen und untragbaren Nichtort, einer paradiesischen Dienstleistungskulisse hat mutieren und schließlich in fataler Konsequenz kollabieren lassen, empfindet das im Moment des Aufkommens des Gedankens als kosmische Gerechtigkeit und erinnert sich, wie der Lyriker Judy Frank zu ihr einmal im Gespräch gesagt hat, er habe trotz allem in einer reichen Welt gelebt.

◑

Der Professor steht nah genug an den schweren roten Vorhängen, die vor alle Fenster seines Stockwerks gezogen sind, um direkt in das durch den Stoff dringende Licht der Nachmittagssonne schauen zu können, die erbarmungslos grell und heiß auf die ehemalige Hauptstadt herunterbrennt. Der alte Mann hat seine Brille abgenommen, es ist ihm nicht möglich, die Struktur des Stoffes, der nach Staub riecht, das Muster der gewebten Fasern scharf zu stellen. Wie wenn man die Augen schließt, das Gesicht in die Sonne wendet und die Blutgefäße der Lider rot aufleuchten, denkt der Professor, der darauf wartet, dass an seine Bürotür geklopft wird, um den erfolgreichen Vollzug einer Benzinlieferung durch die Eigentlichen zu vermelden, die essenziell ist für den fortlaufenden Betrieb der Stromgeneratoren auf der Insel.

Das lange Stehen am selben Fleck schmerzt den Paten der Aussteigergesellschaft in allen Gelenken. Er spürt einen scharfen Stich im Beckenboden, der alle anderen Empfindungen des Unterleibs überdeckt. Der Professor könnte nicht sagen, ob er hungrig ist, ob er aufrecht steht, ob er bald eine Toilette aufsuchen sollte oder ob es dafür vielleicht schon zu spät ist. Für jemanden, der von hinten, durch den Durchgang aus dem Büro des Professors in den Raum treten würde, wäre die gebrechliche Gestalt am Fenster von einer rotleuchtenden Aura umgeben. Das durch den Vorhangstoff einfallende Licht wärmt das da hineingehaltene Gesicht. Ständig, denkt der Professor, müssen die hier neu Eingetroffenen von den Veteranen des äquatorialen Lebens vor der Gefährlichkeit ungefilterter Sonneneinstrahlung gewarnt werden. Oder nachträglich behandelt und beruhigt, wenn ihnen der Geist und der Körper in fieberhafter Verzweiflung von der Überhitzung ihrer Hirne niedergeschlagen wurden.

Der Professor weiß: Die ältesten Zeugnisse menschlichen Lebens auf den Atollen der Malediven sind die in aller Gründlichkeit zerstörten und verschütteten, nur als Ahnungen punktuell wiederausgegrabenen, der Sonne als höchster Gottheit geweihten Tempel einer frühgeschichtlichen, nahezu vollständig in Vergessenheit geratenen Kultur. Und er fragt sich, während er im Licht der Nachmittagssonne unter Schmerzen unbewegt steht, ob sich diese längst verstorbenen und aus der Geschichte verschwundenen Sonnenanbeter der Hitze und der schmerzhaften Helligkeit ihrer Gottheit, dem Wahn der heißen Hirne, für religiöse Zeremonien, außerkörperliche Erfahrungen und Trancen ebenso bereitwillig hingegeben haben wie die neuen, ausgewanderten und aus ihren Herkunftsverhältnissen ausgestiegenen Bewohner der Insel dem Mondlicht und dem Ruf aus der Dunkelheit der Tiefe.

Nach der vollumfänglichen Islamisierung der Atolle wurden sämtliche Tempel sowohl der Sonnenanbeter als auch der nachfolgenden Kulturen und Religionen von der bekehrten, ihre neuen, göttlichen Gesetze radikal auslegenden Bevölkerung vernichtet, in einer Bewegung, denkt der Professor, hin zur Finsternis des Vergessens und der Verdrängung, der Feindseligkeit gegenüber der Vorstellung einer Vielzahl möglicher Götter und Geister, also dem anderen, ebenso hitzköpfigen Wahn einer einzig wahren Menschheitserzählung und Geschichte.

Das Vakuum, das schließlich durch den Zusammenbruch der staatlichen Strukturen entstanden ist, die Aufhebung aller Gesetze, auch der göttlichen, die Schwerelosigkeit, die so frei schwebend radikal anschlussfähig ist, dass sie nie über einen Moment hinaus Bestand haben kann, bevor sie von der nächstbesten Ideologie und Herrschaftsform angebunden wird, sendeten seinerzeit das Hoffnungszeichen eines anarchischen, alles Unmögliche ermöglichenden Neuanfangs aus und zogen damit diejenigen magisch an, die selbst frei umherschwebten und streiften und aus denen sich schließlich die Ältestengeneration hier ausgestiegener Glückssuchender formierte, der auch der Professor angehörte.

Den Professor beschäftigt die Frage nach der Gerichtetheit der Sehnsucht der jungen Menschen, die heute ihren Weg in die ehemalige Hauptstadt finden. Er meint, eine neue, vielleicht auch nur neu gewandete Tendenz zur Abkehr sowohl vom Licht als auch von der Zukunft an ihnen bemerkt zu haben und damit eine neue Offenheit, eine Schwäche für die von den Eigentlichen in ihrem Hauptquartier produzierte Substanz. Anders als die anderen, inzwischen längst verstorbenen Alten, die mit ihm gemeinsam vor sehr langer Zeit hier angekommen sind, sind diese jungen Neuen, die in steigender Frequenz eingeflogen werden, mit neuem Geld und neuen Ressourcen, neuen Problemen und Neurosen, und die integriert werden müssen in die bestehenden Strukturen, in ihrer Sehnsucht nachtwärts gerichtet, nach innen und zurück, zum unerreichbar Vergangenen. Diese neue Generation, denkt der Professor, wird noch leichter und schneller als ihre Vorgänger verloren gehen an die Wirkung der Substanz, von der kaum einer, der gekostet hat, je genug bekommen kann.

Der Geist des Alten hängt eine Weile den Verschollenen

hinterher, deren unauffindbar tiefes Abtauchen sie aus der Gesellschaft der Ausgestiegenen ausgesondert hat. Es gab und gibt sehr gute, die besten Gründe, denkt er, die Einfuhr der Substanz auf die Insel der ehemaligen Hauptstadt zu unterbinden.

Dem Professor ist bewusst, dass es weitere Öl- und Benzinvorkommen an verschiedenen Lagerstätten im Stadtgebiet gibt, geben muss, die für die Zwecke der Aussteigergesellschaft ausgebeutet werden können. Und dass diese Lagerstätten nicht zeitlich unbegrenzt zugänglich sein werden. Vorläufig muss aber das ohnehin fragile Verhältnis zu den Eigentlichen durch kontinuierliche Transaktionen und Zahlungen überhöhter Preise gepflegt werden, um den Frieden, den die Ausgestiegenen auf Malé genießen, aufrechtzuerhalten. Seit dem tödlichen Angriff auf einen der Milizionäre im Großraum der Hauptstadtinsel sind die Eigentlichen besonders misstrauisch und vorsichtig geworden, lassen kaum mehr mit sich verhandeln und sind zu keinen über die bereits vereinbarten Eingeständnisse hinausgehenden Kompromissen bereit. Der alte Mann am Fenster glaubt nicht daran, dass unter den anderen Ausgestiegenen jemand wäre, der den friedlichen Dialog mit den Eigentlichen in seinem Sinne und auf seine Weise fortsetzen könnte. Vielleicht könnte der Grad des verbliebenen Vertrauens in mich, denkt der Professor, in meine Person und damit mein eigener Status, mein Schicksal der allernächsten Zeit, evaluiert werden, indem ich eine Mannschaft zur Bergung dieser Brennstoffressourcen entsende. Wäre da nur ein Weg, vorher schon genau zu wissen, welche Menge ohne den Verlust persönlicher Bereicherung, also im vollsten Vertrauen in die Richtigkeit der Entscheidungen, die hier meinerseits zur Verteilung und zum Wohle aller getroffen werden, bei mir ankommen müsste.

Im Rücken des Professors liegt die kranke Katze auf dem roten Samtpolster, leckt an ihren Vorderläufen und wischt sich damit über die grau verkrusteten Augen. Hin und wieder sondert das Tier einen unbeteiligt wirkenden Laut in den Raum ab, der nicht wie eine Klage oder ein Ruf nach Aufmerksamkeit klingt, sondern eher wie ein Signal vergehender Zeit. Wie der Glockenschlag einer alten Wanduhr oder das Schnarren des Stundenzeigers. Hinter der Katze, auf der anderen Seite des Durchgangs zum Büro des Professors, stehen und liegen die Bücher in den Regalen an der Wand. Der alte Mann glaubt in der letzten Zeit immer öfter, beim Stehen und Sitzen in seinen Räumen über dem Blauen Heinrich, das Gewicht der Dinge, der Kunst und der Literatur, die er mitgebracht und angeschafft hat und die ihn doch überleben sollten, den Nächsten aber schon nichts mehr bedeuten, auf sich lasten zu spüren.

Während er am Fenster steht und mit seinen alten Augen in das vom Vorhangstoff gefilterte Licht der Nachmittagssonne schaut, kommt dem Professor das altbabylonische Gilgamesch-Epos in den Sinn, das in verschiedenen Übertragungen in den Regalen im Nebenzimmer zu finden und zu studieren wäre, für jemanden, der oder die sich dafür interessierte. Die älteste Heldengeschichte der Welt, die von der vergeblichen Suche nach Unsterblichkeit handelt, wird folgerichtig selbst vergessen sein, wenn niemand mehr übrig ist, der sie liest. Der alte Pate denkt einen Satz aus dieser Geschichte, der ihn belustigt: »Ich gab ihn nicht hin, dass man ihn begrübe, bis ihm der Wurm aus der Nase fiel.«

Mit mir wird es ebenso sicher ein Ende an diesem Ort hier haben wie mit der Katze und der Kunst, denkt der Professor. Er ist sich seit einiger Zeit schon bewusst, dass er im Leben keinen anderen Ort mehr aufsuchen wird als dieses selbst vergehende, selbst totgeweihte Atoll im Indischen

Ozean, dass er aber dem Versinken nicht bis zuletzt wird beiwohnen können – dass sich der Untergang zu viel Zeit nimmt, um sich im Rahmen dieses einen Menschenlebens vollständig vollziehen zu können. Ein paar der kleineren, schlechter befestigten Inseln sind bereits verschwunden. Niemand kann sagen, wie viele noch übrig sind, ausgewaschen, überspült, unbewohnbar oder noch eine Handbreit aus den Wellen ragend, auf einem Hügel, der einmal ein Tempel war, das letzte Leben ohne Hoffnung zusammengetrieben. Die Hauptstadtinsel wird aufgrund der Vorkehrungen, die vor dem Fall durch die Regierung getroffen wurden, als Letzte verschluckt werden. Ich sterbe auf der letzten Insel am Abend ihres Untergangs, denkt der Professor. Das Schicksal der alten Menschen ist die absolute Verengung des Lebensraumes, um ganz zum Schluss an den Anfang zurückzukehren, vielleicht nicht in den Leib der Mutter, denkt der alte Mann, aber doch in die Hilflosigkeit des Säuglings in der Wiege. Dass es an sich ja auch etwas Beruhigendes hat, wissen zu können, wo genau er sterben wird, wenn ihm schon der Zeitpunkt bis zum Schluss unbekannt bleiben muss, findet der Professor, der sich, stehend am Fenster, an immer mehr Text aus dem alten Epos erinnert und sich dieser Erinnerung gern überlässt, der Sprache der Bücher den Vortritt gibt vor den sprechenden Gedanken.

»Die Menschheit, deren Nachkommenschaft abgeschnitten ist wie ein Schilfrohr des Sumpfes, der schöne Jüngling, das schöne Mädchen, geschwinde werden sie alle eine Beute des Todes. Niemand sieht den Tod, niemand sieht das Antlitz des Todes, niemand hört die Stimme des Todes, der grimme Tod ist der Schnitter der Menschheit. Zuzeiten bauen wir ein Haus, zuzeiten gründen wir eine Familie, zuzeiten teilen die Brüder das Erbe, zuzeiten herrscht Hass im Land, zuzeiten stieg der Fluss und brachte eine Flut, die Eintagsfliege lässt sich treiben auf dem Fluss, den Blick auf das Antlitz der Sonne richtend, doch plötzlich ist von allem nichts mehr da!«

◑

Der Heizkeller für die zentrale Warmwasseraufbereitung des *Coral Sands Business and Commerce Center*, sehr prominent an der Rah Dhebai Magu im *Heightwater District* gelegen und in den Jahren seiner Nutzung Quartier der Zweigstelle einer multinationalen Rückversicherungsgesellschaft, einer Ratingagentur, eines Finanzdienstleisters, eines Onlineversandhandels, einer Anwaltskanzlei, des Kundenmanagementsegments eines Mobilfunkbetreibers und einer unabhängigen lokalen Presseagentur, ist wie alle anderen Räume im Untergeschoss des Gebäudes seit mehreren Jahren kontinuierlich bis unter die weißgekalkten Decken mit braunem Salzwasser angefüllt, in dem alles Metallische langsam verrostet und zerfällt. Die Außenwände der Heizöltanks der Warmwasseraufbereitung im Heizkeller des *Coral Sands Business and Commerce Center* sind an einigen Stellen von dieser beständigen Korrosion bis auf wenige Millimeter dünngearbeitet worden und im Begriff, aufzubrechen und die zwölftausend Liter Heizöl, die sie umschließen, in das umgebende Salzwasser freizusetzen. Der Austausch von Flüssigkeiten aller Art zwischen den Kellerräumen und den regelmäßig überfluteten Straßen der Stadt ist durch offenstehende Stahltüren und Parkdecktore zu jeder Zeit gewährleistet.

Dem Bürokomplex gegenüber erscheint, bei klarem Himmel in zyklisch wiederkehrenden Nächten und sichtbar nur aufgrund des völligen Ausfalls der Straßenbeleuchtung, auf den

Hauswänden ein besonderes Lichtspiel. Weiß leuchtende, scharfkantige, sehr langsam wandernde Flecke, Reflexe des Mondlichts, das in den gesprungenen, eingeworfenen oder halb geöffneten Fenstern der Glasfassade des *Coral Sands* mehrfach gebrochen glitzert.

In den Stunden der Nacht scheint der Ozean großzügiger zu sein mit dem, was er den Ufern übergibt. Das Besondere und Rare, das an die Strände und in die Straßen der ehemaligen Hauptstadt geschwemmt und gespült wird, trifft in der Dunkelheit der späten Stunden unbemerkt ein und wird erst im Tageslicht des nächsten Morgens entdeckt. Wie das Hirn der Träumenden im Schlaf scheint das Meer sich zu dieser Zeit selbst zu reinigen von dem, was nicht verarbeitet werden kann. Die nachts mit der Brandung eintreffenden Geisternetze bringen den Fang ihrer Geisterfischerei an Land: Schildkrötenpanzer, Flugschreiber, Reserveräder, Rettungsringe, Barhocker, Hutschachteln, Perserteppiche, Zigarrenkisten, Plasmalampen, Kassettenradios, Rinderhälften, Dämmwolle, Yogamatten, Surfbretter, Blumenkübel, Fahrradhelme, Badewannen, Vogelkäfige, Lichtorgeln, Satellitenschüsseln, Kettensägen, Staubsauger, Holzböden, Kinderwägen, Daunendecken, Basketbälle, Spiegelreflexkameras, Rasenmäher, Teleskopfernrohre und in anderen Nächten anderes. Eine in der Dunkelheit unbemannt eingetroffene, prall mit Luft gefüllte Rettungsinsel enthält all ihre Ausstattung noch unverbraucht und originalverpackt: einen Treibanker, eine Handpumpe, ein Paar Handruder, ein Ösfass, einen Schwamm, ein Kappmesser, eine Signalpfeife, einen Wurfring mit Leine, ein Reparaturkit, sechs Tabletten gegen Seekrankheit, sechs Handfackeln, zwei Fallschirmsignalraketen, einen Signalspiegel, zwei wasserdichte Taschenlampen mit Batterien, zwei Wärmeschutzoveralls, sechs Liter Trinkwasser, zwei Kilogramm Notnahrung und einen Verbandskasten.

Nahe der Promenadenstraße am Südrand der Insel hat sich durch ständige Überschwemmung und kontinuierliche Sonneneinstrahlung auf dem Grund des verwahrlosten Maafanu Cricketstadions eine sumpfige, salzwiesenartige Flora gebildet, in der diverse Schnaken-, Mücken- und Gnitzenarten der exponentiellen Vermehrung ihrer Populationen nachgehen und von wo aus in den Abendstunden schwarz flirrende Insektenwolken hervorquellen und in den Straßen der ehemaligen Hauptstadt auf Nahrungssuche gehen.

Langanhaltender Regen wäscht die Erde aus den Kübeln der Nutzpflanzengärten auf den Dachterrassen, in den Ritzen und Rissen der Wände und Dachpappen wachsen Moose und Flechten, die von vernachlässigten Hausschweinen ausgezupft und gefressen werden. Das Meer nagt und arbeitet am Fundament der Stadt, dem Asphalt der Straßen, dem Beton der Flutmauern, den Gebäuden und den toten Steinkorallen am Riff der Insel. Träge Gewitter, die den sichtbaren Himmel in alle Richtungen lückenlos bedecken, hängen oft wochenlang über den Atollen, über dem gesamten Indischen Ozean, der ganzen Welt, wie es dann scheint, tagsüber flackern die Blitze hellgrau in den Schlieren der Regenbänder, nachts wandern die elektrischen Entladungen in verästelten Fingern kilometerweit an violetten Luftmassen entlang. Das Geräusch des Regens im Geräusch der Brandung, das Beständige im rhythmisch Anschwellenden, verwirrt das Gefühl für Zeit und Raum.

In den wütend aufgewühlten Ozean wird von den Ausgestiegenen auf der Insel der ehemaligen Hauptstadt umso mehr

Reichtum, Geheimnis und Verlockung hineinimaginiert, je unzugänglicher und gefährlicher er sich ihnen darstellt. Etwas derart violent seine eigene Auskundschaftung Abwehrendes kann schließlich nicht nichts mit so viel Aufwand verbergen, muss im Kern einen Schatz hüten, der nicht gehoben werden soll, oder den Zugang zu einer anderen, wahrhaftigeren Wirklichkeit. Tauchgänge, die an windstillen Tagen in der verhältnismäßig ruhigen See unternommen werden, lassen sich nicht zur Erhärtung dieser Vorstellungen heranziehen und werden daher von der Mehrheit der Inselbewohner vorsichtshalber, in Rücksichtnahme auf die Unversehrtheit der eigenen Projektionen, unterlassen. Diese Haltung wird noch zusätzlich bestärkt von den Toten, die immer mal wieder am Stadtrand angespült werden, sich mit ihren weichen Gliedmaßen und ihren gebrochenen Knochen im Schrott, im Schutt der Uferbefestigungen und der Flutmauern verfangen, vom Meer und den Seevögeln in Teilen verwertet und entstellt.

Die Totenbestattung wird, im Fall der Unbekannten, die nicht auf Kosten ihrer Hinterbliebenen ausgeflogen werden, von einem maledivischen Fährmann besorgt, einem der letzten Dienstleister der ursprünglichen Bevölkerung, der wöchentlich aus der ehemaligen Hauptstadt gebündelte und verschnürte Abfälle und Leichname auf seinem Boot auf nahegelegene Atolle transportiert und dort in den Swimmingpools aufgelassener Hotelressorts, in Baugruben oder leeren Klärbecken zu Haufen aufschichtet und verbrennt.

An einem Tisch im Hinterzimmer des Blauen Heinrich, so eingerichtet, dass nur ein Teil des Wandgemäldes im Hintergrund des Bildausschnitts zu sehen ist (die blauviolette Blüte am Angelhaken, der linke Arm und das halbe Gesicht des Säuglings unter Wasser), sitzt Adel Politha und beantwortet die Fragen des Dokumentarfilmteams. Es ist noch nicht viel los, die Luft ist noch klar und transparent und alle Beteiligten am Gespräch nüchtern. Im essayistischen Dokumentarfilm des Teams aus Baltimore über das Verschwinden der Schauspielerin Mona Bauch auf Malé werden die interviewten Ausgestiegenen später als *Talking Heads* auftreten, man wird sie dabei beobachten können, wie sie die Fragen der Filmemacher beantworten, ohne dabei aber die Filmemacher selbst je zu sehen oder auch nur ihre Stimmen auf der Tonspur zu hören. Das Team aus Baltimore hat sich für ihren Dokumentarfilm einer alten, aus der Mode gekommenen Tradition verschrieben. Wo das Personal des Films sich nicht mit einer gespensterhaften Präsenz außerhalb des Bildausschnitts in etwas irr anmutendem Zwiegespräch befindet, gilt das Ideal der Fliege an der Wand, als die sich die Zuschauer später fühlen sollen: alles sehen und aufzeichnen, aber in der Situation, von den Menschen darin, nicht wahrgenommen werden, ihre Handlungen nicht beeinflussen und sie folglich dabei beobachten können, *wie sie sind*, und nicht, wie sie gerne gesehen werden oder rüberkommen wollen. Die Tatsache, dass sie durch ihre Fragen sehr wohl die Darstellung der Interviewten lenken, selbst wenn sie nicht zu hören sind, empfinden die Filmemacher aus Baltimore als notwendigen, den inhaltlichen Anforderungen geschuldeten Kompromiss.

»Natürlich«, sagt Politha, »wollte ich auch mit ihr sprechen. Ihre Geschichte hat mich ja sehr interessiert. Sie hat sich aber immer entzogen und mich vertröstet und später war sie überhaupt nicht mehr ansprechbar, auch dann nicht, wenn sie zum Beispiel hierher in den Heinrich gekommen ist, um zu trinken. Vielleicht auch nur für mich nicht, das kann schon sein. Mit den anderen Frauen, Peck und denen, die sich übrigens auch alle immer entziehen, hat sie sicher noch gesprochen. Sie können ja selbst ihr Glück mit diesen Damen versuchen, vielleicht sind sie Ihnen gegenüber offener eingestellt.«

Adel Politha bemerkt, dass durch die eben von ihm getätigten Aussagen sein eigenes Profil als Chronist des Lebens auf der Insel, der Schicksale und Geschichten seiner Bewohnerinnen und Bewohner, infrage gestellt wurde, ärgert sich darüber und nimmt sich vor, den Dokumentarfilmern aus Baltimore mehr Material zu liefern, das diesem Selbstbild entspricht. Er bezweifelt, dass er sich in dieser Hinsicht der Regisseurin des Films vertrauensvoll überlassen kann.

Die nächste, ihm gestellte Frage zielt auf die Herkunftsverhältnisse des Romanschriftstellers ab und wird von Politha sofort als Chance interpretiert, sich selbst in ein besseres Licht zu rücken.

»Ich bin gar nicht an einem bestimmten Ort aufgewachsen«, antwortet der übergewichtige Autor, »ich bin das einzige Kind nomadisch mobiler Eltern und habe meine Kindheit und Jugend auf der ganzen Welt verbracht. Ich habe schon sehr früh mehr verschiedene Orte und Schicksale gesehen, als die meisten in ihrem ganzen Leben sehen werden. Ich konnte niemals Freundschaften aufbauen, die langfristig Bestand hatten, und habe daher früh den Wunsch entwickelt, die Geschichten meiner Mitmenschen, meiner Kindkollegen und Freunde aufzuzeichnen, um sie dem Vergessen der ewigen Umzüge zu entreißen.«

Politha macht eine kurze, dramatische Pause und spricht dann weiter, ohne die nächste Frage der Regisseurin abzuwarten.

»Im Nachhinein würde ich sagen, dass das für mich eine wichtige Schule des Schreibens gewesen ist: der Wunsch, die Menschen, dir mir begegnen, und ihre Schicksale irgendwie zu bewahren und zu konservieren. Hier auf der Insel habe ich diese Arbeit fortgeführt, meine Technik weiter ausgearbeitet und perfektioniert. Wer bereit ist, mit mir zu sprechen, dem höre ich zu.«

Während dem Romanschriftsteller die nächste Frage gestellt wird, schaut er an der Kamera vorbei sehr genau ins Gesicht der Dokumentarfilmregisseurin und versucht, darin einen Anhaltspunkt dafür zu finden, ob sie von seinen Aussagen für ihn eingenommen werden konnte oder vielleicht den Vorsatz gefasst hat, vielleicht sogar schon im Begriff ist, ihn bloßzustellen. Politha bemerkt, dass die amerikanischen Dokumentarfilmer hier einen Effekt ausnutzen, auf den er selbst bei seinen Interviews im Hühnersultan regelmäßig baut: dass die Leute sich meistens geschmeichelt fühlen, wenn ihre Geschichte aufgezeichnet werden soll, wenn sie in den Fokus gerückt werden, ihre Stimme Relevanz bekommt, ihr Leben als interessant genug angesehen wird, um damit und darüber zu arbeiten, und dass sie in dem Moment den Gegenüber, der sie in diese Situation gebracht hat, automatisch als Autorität wahrnehmen, von der zeitgleich mit dem Rahmen auch die Regeln aufgestellt werden. In den meisten Fällen führt das seitens der Interviewten zu einer gewissen Nervosität und Sorge, sich zum Idioten zu machen. In den seltensten Fällen zu einer aktiven Intervention dieses Machtverhältnis betreffend.

»Mehrere Jahre schon«, antwortet Politha, »mindestens zwei. Die Zahl der Gespräche kann ich Ihnen nicht auf

Anhieb nennen, das sind zu viele, da müsste ich erstmal in meinem Archiv nachsehen. Es kommt mir aber nicht auf die Menge an. Ich verstehe schon, dass Sie das fragen, aber für mich steht die Qualität des Gesprächs immer im Vordergrund. Und dass die Inhalte, also die Leben der Leute, zu meiner Arbeit passen, dass sie sich für ein Buchprojekt eignen. Wobei man wohl schon behaupten kann, dass in jedem Leben mindestens ein Roman steckt, der geschrieben werden will. Nicht jeder hat dafür ein Bewusstsein – da komme ich dann ins Spiel.«

Als er im Anschluss gefragt wird, ob er unter den von ihm geführten Gesprächen auch Favoriten hat, die ihm ganz besonders am Herzen liegen, wird Adel Politha von einer warmen Welle tiefer Zufriedenheit durchspült und bekommt das Gefühl, dass das Interview jetzt mehr im Sinne seiner Selbstwahrnehmung und intendierten Außendarstellung verläuft.

»Ich versuche natürlich, alle Geschichten gleich zu behandeln. Wie Kinder, von denen man keinem den Vorzug vor den anderen geben will. Manche eignen sich aber schon besser als andere, um von ihnen zu erzählen oder sie als Anekdoten in nachfolgende Gespräche einzubauen. Manche Kinder sind ja auch ganz objektiv talentierter als andere. Es gibt diese Geschichten, die bei denen, denen man sie weitererzählt, das starke Bedürfnis erzeugen, im eigenen Leben den Romanstoff zu entdecken – und dann auch an eine professionelle Instanz weiterzugeben. Ich halte das für völlig legitim. Mir ist sozusagen jedes Mittel recht, um das Erzählen in den Menschen zu motivieren.«

Der übergewichtige Romanschriftsteller winkt einer der Bartenderinnen am Tresen des Blauen Heinrich und signalisiert durch eine international verständliche Geste, dass er gerne ein Bier trinken würde. Die Regisseurin des essayistischen Dokumentarfilms über die verschwundene Schauspielerin Mona Bauch überlegt, wie sie die Aufnahme dieser Geste später in den Film einbauen könnte.

»Eine Frau, deren Namen ich Ihnen natürlich nicht nennen kann, kam vor einigen Monaten hier auf die Insel. Sie ist nicht lange geblieben, aber zum Glück lange genug, dass ich mich mit ihr unterhalten und sie nach ihrer Geschichte befragen konnte. Sie erzählte mir, dass sie als Vorarbeiterin in einer malaysischen Fabrik gearbeitet hat, die Mikrochips für die Endgeräte eines südkoreanischen Elektronikkonzerns herstellt. Ein paar Arbeitsschritte, zur Endabfertigung oder zur Qualitätssicherung der Arbeit der Roboter, werden da noch von Menschen erledigt, die den ganzen Tag in Laboranzügen unter Leuchtstoffröhren sitzen, winzig kleine Schaltkreise unter dem Mikroskop anschauen und sicherstellen, dass alles so verlegt und verbunden ist, wie es der große Plan vorsieht. Wir Normalsterbliche, Sie und ich, gehen ja vom Funktionieren unserer Endgeräte jeden Tag ganz selbstverständlich aus, ohne eine Ahnung davon zu haben, welche Prozesse da im Kern ablaufen, wie das alles zusammenhängt und funktioniert. In der malaysischen Fabrik, in der viele sehr junge Frauen aus den ländlichen Provinzen mit sehr niedrigen Gehältern beschäftigt waren, kam es regelmäßig und immer häufiger zu Geistersichtungen und infolge dieser Geistersichtungen zu nervösen Anfällen und Panikattacken. Die jungen Frauen aus den ländlichen Provinzen sahen nach einigen Stunden der Arbeit in ihren Mikroskopen plötzlich *Hantus* auftauchen, böse Geister, die ihnen von den Chips und Prozessoren her durch das Gerät und durch die Augen in den Kopf geschlüpft sind und von ihnen Besitz ergriffen haben. Die Vorarbeiterin war damit beauftragt, diese Besessenen, die in den Produktionsstätten wilde Anfälle hatten, zur Ruhe zu bringen und den geregelten Ablauf wiederherzustellen. Daran hat mich natürlich vor allem anderen interessiert, was sie, in ihrer Funktion in der Fabrik, als Mittlerin zwischen den gewöhnlichen, unterbezahlten und für Geisterattacken anfälligen Arbeiterinnen und den Vorgesetzten in der Fabrikleitung, unter Normalität überhaupt verstanden hat. Welche Mächte, habe ich sie gefragt, waren da ihrer Ansicht nach am Werk und mussten gebändigt werden. Das hatte sie ja für sich zu entscheiden: Geht sie auf Geisterjagd und nimmt also ihre Untergebenen ernst, die von den Hantus aus den Mikroskopen angefallen werden, oder muss sie nicht vielmehr annehmen, dass die wahrhaft bösen Mächte diejenigen sind, die diese Arbeitsplätze überhaupt geschaffen haben und deren Gier und Menschenverachtung der böse Spuk sind, der die mikroskopischen Prozesse im Inneren zusammenhält, wenn Sie verstehen, was ich meine.«

Die Regisseurin des Dokumentarfilms über die verschwundene Schauspielerin Mona Bauch nickt, um zu signalisieren, dass sie verstanden hat, was der übergewichtige Romanschriftsteller Adel Politha meint, obwohl sie sich da nicht ganz sicher ist.

»Diese Frau ist hierher auf die Insel gekommen, weil sie ihre Arbeit und die Umstände ihrer Arbeit und ihres Ortes nicht mehr ausgehalten hat. Wenn ich mich recht erinnere, hat sie sogar eine Familie in Malaysia zurückgelassen. Sie hatte wohl eine ganz bestimmte Hoffnung darauf, wie die Gesellschaft hier organisiert sein würde. Dass sie so bald nach ihrer Ankunft wieder abgereist ist, lässt mich annehmen, dass diese Hoffnung enttäuscht wurde. Und das wirft natürlich die Frage auf, ob dieselben Mikroprozesse von Verdrängung, von Besessenheit und böser Ausbeutung auch hier noch sehr aktiv wirken, obwohl wir uns ja alle gern weismachen wollen, dass das eine ganz andere Lebensform sei. Wenn Sie diese Geschichte jemandem erzählen, der oder die gerade frisch hier angekommen ist, können Sie fast sicher sein, dass

Ihnen im Gegenzug etwas sehr Persönliches berichtet wird. Ein paar Härtefälle ausgenommen hat diese Geschichte für mich bislang sehr gut funktioniert.«

Um ihrem Interviewpartner zu schmeicheln und die Atmosphäre des Gesprächs, die sie als locker und ungezwungen empfindet, aufrechtzuerhalten, sagt die Regisseurin des Filmteams aus Baltimore, dass sie nun fast selbst versucht sei, dem Romanschriftsteller ihre Lebensgeschichte zu erzählen.

»Ich habe aber durchaus«, sagt Politha, der fürchtet, aus dem Zentrum der Aufmerksamkeit der Regisseurin verdrängt zu werden, »auch verschiedene Erzählstoffe, die nicht auf Gesprächen mit den Ausgestiegenen hier in der Stadt basieren, sondern meiner Fantasie und meinem literarischen Erfindungsreichtum entspringen. Ich träume auch sehr viel und sehr markant, seit ich hierhergekommen bin. Eine Kurzgeschichte, die mir gerade erst gestern eingefallen ist, handelt zum Beispiel von einer Gesellschaft in der Zukunft, die vom Aussterben bedroht ist, weil immer weniger Menschen bereit sind, sich fortzupflanzen. Und von einer Art Untergrund-Terrororganisation, die dieses Aussterben vorantreiben will, indem sie die Frauen dieser Gesellschaft regelmäßig auf öffentliche Männertoiletten entführt, um ihnen die Bereitschaft zur Vereinigung mit den Leuten, die die Zustände dort zu verantworten haben, die sich so geben, so klingen und so riechen, durch den davon ausgelösten Abstoßungsekel endgültig auszutreiben. Das ist dann natürlich in erster Linie ein Vehikel, ein Vorwand, um diese Widerlichkeiten mal so richtig ausführlich beschreiben zu können, das Grunzen, die Schamhaare auf den Rändern der Pissoirs, die scharf stinkenden …«

Adel Politha wird von der Regisseurin des Dokumentarfilms durch eine Frage unterbrochen, die zurückführen soll zum eigentlichen Thema des Interviews.

»Ja, natürlich«, sagt Politha, etwas beleidigt, dass seine eigene, auf scharfer Beobachtung basierende Prosa hier offensichtlich nicht verfängt, »bin ich sehr an einem Gespräch mit ihm interessiert. Wir werden uns sicher noch zusammensetzen, aber da lasse ich Ihnen gern den Vortritt – das ergibt dann ja vielleicht noch eine weitere Erfahrung, über die man ihn befragen kann. Außerdem ist es oft schwierig, die Leute zum Erzählen zu bringen, wenn sie zu sehr selbst verzweifelt auf der Suche nach Informationen sind. Sie schauen einfach nicht so gern zurück, weil sie das Gefühl haben, dass es sie von ihrem in die Zukunft gerichteten Auftrag ablenkt.«

Es scheine, so leitet die Regisseurin aus Baltimore ihre Anschlussfrage ein, noch einen Verschwundenen zu geben, der trotz oder aufgrund seiner Abwesenheit für die Arbeit des Dokumentarfilmteams relevant sei. Es komme ihr dieser Abwesende aber fast etwas märchen- oder fabelhaft vor, sie könne sich noch nicht so recht dazu bringen, an seine nachweisbare Existenz wirklich zu glauben.

»Ich kann Ihnen«, sagt Politha, »gern einen Beweis dafür liefern, dass ich dieser Person mit der größtmöglichen Offenheit begegnet bin und keineswegs von vornherein von Konkurrenzdenken oder falschen Vorurteilen beeinflusst war, was im Übrigen nicht unbedingt auf Gegenseitigkeit beruhte. Sie müssen wissen, dass mir Lyriker ganz generell suspekt sind. Unter denen, die noch festhalten am Schreiben, sind sie fraglos die Eitelsten. Trotzdem bin ich natürlich als Mensch der Sprache mit einiger Lyrik vertraut und kann, was Ihnen beweisen sollte, dass ich auf diesen speziellen Lyriker anfangs wirklich so offen wie nur möglich zugegangen bin und mich ehrlich für ihn und seine Arbeit interessiert habe, sogar ein kurzes Gedicht aufsagen, das er hier auf der Insel einmal auf ein Stück Küchenpapier geschrieben und dann am Tisch zurückgelassen hat, was mir erst nachlässig und später dann sehr selbstverliebt und überheblich erschienen ist.«

Das erwartungsvolle Leuchten in den Augen der Regisseurin des Dokumentarfilms über die verschwundene Schauspielerin Mona Bauch, das Politha nach dieser Ankündigung sehr deutlich wahrnimmt, versetzt ihm einen Stich. Sogar sein Phantom, denkt er, ist offensichtlich interessanter als meine tatsächlich hier körperlich anwesende Person.

»*Jetzt liege ich da*, heißt es in dem Gedicht«, sagt Adel Politha, »*Alt wie ein Baum / Hatte hundert Jahre Zeit / Alles zu begreifen / Und begriff doch nichts*. Ich finde das schon ganz schön, aber Sie müssen zugeben, es hat auch etwas schrecklich Aufgesetztes. Und es bleibt auch hier, wie meistens bei der meisten Lyrik, die Frage einfach unbeantwortet offen, was das soll und wem es etwas bringt. Und ganz ehrlich: Was soll das überhaupt für ein Name sein, Judy?«

Die letzte Frage, die die Regisseurin des Dokumentarfilms über die verschwundene Schauspielerin Mona Bauch dem übergewichtigen Romanschriftsteller Adel Politha an diesem Nachmittag im Blauen Heinrich stellt, wird mit der Bitte um eine kurze Antwort eingeleitet.

»Das ist so allgemein natürlich kaum zu beantworten«, antwortet Politha, »und schon gar nicht kurz. Ich will es trotzdem versuchen. Es gibt wohl die Sehnsucht nach einer Stadt, die noch nicht vollständig entzaubert wurde. Eine erotisierte Version des Lebens in der Stadt sozusagen. Ein Leben an einem Ort, an dem es noch Risse und Lücken gibt, durch die man aus der Wirklichkeit zumindest kurzweilig heraustreten und entkommen kann. Wo es unerheblich ist, welchen Status man anderswo erworben oder zu erwerben versäumt hat. Wo alles im Innern eben nicht von den unmenschlichen Prozessen der Mikrochipfabriken zusammengehalten wird und wo man jeden Tag oder jede Nacht in einen Traum hinein aufwacht, der vielleicht nicht immer ein schöner oder heller Traum ist, aber meistens einer, den man lesen lernen kann, um etwas über sich selbst zu erfahren. Man will sich den Geistern, die einem natürlich auch hier in den Kopf einziehen, sobald man zu lange ins Mikroskop schaut, freiwillig überlassen. Es ist kein banaler Ort, um es ganz banal zu sagen. Der Untergang ist greifbar, er schwappt einem ja sozusagen schon in die Schuhe. Und zumindest bislang ist dieser Ort hier auf eine paradiesische, sehr unwahrscheinliche Art verschont geblieben von der Verkitschung und dem Verfallstourismus der großen Ruinen. Vielleicht sind Sie und Ihre Leute, ohne Ihnen damit zu nahe treten zu wollen, die ersten Vorboten einer Bedrohung dieses Paradieses. Vielleicht kann auch dieser Ort hier nicht in all seiner Besonderheit untergehen, sondern muss vorher noch erschlossen und entzaubert werden. Was die Menschen hier zu verlieren haben, ist natürlich noch sehr viel mehr als ein paar Inseln im Indischen Ozean oder eine *Heimat*, die sie nie hatten. Was auf dem Spiel steht«, sagt Politha, der sich in den Gestus einer präsidialen Rede vor der Nation hineingesteigert hat, »ist das perfekte Versteck. Der Ort, an dem man sein kann, wer man wirklich ist, und nicht der, als den einen die andern sehen oder sehen wollen. Das ist auch, so viel ist selbst für mich offensichtlich, obwohl sie ja nie mit mir sprechen wollte, eine große Sorge der Person gewesen, der Sie Ihren Film hier widmen wollen.«

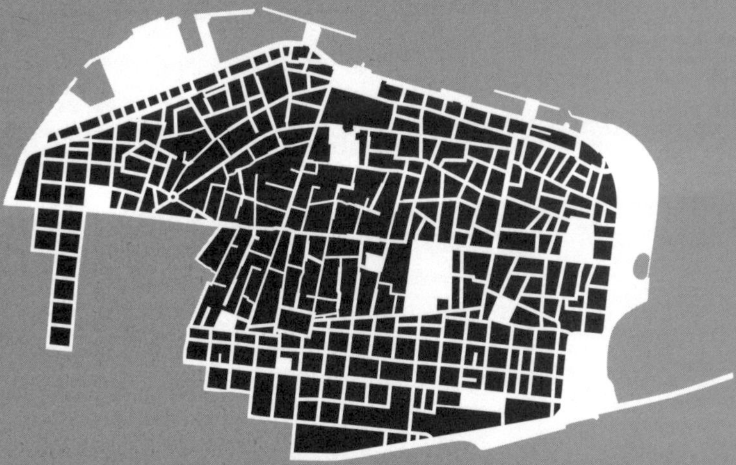

In einem versteckten Winkel auf der Insel der ehemaligen Hauptstadt der Malediven, nachdem die Hoffnung darauf eigentlich schon aufgegeben wurde, platzt nach langer Zeit ein Knoten. Ein hochbegabter Musiker, dem ein hochdotiertes staatliches Stipendium des Ministeriums für Kultur und schöne Künste seines zentraleuropäischen Herkunftslandes mehrere Jahre finanzieller Freiheit beschert hat und der nach Malé gereist ist mit nur einem der vielen Instrumente, an denen er sowohl klassisch als auch avantgardistisch ausgebildet wurde, auf dem er aber seit seiner Ankunft keinen einzigen Ton gespielt hat, hebt sich dieses Instrument auf den Schoß und beginnt, frei zu improvisieren.

Der hochbegabte Musiker war schwer zerrüttet auf den untergehenden Atollen angekommen. Er hatte keinen Sinn mehr gesehen, weder in der Arbeit des Komponierens neuer Stücke und Songs, noch in der Aufführung bereits vorhandener. Alle Musik, die ständig überall um ihn herum omnipräsent war, hatte ihn zu stören begonnen. Der Musiker wollte es still haben, und er hätte an den dunkelsten dieser Tage vielleicht sogar gesagt, dass mit dieser Stille, die das Gegenteil seiner täglichen Arbeit war, auch die Aufhörung seiner gesamten Existenz einher hätte gehen dürfen.

In den Straßen der Hauptstadt des Herkunftslandes des Musikers hatte das Übel, als das er diesen Zustand empfand, seinen Anfang genommen. *All die Beats*, hatte der hochbegabte Multiinstrumentalist gedacht, die von den Leuten über ihre Endgeräte und die Soundanlagen ihrer Fahrzeuge in den Stadtraum abgesondert werden, sind der letztgültige Beweis für die Unmöglichkeit von Rhythmisierung, von Gleichklang und Synchronisation, also Harmonie der Gesellschaft der Menschen. Wie sie da stumpfsinnig durcheinanderklopften, überall die Musik instrumentalisierten als Provokation, als böse Herausgespucktes oder als individuell den eigenen Alltag begleitenden Soundtrack, wichtigste Geschmacksentscheidung, die hörbar auch von allen anderen vernommen werden sollte. Das Durcheinanderrumpeln all der einsam für sich stampfenden Bässe empfand der Musiker als gestörten Herzrhythmus sehr schmerzhaft in der eigenen Brust, wo, wie er dachte, doch eigentlich die Liebe zu den Nächsten, die Mitmenschlichkeit, Glaube und Hoffnung in die anderen und in die Macht der Gesellschaft als Gemeinschaft wohnen sollte, die unermüdlich pumpende Arbeit dieses Muskels, der Leben und Wärme in die äußersten Enden meines Körpers transportiert.

Der Musiker hatte zu dieser Zeit, als das Übel seinen Anfang nahm, ständig kalte Hände, obwohl es keine kalte Jahreszeit war. Die Hände ließen sich auch durch heiße Bäder, Massagen oder Bewegung nicht erwärmen und beim Spielen waren dem Musiker oft die Finger ganz taub. Zwar konnte er aus dem Körpergedächtnis die richtigen Bewegungen abrufen, aber er *spürte* einfach nicht mehr, was er da konkret machte im Kontakt mit dem jeweiligen Instrument.

Sein Zustand hatte sich schon mehrere Wochen stetig verschlechtert, als ihm zwei Bratschistinnen aus dem indischen Bundesstaat Kerala in der Kaffeepause einer Orchesterprobe auf eigentlich abfällige Weise von den Rastlosen unterschiedlichster Nationalitäten erzählten, die sich von der Malabarküste aus mit Wasserflugzeugen oder Motorkatamaranen auf die Insel der ehemaligen Hauptstadt der Malediven bringen ließen, im Glauben, dort vielleicht den Dämonen entkommen zu können, die sie bereits um die halbe Welt verfolgt hatten. Für diese Untergangstouristen habe man in der Region, aus der die beiden Bratschistinnen stammten, im Malayalam, das man dort sprach, schon einen eigenen Begriff gefunden, den sie dem Musiker auch nannten und den er naturgemäß nicht verstand, der sich aber wie das Wort *Loser* anhörte, was ihm wiederum sehr unwahrscheinlich erschien.

Die Erzählung der beiden Bratschistinnen, die eigentlich dazu angedacht war, die Rastlosen und ihre vergebliche Suche ein wenig zu verspotten, bewirkte im hochbegabten Multiinstrumentalisten das Aufkommen einer unerwarteten Hoffnung – der Kakophonie des egozentrischen Gesellschaftslärms vielleicht doch noch entkommen zu können, *es still zu haben*, ohne sich dafür einen Strick nehmen zu müssen. Der Musiker begann, zu recherchieren und zeitgleich eine spürbare Zunahme des Leidensdrucks an sich festzustellen, der ihm das Weiterfunktionieren im Alltag seiner bisherigen Lebensverhältnisse faktisch verunmöglichte. Nicht nur war es dem Musiker nicht möglich, die militante Musiknutzung der anderen, diese asozial herausgebrüllten Kampfansagen im öffentlichen Raum, auszublenden, er wurde zudem in den Tagen nach dem Gespräch mit den Bratschistinnen aus Kerala, als er anfing, sich zu erkundigen, was es mit dieser Insel und den darauf Ausgestiegenen auf sich hatte, von einem sehr hartnäckigen, ihm alle Konzentration, den Schlaf und zunehmend auch den Lebenswillen raubenden Ohrwurm befallen, der sich durch nichts austreiben oder egalisieren ließ, durch kein Konzert und keine Kopfhörer, keinen Rausch und kein Beruhigungsmittel.

Was der zunehmend verzweifelte Musiker in einer endlosen Schleife bis an den Rand des Wahnsinns in seinem Kopf nicht mehr aufhören konnte zu hören, war der erste Satz aus der Klaviersonate Nummer 14, opus 27 Nummer 2 von Ludwig van Beethoven, als *Mondscheinsonate* trivialisiert und von allen möglichen Klavierschülern und Hobbypianisten gelernt und gespielt, nur diese ersten paar Takte, die noch keine nennenswerte Virtuosität am Instrument erfordern. Der Musiker verstand nicht, wie es dazu kommen konnte. Er fragte sich, wer dafür verantwortlich zu machen sei. Warum ausgerechnet sein Gehirn sich in ausgerechnet dieses Stück und davon ausgerechnet in diesen Teil verrannt hatte. Wie, fragte sich der hochbegabte Multiinstrumentalist mit jedem Mal, wenn die Schleife von vorn begann, bringt man den eigenen Kopf zum Schweigen?

Im Flugzeug aus der Hauptstadt des Herkunftslandes des Musikers nach Neu-Delhi und weiter nach Madurai, im Bus nach Thiruvananthapuram, im Katamaran nach Kulhudhuffushi, wo ihm ein pakistanischer Pirat unter den gleichgültigen Blicken des Agenten, der die Überfahrt nach Malé organisierte, im Gegenzug für das Versprechen, ihm keinen seiner zarten Finger zu brechen, einen wesentlichen Teil des Gepäcks, jedoch nicht das Instrument, das der Musiker mit sich führte und das er zu dieser Zeit wohl mehr als alles andere hätte entbehren wollen, abnahm, auf dem Schnellboot nach Hulhumalé, wo eine Art Wegzoll an düster aussehende Milizionäre in Neoprenanzügen entrichtet werden musste, und schließlich auf der kurzen Überfahrt entlang der eingestürzten Brücke der Freundschaft auf die Insel der ehemaligen Hauptstadt Malé, begleiteten den Musiker jede wache, im Halbschlaf oder in der Bewusstlosigkeit des Reisenden verbrachte Sekunde die ersten Töne des ersten Satzes der Mondscheinsonate, wie ein ständig alles Wahrnehmbare verkitschendes, den Musiker an den Rand der völligen Verzweiflung heranführendes Soundbett.

Seine Ankunft, sein in die Verhältnisse der Aussteigergesellschaft einführendes Gespräch, in dessen Verlauf ihm auch ein Schlafplatz in einem versteckten Winkel der versinkenden Insel zugewiesen wurde, von einer Person, die alle nur den Professor nannten, seine von ihm selbst gemachten Aussagen, die Entrichtung des *Beitrags* für seine Unterbringung am Tresen des Blauen Heinrich liefen vor dem von seinem Ohrwurm gequälten Musiker ab, als würde das alles außerhalb eines Aquariums stattfinden, in dem er gefangen war, umgeben von Traurigkeit und Klaviermusik, die Geräusche außerhalb dumpf und unverständlich.

Erst nachdem sich der hochbegabte Multiinstrumentalist tage- und nächtelang in wahnsinniger Verzweiflung auf einer muffig feuchten Matratze hin und her gewälzt und in einen suizidalen Zustand hineingesteigert hatte, als ihm nichts mehr zu tun übrig schien, als *ins Meer zu gehen*, sich verschlucken und auflösen zu lassen, den Kopf und die Geräusche darin im Indischen Ozean zu ertränken, als er von seinem Lager aufgestanden und zum ersten Mal seit seiner Ankunft an den Rand der Stadt gegangen war, durch einen schillernden, sehr flachen Wasserspiegel in den Straßen, als er schließlich vor der grau zerwühlten Masse stand, die sein gesamtes Blickfeld ausfüllte bis zum Horizont, schon knöcheltief hineingelaufen in die saugende See, die ihm sogleich die Fersen in den verschlickten Strandsand einzugraben begann, zerbrachen plötzlich die gläsernen Wände des Aquariums, das ihn umgeben hatte, und der Lärm der wild schaumigen Brandungswellen drang ihm in die Ohren und erfüllte eine Weite um ihn her, die den Musiker glauben ließ, sein Kopf habe sich geöffnet, und sein Gehirn, seine *Seele* wehten über den Strand hinweg wie die Milliarden Tröpfchen der Gischt.

Von da an ging der Musiker täglich an den Stadtrand und dort entlang, durch die Straßen, stieg auf die Dächer der Häuser, schaute und horchte und dachte an nichts mehr und sein

Kopf war leer und frei von jeder Melodie. Nur hin und wieder fand er, in einem kurzen, von seiner inneren Stimme vorgebrachten Kommentar, man sollte nie mehr etwas anderes aufnehmen müssen als das hier. Die Brandung, das Rascheln der Palmwipfel, das Knarzen der sich biegenden Stämme, das dumpfe Schmatzen der herabfallenden Kokosnüsse, den fauchenden Wind, der an den schartigen Spitzen zerschlagener Fenster in verschiedenen Tonhöhen pfeift. Das Gurgeln der zurückfließenden See, das Gulpen oder Glucksen, wenn etwas, das gerade noch herausgeragt hat, schließlich für immer versinkt. Das Krachen der Blitze der tropischen Gewitter, Regen auf allen möglichen Oberflächen, Teerpappen, Beton, Blech, Asphalt, dem niedrigen Wasser in den Straßen, den Brechern am Stadtrand, den Fensterbrettern und Scheiben, auf den Körpern der still und mager herumstehenden Schweine in den Dachgärten, dem eigenen Kopf. *To Record Only Water For Ten Days*, dachte der Musiker, ohne sich sicher zu sein, woher diese Worte kamen und was er damit zu tun hatte – bereit, alles, was Sprache war, sofort wieder zu vergessen.

Das Instrument des hochbegabten Multiinstrumentalisten steht bis zu dem Moment, als er es schließlich aufnimmt und sich auf den Schoß hebt, unbenutzt und unbeachtet in der Ecke des Zimmers, das ihm zugeteilt wurde. Zwar spürte der Musiker irgendwo innen in sich, dass da ein Knoten den natürlichen Fluss der Töne, der von frühester Kindheit an sein Aderwerk durchspülte, gewaltsam abgebunden hatte und dass hinter diesem Knoten ein Stau entstand, der sicher nicht gesund sein konnte, aber er vermied es, konkret darüber nachzudenken. Das Instrument in der Ecke nahm er nach ein paar Tagen gar nicht mehr als etwas zu ihm Gehöriges wahr. Es war Teil des Zimmers, wie die Tür nach draußen oder die Matratze auf dem Boden.

Der Musiker verbrachte auf diese Weise mehrere Wochen auf der Insel, die er zunehmend als eine Reinigung empfand, eine Ausräumung und Auswaschung der Seele, die sich von ihrem Gequältsein erholte und die Empfindung von etwas wie Lebensfreude tatsächlich erreichbar erscheinen ließ. Den Kontakt mit den anderen ausgestiegenen Inselbewohnern reduzierte der hochbegabte Multiinstrumentalist auf das geringstmögliche Maß. Er nahm einmal täglich eine Mahlzeit im Grillrestaurant Hühnersultan am ehemaligen Hafen ein und wartete dafür oft lange Zeit vor dem Gebäude, bis er mit Sicherheit der einzige Esser im aufgeheizten Gastraum war. Die finanziellen Ressourcen seines hochdotierten Stipendiums dienten dem Musiker dazu, die notwendigsten Hygieneartikel den anderen Inselbewohnern abzukaufen, anstatt sich einzufinden, wenn die Versorgungslieferungen der Eigentlichen eintrafen und verteilt wurden. Von seiner hochwertigen Kleidung schnitt er die am wenigsten relevanten Teile ab und trug den wesentlichen Rest wochenlang, ohne sich Gedanken über sein Aussehen oder seinen Geruch zu machen.

Schließlich, als der hochbegabte Multiinstrumentalist so lange ausschließlich schauend und horchend auf der Insel der ehemaligen Hauptstadt der Malediven herumgegangen ist, bis von der Zeit selbst nichts Nachvollziehbares mehr übrig blieb, er nicht mehr sagen könnte, ob es vielleicht schon Jahre sind, die er hier verbracht hat, sieht er, auf dem Rand seiner Matratze sitzend, das vergessene Instrument an der Wand lehnen. Der Musiker betrachtet das Instrument, seine Form, die Mechanik, den vom Staub stumpf gewordenen Lack, die dunkel gähnende Klangöffnung, die ihm kurz erscheint, als sei sie nicht dazu da, Schall in den Raum abzugeben, sondern diese Schwärze und Dunkelheit aus ihrem Inneren. Als könnte der, der weiß, wie man es bedient, mit diesem Instrument die nächtliche Dunkelheit, den Schlaf und die Traumzeit jederzeit hervorbringen und verbreiten. Er glaubt zu spüren, ohne das wirklich als ausformulierten Gedanken zu denken, dass er, von den Geräuschen der versinkenden Insel, dem Wind und dem Regen und dem Meer, im Angesicht des Untergangs, zurückgeführt wurde auf das absolut Innerste, seinen eigenen, sprachfernen Wesenskern, das Lichtabgewandte, Besondere, unteilbar Eigene, das er immer schon in sich getragen und hierher mitgebracht hat, das vielleicht auch der ursprüngliche Grund für seine Begabung und der Anlass für die vielen Jahre musikalischer Ausbildung gewesen ist, die längste Zeit aber von Beschmutzung, Schuld und falschem Denken, Trotz, Gier, Hybris, Überheblichkeit, Allüren und Angst unerreichbar tief verschüttet lag. Er hebt sich das Instrument auf den Schoß für eine freie Improvisation, beginnt zu spielen, ohne irgendeine vorgefertigte Erwartung, und schlägt die ersten Töne des ersten Satzes aus der Klaviersonate Nummer 14, opus 27 Nummer 2 von Ludwig van Beethoven an, ohne sie als die zu erkennen, die sie sind. Der Kopf des Musikers ist ganz leer. Draußen ist es Nacht geworden und die nassen Straßen leuchten weiß im Licht eines hellen Vollmonds. Die Melodie erscheint ihm passend.

Flavio Gentili erwartet das Wasserflugzeug, das neu Aussteigende auf die Insel der ehemaligen Hauptstadt bringt, in der Nähe des ehemaligen Krankenhauses am Westrand, in dem Hedi Peck und ihr Appendix Bömmel gegen alle widrigen Umstände ein Schwimmbad betreiben.

Gentili weiß aus sicherer Quelle, dass das Flugzeug am Vormittag eintreffen soll. Er hat schon seit den frühen Morgenstunden die Windrichtungen studiert, um vorhersagen zu können, wo der Pilot wahrscheinlich landen wird. Da aus östlicher Richtung starke Böen über die Atolle hinwegfegen, geht Gentili fest davon aus, dass der Pilot das Wasserflugzeug im Windschatten der Stadt aufsetzen lässt, wo schließlich auch die Brandung etwas moderater ist. Selbst dort aber, wo Flavio Gentili steht und die Ankunft der Maschine erwartet, am wahrscheinlich windstillsten Ort auf der Insel der ehemaligen Hauptstadt, wo er mit einer Hand die Augen abschirmt und den hell strahlenden Horizont nach dem dunklen Punkt absucht, der sehr viel früher auftauchen müsste, als das Geräusch der Motoren hörbar würde, fahren starke Windstöße von hinten gegen den aufrechten Körper des Italieners, die ihm den dünnen Stoff seiner langen Hosen um die Beine flattern lassen. Unter diesen Bedingungen überhaupt ein Flugzeug zu landen erfordert einiges Können, starke Nerven und grobe Fahrlässigkeit. *Zwei Himmelhunde auf dem Weg zur Hölle*, denkt Gentili und fragt sich, was das eigentlich heißen soll.

Als das Wasserflugzeug schließlich strauchelnd, von unsichtbaren Widernissen gebeutelt, in einem seltsam hüpfenden und schlingernden Landeanflug aus dem Himmel heraus und aufs bewegte Meer zugesteuert wird, bleibt Gentili unbewegt stehen, wartet und schaut und ist dabei so aufgeregt, als wäre es eine ihm bekannte Person, die sich hier im Anflug befindet. Als wäre zum Beispiel sein Bruder Fabrizio, den er seit einigen Tagen erfolglos sucht, nicht zeitgleich mit ihm hierhergekommen, sondern ihm nachgereist und könnte jetzt einfach abgeholt und in die Verhältnisse eingeführt werden, anstatt in jedem dunklen Winkel, unter jeder Pappe und in jedem Verschlag der ehemaligen Hauptstadt gesucht werden zu müssen.

Und als das Flugzeug dann auf dem unruhig schwappenden Grund gelandet und nicht zerschellt ist und mit der Brandung ans Ufer getragen wurde, als die Rotoren an den Tragflächen zum Stillstand gekommen sind und verschieden grüngesichtige Menschen aus dem Innern der Maschine hervor und an Land kommen, den feucht glitschigen Boden unter ihren Füßen misstrauisch auf seine tatsächliche Festigkeit zu überprüfen scheinen, schaut Flavio Gentili jede Einzelne und jeden Einzelnen dieser Angekommenen sehr genau an, wie in Erwartung einer vertrauten Person, obwohl er doch ganz sicher weiß, dass es nur Fremde sind, die hier abgeliefert werden.

Nach den einzeln Ausgestiegenen sieht Flavio Gentili auch einen der Agenten, die die regelmäßigen Transporte zwischen Malé und dem indischen Festland gegen Bezahlung organisieren, sowie den Piloten, bei dem es sich in diesem heutigen Fall um eine Pilotin handelt, eine bis auf den Hals hinauf tätowierte, selbstbewusst lässige Frau mit kurzen, silbern gefärbten Haaren und einer gespiegelten Sonnenbrille, aus dem Flugzeugrumpf hervorkommen. Sicher, denkt Gentili, war es gar nicht einfach, jemanden zu finden, der wahnsinnig genug ist, unter diesen Umständen zu fliegen und zu landen.

Gentili hört, wie der Agent den Angekommenen rät, sich gleich auf den Weg zum Blauen Heinrich zu machen und sich dort beim Professor zu melden. Und er sieht, wie die Angesprochenen zögern, in gewissem Abstand zueinander herumstehen und nicht wirklich bereit sind, eine Gruppe zu bilden und als Gruppe auf die Aussage des Agenten zu reagieren, gemeinsam aufzubrechen, den Blauen Heinrich zu suchen, im Verbund aufzutreten als *die Neuen* und damit schon die Erfahrung, hierhergekommen zu sein, mit den anderen zu teilen. Lieber, denkt Gentili, der sich an diesen Effekt noch vom Tag seiner eigenen, mit seinem Bruder

Fabrizio gemeinsam erlebten Ankunft auf der Insel erinnert, wollen sie erstmal kein Kollektiv, keine Schicksalsgemeinschaft sein, wollen nicht zusammen losgehen wie eine Reisegruppe. Sie sind sich untereinander suspekt, denkt der Italiener, der auf seinem Beobachterposten stehen geblieben ist, jede und jeder andere, denken sie, könnte die eigene Erfahrung dadurch abwerten, dass man sie mit ihr oder ihm teilen muss, sich vielleicht gleich schon wieder im verhassten Smalltalk über alles möglicherweise Wahrnehmbare hier unterhalten, das Besondere – und davor ist man doch geflohen aus den je eigenen Herkunftsverhältnissen – gleich wieder einsortieren ins Bekannte. Flavio Gentili wünscht den einander angestrengt ignorierenden Neuen insgeheim Glück und dass ihnen niemand jemals so sehr fehlen wird, wie ihm jetzt sein Bruder fehlt. Ihr werdet ja noch merken, denkt er, dass man alleine gar nicht glücklich werden kann.

Die Angekommenen gehen in verschiedene Richtungen davon. Einzeln am Ufer entlang oder in einigem Abstand zueinander in die Richtung, in die der Agent gezeigt hat, als die Rede vom Blauen Heinrich und dem Professor war. Außer Flavio Gentili hat an diesem Tag niemand auf die Ankunft des Wasserflugzeugs in Malé gewartet. Niemand sonst hat sich eingefunden, um jemanden zu begrüßen oder sich selbst mit dem Rückflug aufs indische Festland zurückbringen zu lassen. Zurück in die eigentliche Welt, ins eigentlich eigene Leben. Und Gentili ist ja auch selbst nicht gekommen, um die Neuen zu begrüßen oder sich schon auf den Weg nach Hause zu machen. Er kann schließlich nicht gehen, bevor er seinen Bruder gefunden hat. Die Konditionen des Rücktransports aber, denkt er, könnten ja schon mal besprochen werden. Leider handelt es sich bei diesem Agenten, der den Flug nach Malé organisiert hat, um eine überhebliche, Flavio Gentili sehr unsympathische Person. Der Italiener tritt trotzdem an die beiden heran, die rauchend in der Nähe des Wasserflugzeugs stehen geblieben sind und anscheinend einige Schwierigkeiten haben, untereinander ein Gespräch zu beginnen oder am Laufen zu halten, stellt sich dazu und erklärt sein Anliegen.

Er wolle noch nicht jetzt mit zurück, erklärt Gentili dem Agenten, da er zuerst seinen Bruder finden müsse, mit dem er die Reise hierher gemeinsam angetreten habe und mit dem er sie auch gemeinsam beenden werde. Es sei aber nur noch eine Frage der Zeit, bis er ihn aufgespürt habe, er habe nahezu die gesamte Insel auf den Kopf gestellt und wenn sein Bruder, was er eigentlich ausschließen könne, nicht inzwischen, ohne ihn zu informieren, einen anderen Rücktransport singulär genommen habe, müsse er ja schließlich hier irgendwo zu finden sein.

»Wann«, fragt Flavio Gentili den Agenten, wobei ihm die Pilotin zuhört und, wie Gentili meint, etwas wie ein Lächeln sich um ihre Mundwinkel bildet, »kommen Sie denn wieder hierher zurück? Wann wäre die nächstmögliche Möglichkeit, von hier weggebracht zu werden?«

Der Agent macht ein unlesbares Gesicht und schaut dabei an dem Italiener vorbei, in Richtung der Stadt, aus der ein seltsam dengelndes Geräusch zu hören ist, als treibe jemand einen stählernen Pflock mit einem Eisenhammer in die Erde.

Es gebe außerdem das Problem oder die Schwierigkeit, sagt Gentili, als der Agent eine Weile nur geschaut und nichts gesagt hat, dass seinem Bruder und ihm gleichermaßen das Geld ausgegangen sei. Sie könnten den Agenten also vielleicht nicht unmittelbar vor der Reise für seine Dienste auszahlen. Unter Umständen ließe sich hier von jemandem ein bisschen was leihen, vielleicht sei ja auch Fabrizio gerade dabei, für sie beide frische finanzielle Mittel aufzutreiben, und vielleicht sei ja genau das auch das Problem, »vielleicht«, sagt Gentili, »hat er sich da auf etwas eingelassen, von dem er sich besser ferngehalten hätte.«

Es sei aber realistischerweise erstmal nicht davon auszugehen, dass die Brüder Gentili dem Agenten direkt etwas Monetäres in die Hände legen könnten vor der Abreise und ob sich da also vielleicht etwas machen oder drehen ließe, mit einer Stundung zum Beispiel oder einem Darlehen oder einer verzögerten und seinetwegen dann auch verzinsten Zahlung.

»Irgendwie«, sagt Gentili, »muss man doch von dieser Insel auch wieder runterkommen können, wenn man einmal festgestellt hat, dass man lieber zurück nach Hause möchte.«

Und als der Agent daraufhin nur verächtlich lacht und Flavio Gentili weiterhin nicht ins Gesicht schaut, sondern an ihm vorbei in die Richtung, aus der vorhin das seltsam dengelnde Geräusch gekommen ist, wendet sich überraschend die Pilotin an den sein Anliegen vergeblich Vorbringenden, spricht ihn in seiner Muttersprache an und sagt, sie habe seinen Akzent sofort erkannt, weil sie aus derselben Region stamme. Flavio Gentili wird von der Ansprache der Pilotin im vertrauten Italienisch seiner Herkunftsregion von einem heftigen Heimweh angefallen, das sich ihm wie zwei kalte Finger von hinten in die Nieren bohrt und von dort nach oben wandert, durch die Brust und weiter, den Hals hinauf bis hinter die Augen, bereit, als wohlvertraute Traurigkeit in Tränenform hervorzubrechen.

Die Pilotin spricht auf eine ernste Weise, die ihrem lässigen Auftreten nicht wirklich entspricht, auch dem Lächeln nicht, das Gentili um ihre Mundwinkel weiterhin zu sehen meint. Die Lage zuhause, sagt sie, sei so deprimierend, so schrecklich und niederdrückend, dass sie wirklich niemandem, der es geschafft hat, von dort fortzukommen, empfehlen könne, jemals wieder zurückzukehren. Es würden nur mehr und mehr Städte, gerade an den Küsten, aufgegeben und sich selbst überlassen, im Müll versinkende, grausam stinkende Ruinen, von denen nur ein Bruchteil überhaupt noch genug Aufmerksamkeit bekomme, um sie mit riesigen Schubraupen ins Meer zu schieben, wohin sie ja auch wirklich gehörten, komplett mit der ganzen verrotteten Infrastruktur und den starrsinnigen Alten, die in den Kirchenbänken vor ihren Madonnenstatuen sitzen blieben, von wo sie die Ankunft des Jüngsten Gerichts ohnehin ein Leben lang erwartet hätten.

Gentili fragt die Pilotin, woher sie ihre Informationen habe, wann sie denn selbst zuletzt zuhause gewesen sei und ob sie denn keine Familie habe, für die zumindest es sich doch lohnen müsste, heimzukehren und eine Idee zu entwickeln, wie es weitergehen könnte in Zukunft.

Die Pilotin antwortet, dass man einfach einsehen müsse, dass für diese Welt keine Hoffnung mehr bestehe. Für die Worte *senza speranza* nimmt sie ihre Sonnenbrille ab, um ihnen noch mehr Nachdruck zu verleihen.

◐

Am Ostrand der ehemaligen Hauptstadt, wo Brandung und heftige Regenfälle aus den Fußwegen und Promenadenstraßen große Stücke herausgenagt und den Untergrund hohlgewaschen haben, nicht weit von der Stelle, wo erst kürzlich Elmar Bauchs rechter Fuß so unglücklich zwischen zwei glitschigen Asphaltbrocken abgeglitscht ist, dass ihm davon die Außenbänder am Sprunggelenk gerissen sind, wird Valeria Lenín zur verabredeten Zeit von drei halbvermummten Milizionären in einem motorbetriebenen Schlauchboot abgeholt.

Einer der Milizionäre (oder eine Milizionärin – Lenín bemerkt, dass es ihr aufgrund des Gegenlichts der tiefstehenden Morgensonne und der Schattenhaftigkeit der ganz in Schwarz gekleideten Gestalten nicht möglich ist zu bestimmen, ob es sich um halbvermummte Männer oder Frauen handelt) springt aus dem Schlauchboot heraus in den Schaum der ausrollenden Brandung, stemmt sich gegen einen Betonbrocken, hält das Boot an der Halteschnur fest, die die Seitenwülste bis zum Bug entlangläuft, und macht mit dem freien Arm ein Zeichen in Richtung Lenín, das ihr bedeuten soll einzusteigen.

Nachdem Valeria Lenín mit etwas weichen Beinen über den Seitenwulst gestiegen ist und sich auf die niedrige Plastikbank gesetzt hat, auf die die beiden anderen, die im Boot sitzen geblieben sind, gedeutet haben, stößt der außen stehende Milizionär oder die außen stehende Milizionärin sich auf eine sehr elegante Weise von dem Betonbrocken ab und schwingt seinen oder ihren Körper zurück ins Boot. Der Außenbordmotor am Heck wird sofort hochtourig aufgedreht, das Ruder auf Anschlag schräggestellt und das Boot, in einem ς-förmigen Kurs, denkt Lenín, vom Ufer weg aufs goldglitzernde Meer hinausgesteuert.

Auf dem Wasser scheinen die Reflexe des Sonnenlichts noch greller als vom Ufer aus. Valeria Lenín muss ihre Augen zusammenkneifen, um nicht geblendet zu werden und etwas mehr sehen zu können als aufrechte Schemen in einem dunklen Fleck, die aus ihrem Gesichtsfeld heraus in die goldene See und das Gegenlicht der Morgensonne ragen. Das Boot wird von der Person am Ruder durch die Trümmer der Brücke der Freundschaft hindurchgelenkt, rechts an der Ruine des *Velana International Airport* und der künstlichen Insel Hulhumalé vorbei, an deren Westseite, im ehemaligen Fährhafen, das Kreuzfahrtschiff der Eigentlichen vertäut liegt.

Lenín wundert sich über den Umweg. Sie hat erwartet, dass sie direkt auf das Kreuzfahrtschiff gebracht würde, um dort mit den Eigentlichen geschäftliche Beziehungen zu vertiefen und den Vertrieb der Substanz unter den Ausgestiegenen in der ehemaligen Hauptstadt auszubauen. Sie dachte, dass es sich hierbei um einen Vertrauensbeweis handeln würde, eine Aufwertung des Verhältnisses, das langfristig zur Erosion der Vormachtstellung des Professors führen würde. Die Strahlen der tiefstehenden Morgensonne und ein ungewollt heftig schlagendes Herz erwärmen Valeria Leníns Gesicht. Die beiden mondsichelförmigen Ziernarben, die sie jeweils unterhalb des äußeren Augenwinkels auf dem Jochbein trägt, fühlen sich in diesen Verhältnissen fremd und aufgeklebt an.

Es wird nicht gesprochen auf der Fahrt. Die Milizionäre reden nicht untereinander, niemand spricht oder schaut Lenín direkt an. Und sie weiß auch selbst nicht, was sie über den Lärm des Motors und der aufspritzenden Gischt der Bugwellen den Eigentlichen zurufen könnte. Valeria Lenín denkt, durch das Schweigen im Schlauchboot auf sich selbst zurückgeworfen, darüber nach, als wer sie eben über den Seitenwulst hier eingestiegen ist. Wer sie geworden ist im Lauf der hier, in der ehemaligen Hauptstadt der Malediven, auf einem Atoll im Indischen Ozean, verbrachten Zeit. Sie denkt: Ich bin die Vorreiterin des Apolloprogramms. Schamanin der Mondwanderungen. Versorgerin der Aussteigergesellschaft mit der Substanz, nach der es sie verlangt. Ich bin die der viel zu lange schon vorherrschenden Herrschaft des alten Mannes nachwachsende Generation. Sie denkt an Hedi Peck und Yuli Olmert und Frances Ford und an einen hastig hingeschmierten Schriftzug, den sie an der Wand des ehemaligen Nationalmuseums gesehen hat:

Wir sind die Bläschen im Champagner, der von einem Hausdach hinabgeschüttet wird – aufsteigend auch dann noch, wenn wir fallen.

Das Boot wird an den Inseln Hulhulé und Hulhumalé vorbeigesteuert, Lenín sieht, näher als sonst aber auf der gegenüberliegenden Seite der künstlich aufgeschütteten, in Teilen schon wieder ins Meer zurückgesunkenen Landmasse, das Kreuzfahrtschiff der Eigentlichen, das sie ganz schnell und einfach hätten erreichen können, wenn sie direkt nach Norden gefahren wären. Die Fenster der Außenkabinen und die verglaste Kommandobrücke strahlen in der Morgensonne grell golden. Entweder, denkt sie, wird hier ein umständlicher Bogen gemacht oder es passiert etwas anderes, als ich erwartet habe. Vielleicht soll mir ja eines der Anbaugebiete für die pflanzlichen Inhaltsstoffe der Substanz gezeigt werden, die sich nicht auf dem Schiff, sondern auf den nördlichen Atollen befinden. Als würde man eine Rösterei besuchen, um im großen Stil Kaffee abzunehmen, und vorher auf die Plantage geführt werden, damit man die reifende Bohne am Baum befühlen oder die Blüte an den gesunden, gut gepflegten Pflanzen, die fairen Arbeitsbedingungen der Erntehelferinnen begutachten kann. Vielleicht sind diese Leute ja auf diese Weise altmodisch, denkt die Sitzende im Schlauchboot in ihrer Verunsicherung. Sie möchte weiterhin glauben, dass die Tatsache, dass es sich bei den drei Milizionären im Boot nicht um ihre üblichen Kontaktpersonen handelt, einen Fortschritt in ihrem Verhältnis zu den Eigentlichen bedeutet. Dass sie abgeholt und mitgenommen wurde, heißt, so ist sie überzeugt, dass man sich mit ihr auch in den höheren Rängen der Hierarchie der Eigentlichen befassen, sie kennen und einschätzen lernen möchte, um die Zusammenarbeit mit ihr und den anderen Frauen auszubauen.

Nach etwa halbstündiger Fahrt wird das Schlauchboot mit verringerter Geschwindigkeit auf den Strand einer Insel zugesteuert, die Lenín schon auf den ersten Blick als *tragischer*

Ort erscheint. Düster von sich aus, von ihrem Inneren her, obwohl ringsum noch immer die Morgensonne auf dem Meeresspiegel glitzert. Ein morscher Landungssteg ragt vom Strand her ins Wasser. Von ihm aus führt ein hölzerner Pfad in eine dunkelgrüne Wand aus Gebüsch und dichtem Palmenbestand. Entlang der Küstenlinie stehen ein paar verfallene, in Teilen eingestürzte Bungalows auf Holzstelzen. Das Boot wird auf sandigen Grund gesteuert und derselbe Milizionär (der Lenín vom Körperbau her doch eher ein männlicher Eigentlicher zu sein scheint) springt wieder über den Bug ins knöcheltiefe Wasser, zwischen Plastikflaschen, Schlick und schwefelgelben Schaum und zieht an der Halteschnur, bis sie wirklich fest auf festem Grund aufliegen. Alle steigen aus und die drei Halbvermummten deuten auf den hölzernen Pfad. Einer legt Lenín seine Hand von hinten zwischen die Schulterblätter, um sie nach vorne zu schieben und zum Vorausgehen zu bringen, was ihr überhaupt nicht gefällt. Sie fragt die Milizionäre, welche Sprachen sie sprechen, bekommt aber keine Antwort. Über die gesamte Länge des Strandes, auf dem die Glasscherben im angeschwemmten Müll wie Schätze funkeln, ist kein Mensch zu sehen.

Beim Gehen durch die tiefen Schatten der Palmen und Bäume, über die seltsamen Formen, die sie auf den feuchten Boden zeichnen, als sie an hölzernen Wegweisern vorbeikommen, die alle im selben Corporate Design gestaltet sind und die Richtungen zu verschiedenen Spa-Bereichen, Coconut-Lounges oder Strandbars angeben, wird Lenín klar, dass es sich bei dieser Insel um ein exklusives Urlaubsressort gehandelt und dass hier also nie jemand wirklich gelebt hat. Nur Touristen sind hier für einen begrenzten Zeitraum abgestiegen (die *Honeymooners*, denkt Lenín) und haben sich von den Putzkräften, Kellnern, Masseurinnen, Köchen, Rezeptionistinnen, Sicherheitsleuten, Lifeguards und Tauchlehrern, die ihrerseits zum Arbeiten, wie wir eben mit unserem Schlauchboot, denkt sie, auf die Insel gependelt sind, bedienen und verwöhnen lassen. Lenín denkt das Wort *Dienstleistungsatoll* und ist etwas amüsiert vom banalen Gedanken, dass diese Oase der Verwöhnung immer schon umgeben war vom todbringenden Element des weiten, wütenden Ozeans, auf dem kein Mensch, erst recht kein Tourist, ungeschützt überleben kann.

Valeria Lenín wünscht sich, dass sie mit den hinter sich gehenden Eigentlichen, deren Schritte sie auf den feuchten Holzbohlen des Weges hört, kommunizieren könnte. Um ihnen deutlich zu machen, dass es ihr durchaus nicht an einem Bewusstsein für die fatale Falschheit dieses Ortes fehlt.

Der Holzpfad, den sie etwa fünf Minuten entlanggehen, führt zwischen den stämmigen Luftwurzeln eines Banyanbaumes hindurch, die von dicken Ästen herabgewachsen sind und sich wie eigenständige Bäume in den Boden gegraben haben, zum Eingangsbereich eines Hauptgebäudes, dessen Architektur auf unentschiedene Weise neomaurischen Stil mit der Strohdachästhetik des imaginierten Originals ehemaliger Eingeborenenhütten zu verbinden versucht. Vor sämtliche Fenster dieses Gebäudes sind Holzbretter genagelt, vom Fundament her kriecht ein grüner Schatten, ein Pilz oder Moos, hüfthoch die Fassade hinauf. Zum Eingang des Gebäudes hin verbreitert sich der Weg und teilt sich dann, in einer Art Vorplatz vor dem verschlossenen Portal, vor das ein paar blaue Müllsäcke geschichtet sind, in zwei weitere Wege, die links und rechts um das Gebäude herum auf die Rückseite führen. Eine Art Empfangstresen am Wegrand, der mit Palmblättern überdacht war, ist in sich zusammengesackt und sieht aus wie ein von wilden Brauen zugewuchertes Auge.

Lenín wendet sich um und erhält von den hinter ihr gehenden Eigentlichen Handzeichen, die bedeuten, dass sie weiterlaufen soll. Sie entscheidet sich für den linken der beiden Wege, der etwas weniger zugewachsen aussieht und wo sie auf dem feuchten Boden Fußspuren in beide Richtungen entdeckt. Es laufen hier also regelmäßig, denkt sie, Leute hin und her, was ja auch Sinn ergibt.

Hinter dem Hauptgebäude öffnet sich eine Lichtung, von der Lenín annimmt, dass sie bereits das Zentrum der Insel ausmachen muss. Umstanden von dichtem Bewuchs befinden sich hier an den Rändern verschiedene Bars und Theken, die allesamt verlassen, vernagelt oder eingefallen sind und an denen wahrscheinlich, vermutet die den Eigentlichen Vorausgehende, in der Vergangenheit die im Preis inbegriffenen Mahlzeiten an Buffets angeboten wurden. Ein paar Loungemöbel liegen auf der offenen Fläche verstreut. Alles war hier, das ist gleich eindeutig zu sehen, um den großen Außenpool angeordnet, dessen Rechteck etwa die halbe Fläche der Lichtung einnimmt. Tote Glühbirnenketten hängen wie Louisianamoos in den Ästen der Bäume und Sträucher und an den Verstrebungen der Buffettheken. Die tragische Traurigkeit, die Lenín schon vom Wasser aus angeweht hat, scheint sich hier noch zu verstärken, muss aber, denkt sie, noch anderswo herrühren als vom Verfall und der offensichtlichen Verlassenheit des Ortes, die ja auch auf der Insel der ehemaligen Hauptstadt omnipräsent sind. Tatsächlich denkt Lenín das Wort *Gott*verlassenheit, beschließt aber, sich nicht zu fragen, was das – jetzt und hier – bedeuten soll. Sie sieht ein, dass hier keine Plantage ist, die ihr vorgeführt wird. Es findet hier auch keine Versammlung von Entscheidungsträgern statt, denen sie vorgestellt werden soll. Noch hält sie die Frage, wie sie nur so naiv sein konnte zu glauben, dass die Milizionäre eine Frau aus der Aussteigergesellschaft auf Malé als Verhandlungspartnerin akzeptieren würden, vor sich selbst zurück. Sie möchte gerne etwas von ihrer Zuversicht behalten und verschiebt diese Form der Selbstbefragung auf einen späteren Zeitpunkt.

Valeria Lenín ist auf der Lichtung zwischen den verstreut herumliegenden Loungemöbeln stehen geblieben. Sie hört einen der Milizionäre in ihrem Rücken das Wort »*go*« mehrmals aussprechen und sieht keine andere Option vor sich, als näher an den Beckenrand des Pools heranzutreten. Mit jedem Schritt, den sie macht (und sie hört und spürt, dass die drei Eigentlichen nur langsam weitergehen, eine gewisse Distanz einhalten), wird etwas mehr vom Grund des Rechtecks des Außenpools der Ressortanlage sichtbar. Von der hinteren Wand her schiebt sich mehr und mehr türkisgefliester Beckengrund in ihren Blick, mit Laub und grünem Schlick, Dreck und Müll teilweise bedeckt, an den Wänden eine rotbraune Kruste, ein paar huschende Insektenkörper mit schillernden Panzern, ein kurzer Wolkenschatten und, je näher sie dem Beckenrand kommt, ein immer stärker werdender Gestank von Moder und von Fäulnis, den das anschwellende Brummen fetter Schmeißfliegen akustisch begleitet.

Die Substanz und ihre Beschaffung, denkt die langsam weiter Vorwärtsgehende in einer eher unfreiwilligen Aufzählung von Gründen. Für jeden Schritt, fühlt sie, braucht sie jetzt mehr als einen Impuls – einen wirklichen Anlass, um nicht einfach stehen zu bleiben und sich nicht mehr zu bewegen, bis alles hier anders würde, durch ein Aufwachen vielleicht, eine völlige Veränderung des Himmels und der Erde. Die Mondwanderungen, die Nachfrage, die von der Aussteigergesellschaft an mich herangetragen wird. Meine Rolle hier, denkt die langsam weiter Vorwärtsgehende, entspricht doch eigentlich schon der des Professors. Meine Position in der Gemeinschaft. Das Angebot. Das Versprechen aus dem einführenden Gespräch mit dem alten Mann, an das sie sich noch sehr gut erinnern kann: vergessen dürfen, weshalb man sich überhaupt dazu entschieden hat, in die versinkende Hauptstadt der versinkenden Atolle zu kommen. Die eigene Vergangenheit loslassen, ohne sich selbst dabei zu verleugnen. Den Eigenanteil am eigenen Selbst behalten. Das, was immer nur Erwartung und Projektion der anderen war, zurücklassen und so konzentriert auf sich selbst wiederentdecken, was jede und jeden immer schon mit allen verbunden hat. Luna ist auf diesem Weg schließlich nur eine Abkürzung, notwendig aber, um ihn neu beschreiten zu können – emanzipierter, ermächtigt durch niemand anderen als sich selbst. Im Wissen, dass das normale, nüchterne Bewusstsein nicht die einzige Wahrheit dieses Lebens ist. Und dass man hinter diese Einsicht nicht mehr zurückkommt. Nicht mehr vergisst, was man einmal gesehen und erfahren hat.

Es ist eh schon alles ein Gehen an die Grenzen, denkt Lenín und macht die letzten Schritte an den Beckenrand hin, bleibt dort stehen und schaut vor sich runter, wo an der tiefsten Stelle des Außenpools der Ressortanlage, auf Müll und modrigem Laub, ein paar verrenkte Leichen in unterschiedlichen Stadien der Verwesung übereinanderliegen, vom Kriechen und Krabbeln der Schmeißfliegen und ihren Maden in eine Art Flirren versetzt und auf eine sehr kalte und wirklich trostlose Weise für Lenín hier an diesem Ort sehr passend und gar keine Überraschung. Sie erkennt sofort zwei der Eigentlichen, mit denen sie bislang die Einfuhr organisiert hat, ganz oben auf dem Körperhaufen aufliegen. Ihr seid also auch da, denkt sie. Den dritten kann sie nicht entdecken, glaubt aber nicht, dass sich daraus irgendeine Hoffnung ableiten ließe.

Valeria Lenín würde gerne etwas für die Toten auf dem Grund des Außenpools empfinden. Zumindest doch für die, die ich *gekannt* habe, denkt sie. Tatsächlich aber empfindet sie beim Anblick der Körper vor ihr vor allem eine schreckliche Einsamkeit, fühlt sich so sehr, so weit und unerreichbar tief auf sich selbst zurückgeworfen wie niemals zuvor. Ich habe von diesen beiden Erschossenen die Substanz bezogen, wir waren durch eine Handelsbeziehung miteinander verbunden, denkt die Stehende am Beckenrand, ich schulde ihnen nichts, auch kein Gefühl.

Und wie sie da steht und an ihren Gummischuhen und dem Rand des Beckens vorbei auf die Toten schaut, die dort unten liegen, fragt sich Lenín, ob sie hier wohl gerade eine Lektion lernen soll. Warum wird mir das gezeigt? Soll ich eingeschüchtert werden? Soll ich zurück nach Malé und die Füße stillhalten? Wurde ich verraten? Sie möchte sich umdrehen und diese Fragen an die hinter ihr stehenden Eigentlichen richten, spürt aber zugleich, dass ihr Körper wie eingerastet sehr fest und unbeweglich am Beckenrand steht. Dass etwas – Angst oder Trotz, ein Rückzug auf die zentralsten Körperfunktionen oder eine Form der Schwäche – sie davon abhält, auch nur den Kopf zu heben oder einen ihrer Finger. Vielleicht, denkt Lenín, habe ich einen Fehler gemacht. Sie bemerkt, dass sie so sehr ausgestellt, allein und einsam, wie sie hier jetzt am Beckenrand des Außenpools der Ressortanlage steht, zu keiner Entscheidung mehr fähig ist darüber, was zu tun das Richtige oder das Falsche wäre. Zu keiner Bewegungsentscheidung (weglaufen?) aber auch keiner moralischen Entscheidung. Lenín ist allein und damit absolut statisch. Ausschließlich vor sich selbst, vor ihrem einsamen Geist, ohne die Hilfe, das Beispiel, auch das idiotische, der anderen, gibt es keine Tendenzen, keine Meinung, keine Position oder Haltung mehr. Alles ist nur noch als großes, unumstößliches Faktum, als Naturgesetz vorhanden. Ein hochfrequentes Fiepen und das Rauschen ihres eigenen Blutkreislaufs verschließen Lenín die Ohren für die feinen

Geräusche von außen und verstärken das Gefühl des Eingeschlossenseins in sich selbst nur noch mehr.

Aus der Unaushaltbarkeit dieses Gefühls heraus beginnen sich ein paar vergebliche Fragen an die erschossenen Eigentlichen am Grund des Beckens in Valeria Leníns Kopf zu formulieren: Was habt *ihr* eigentlich gewollt? Was habt ihr euch erwartet, erhofft? Worauf habt ihr hingelebt, als ihr noch gelebt habt? Wem habt ihr Rechenschaft abgelegt? Welchem Gott, welcher Mutter? – Lenín denkt, dass sie mit den beiden Toten erst dort über eine Handelsbeziehung hinaus verbunden sein wird, wohin diese jetzt schon vorausgegangen sind. Ein Paradies, vielleicht, in dem wir dann wirklich alle gleich wären und zusammenkämen. Vorausgesetzt natürlich, ihr habt euch nicht ein Leben lang zweiundsiebzig Jungfrauen mit nachwachsenden Hymen gewünscht und vorgestellt. Lenín erinnert sich unfreiwillig an den Lyriker Judy Frank und wie er immer wieder auf nervtötende Weise, als verrätselten Kommentar zum Leben auf der Insel und um Gespräche über die wirklichen Potenziale dessen, was einer solidarischen Gemeinschaft möglich wäre, zu torpedieren, die Frage: »Was ist das Paradies der Egoisten?«, so gestellt hat, als wäre man in einer Quizshow oder als wisse er die Antwort, würde sie allen anderen aber absichtlich vorenthalten. Und wie als nachgereichte Antwort darauf, als die es natürlich nie gedacht war, stimmt auch die Stimme Hedi Pecks in Leníns Kopf mit ein und sagt, dass die Touristen dann aufgehört hätten, an diesen Ort zu kommen, als die Illusion der paradiesischen Häuslichkeit in sich zusammengebrochen sei. Jede politische oder soziale Realität sei tödlich für die paradiesische Vorstellung, die Kulisse, die Erzählung, die Scheinwelt, in die die Urlauber eingefriedet waren. Valeria Lenín fragt sich, warum eigentlich Hedi Peck nicht hier am Beckenrand steht. *Wo ist Hedi jetzt?*, denkt sie, als sie ein blaffendes Geräusch in ihrem Rücken hört.

In einer fantastischen Wahrnehmungsleistung ihres Bewusstseins sieht Valeria Lenín, wie einige Schädelsplitter und hellrosa Fetzen von hinten in ihr Gesichtsfeld geschleudert werden. Sie denkt, dass das aber ein unsauberer Schuss gewesen sein muss und dass es auf fürchterliche Weise gefügig ist, wie sie jetzt nach vorne kippt mit ihrem Körper, in dem sich rasend schnell eine eiskalte Kälte ausbreitet, und auf eine für ihre Mörder sehr praktische Weise vom Beckenrand in den Außenpool der Ressortanlage fällt. Sie landet hart auf den erstarrten Gliedmaßen der anderen. Das Fiepen und das Rauschen in ihren Ohren sind mit dem Schuss, der nur sehr kurz nachhallte über die Lichtung, unmittelbar verstummt. Lenín meint, die sich entfernenden Schritte der Milizionäre hören zu können und wie nach ein paar Minuten der Außenbordmotor des Schlauchboots angeworfen und sofort hochtourig aufgedreht wird.

Die am Beckengrund auf und zwischen den anderen Exekutierten Liegende schaut eine Weile noch umher mit weit geöffneten Augen. Die gekachelten Wände begrenzen den Blick zu allen Seiten. Von sehr nah schaut sie den anderen Toten in ihre dummen Totengesichter.

◐

Dass die improvisierte Schließvorrichtung an der Hotelzimmertür keinen ausreichenden Schutz bietet gegen jemanden, der sich gewaltsam Zutritt verschafft. Dass man ihn auch hier finden wird, an diesem unwahrscheinlichsten Ort. Dass er zu hastig aufgebrochen ist, um seine Spuren zu verwischen. Dass es für ihn nun kein sicheres Versteck mehr gibt auf der Welt, denkt der untergetauchte Whistleblower, als er vormittags am Fenster einer vormaligen Executive Suite im Kuredi Branch Plaza Hotel steht und nach draußen schaut, auf einen filzgrauen Himmel und die dunkel schwappende See. Die Enthüllungen, die er nach Malé mitgebracht hat, befinden sich auf sechs externen Festplatten von je fünf Petabyte Speicherkapazität, randvoll gefüllt mit den Datenvolumen delikater Informationen, die ihrerseits den internen Server am Arbeitsplatz im Herkunftsland des untergetauchten Whistleblowers niemals hätten verlassen dürfen. Sobald er aus den Räumen der vormaligen Executive Suite nach draußen gehen muss, trägt er die Festplatten mit Panzertape wie Sprengstoffpakete an den Körper geklebt. Er hat sie zu keinem Zeitpunkt seiner Reise oder des Aufenthalts auf der Insel der ehemaligen Hauptstadt auch nur einen kurzen Augenblick unbeaufsichtigt gelassen.

Worüber er vor seinem Untertauchen auf der Insel nicht ausreichend nachgedacht hat und was dadurch zur taktischen Schwachstelle im Plan zur Enthüllung der delikaten Informationen vor einer globalen Öffentlichkeit wurde, ist die Notwendigkeit eines ausreichenden Signals, einer soliden Verbindung, um große Datenmengen ins Internet hochladen zu können. Wenn er nun wirklich hier, auf einem abgelegenen Atoll im Indischen Ozean, mit seinem heiklen Material gefangen wäre, ohne es der Welt zugänglich machen zu können, das würde der untergetauchte Whistleblower wohl bereits als grausame Höchststrafe für seinen vermeintlichen Verrat empfinden.

Wenn es ihm aber, seinen Vorstellungen und seinem ursprünglichen Vorhaben entsprechend, gelingen sollte, die sensiblen Daten vollumfänglich aus ihrem Status des Geheimen in eine völlige Verfügbarkeit zu überführen, so glaubt der Whistleblower am Fenster der vormaligen Executive Suite, würden diese Daten wie die Wasser der Sintflut über die Gesellschaft seines Herkunftslandes kommen und all diejenigen ersäufen, die jetzt noch durch falsches Spiel, Skrupellosigkeit, Korruption, Gemauschel, Vetternwirtschaft, Lügen und Betrügereien die politischen Geschicke lenken, das Recht verdrehen, brechen und verletzen, sich bereichern und in lebenslangen Legislaturperioden auf den Positionen der Macht festsetzen. Die massive Krise, in der sich der Staatsapparat im Herkunftsland des untergetauchten Whistleblowers ohnehin schon befindet, könnte bis zum Zusammenbruch verschärft werden. Und dann, so hofft er, könnte ein neuer Staat aus den Ruinen des alten auferstehen, wäre für eine Zeitlang alles offen und anschlussfähig für neue Ideologien, eine freie Radikalität wie aktuell an dem Ort, auf den er blickt und wo er in diesem Augenblick, vom Stadtrand her hinaus auf die zerstörte Brücke der Freundschaft, eine einzelne Person gehen sieht, die, ohne den Schutz der Gebäude, mehrfach von starken Windböen erfasst und aus dem Gleichgewicht gebracht wird. Die Haare der Person werden vom Wind aufgestellt und so bewegt, dass man von außen, von der erhöhten Position des untergetauchten Whistleblowers, meinen könnte, sie befänden sich schon unter Wasser, im Einklang mit dem Tanz der Algen. Die Person läuft die verbliebene Strecke der Brücke der Freundschaft bis an die Stelle, an der die Fahrbahn an einer schroffen Kante nach unten weggebrochen und ins Meer gestürzt ist. Dort bleibt sie stehen und schaut über das fehlende Stück hinweg auf die andere Seite. Die Person erscheint dem untergetauchten Whistleblower selbst aus dieser großen Distanz als besonders schmächtig und verletzlich. Wie jemand, um den man sich kümmern müsste oder der sich besser um sich selbst kümmern muss.

Seit seiner Ankunft auf der Insel der ehemaligen Hauptstadt der Malediven hat der untergetauchte Whistleblower an sich selbst den seltsamen Prozess einer immer weiter voranschreitenden Lichtdurchlässigkeit beobachtet. Wenn er seine Hand gegen einen hellen Schein erhebt, sieht es fast so aus, als hätte er zwischen den Mittelhandknochen nur noch dünne Schwimmhäute. Es leuchtet orangerot durch ihn hindurch, wie eine nachkolorierte Röntgenaufnahme, denkt er, und das kann eigentlich nicht gesund sein. Unter der Haut an den Beinen und auf der Brust sieht der untergetauchte Whistleblower sehr deutlich ein Netz aus blauen und grünen Adern und wenn er gegen das helle Tageslicht die Augen verschließt, meint er, noch immer einzelne Details, die Bewegungen der Palmen, Motorboote auf dem Meer, einen vorübergehenden Menschen, wenn auch rotverschwommen und unscharf, durch die dünnen Wände seiner Lider wahrnehmen zu können. Der Whistleblower am Fenster fragt sich, ob diese Dünnwandigkeit bereits eine Auflösungserscheinung ist. Ob ihm vielleicht nur noch wenig Zeit bleibt, seinen selbsterteilten Auftrag auszuführen. Er hat das Gefühl, hier in seiner Executive Suite, auf dem versinkenden Atoll, schleichend in den Bereich des Unwahrscheinlichen überzutreten. So muss sich einer fühlen, denkt er, der erkennt, dass er von einem anderen nur unglaubwürdig ausgedacht wurde. Ob das wohl durch den Aufenthalt auf der Insel noch begünstigt wird? Oder überhaupt erst hier hervorgerufen? Es laufen ja in den nassen Straßen der ehemaligen Hauptstadt einige Gestalten herum, die dem untergetauchten Whistleblower eher erfunden vorkommen.

Der Stehende am Fenster seiner Suite beobachtet die kleine Figur der dort hinausgelaufenen Person an der Bruchkante der Brücke der Freundschaft und versucht zu erkennen, was sie da macht. Was sie vorhat. Es sollte sich wirklich jemand um sie kümmern. Jemand, der nicht selbst ganz absorbiert ist von einem anderen Auftrag. *Ich trug an Bord meines Schiffes die Götter der Zukunft*, denkt er. Der Dienst, den ich meinem Land erweise, kann durchaus Liebesdienst genannt werden. Wahrscheinlich werde ich, bis der Wandel wirklich vollzogen ist, gerade wegen dieses Liebesdienstes nicht mehr zurückkehren können an den Ort, dem er gilt. Solange oder bis sie versinkt oder bis sie mich finden oder finden lassen, denkt der untergetauchte Whistleblower, bleibe ich hier, in dieser Stadt, in dieser Suite, meiner Executive Notunterkunft, und warte.

Der Whistleblower am Fenster denkt nach über das Verhältnis, in dem er, der Untergetauchte, und der Ort, auf den er blickt, zueinander stehen. Da er für ihn ein Zufluchtsort ist, bewertet der Geflüchtete ihn vor allem danach, ob es sich um ein gutes oder schlechtes Versteck handelt. Er hofft auf die mindestmögliche Aufmerksamkeit für seine Person. Der Ort soll ihn aufnehmen und vor den Suchscheinwerfern seiner Verfolger verbergen. Der untergetauchte Whistleblower will kann darf nicht in der Öffentlichkeit, im sozialen Raum dieses Ortes vorkommen. Der Ort darf nichts von ihm verlangen, und er hat dem Ort nichts zu geben. Er wird sich hier nicht einbringen können in ein progressives Projekt, in die Politik oder die Gestaltung der Zukunft. Ich werde mich hier nicht verwirklichen, denkt er, und dass er vielleicht ja deshalb auf gespenstische Weise lichtdurchlässig geworden ist. Der Whistleblower wendet sich vom Fenster ab und schaut in den Raum seiner Suite, auf die abgewetzten Möbel, die im Antik-Design eines längst untergegangenen, fiktiven Empires gestaltet sind.

Als das Hotel noch ein Hotel war, als die Urlauberinnen und Urlauber hierherkamen, um hier zu übernachten, in einer Vorstellung von luxuriösem Ambiente, denkt der untergetauchte Whistleblower, und von hier aus auf die Ressorts der anderen Atolle gebracht wurden, in eine noch perfektere

Isolation, eine noch umfassendere Simulation paradiesischer Verhältnisse, haben diese Urlauberinnen und Urlauber, die Pauschal- und All-Inclusive-Touristen, wahrscheinlich sehr viel mehr Einfluss gehabt auf diesen Ort, ihn sehr viel tiefgreifender und langfristiger und nachhaltiger verwandelt, als es ihnen lieb oder überhaupt nur bewusst war. Die Versprechung, denkt er, die sie gebucht und gekauft haben, war ja nicht zuletzt, dass sie ihre Zeit unter Palmen, an den paradiesischen Stränden, schnorchelnd in den türkisblauen Lagunen würden verbringen können, ohne dabei auf die paradiesische Unberührtheit dieser Vorstellungen einzuwirken, sich also nicht als die Agenten des Wandels und Umbaus, der Verschmutzung und Ausbeutung, die sie tatsächlich waren, auch fühlen zu müssen.

Die Potenz und die Macht, die Zustände an diesem Ort durch kollektives Handeln wirklich zu verändern, lagen beständig in den Händen derer, die eine Veränderung gar nicht selbst herbeiführen wollten, die keine Verantwortung tragen wollten, sondern vielmehr noch auf ihrem Recht bestanden haben, in einer unbeschadeten Illusion eines unbeschadeten Paradieses ein paar Tage oder Wochen Urlaub machen zu dürfen, bevor sie wieder zurückmussten in die Mühlen ihrer jeweiligen Leben. Alle Veränderung wurde also in ihrem Namen, zu ihrem Wohl, zu ihrer Anlockung und Verwöhnung vorgenommen, wobei ein wesentlicher Teil der Dienstleistung war, ihnen diese Prozesse vorzuenthalten, ihnen zu gestatten, an eine besondere Art der Erfahrung zu glauben, die sie hier machen konnten, ein paar Tage im Paradies, das seine ursprüngliche, naturwüchsige, besondere Schönheit jeden Morgen aufs Neue, von ihrer Anwesenheit unberührt, ungefragt und frei vor ihnen ausbreitete. Der Fake, denkt der Whistleblower beim Anblick der Möbel seiner Suite, ist das eigentliche Paradies. Ja, so ist es. Und die Enthüllung der

Prozesse des Fakens, die Offenlegung der Mechanik, die Zerstörung der Illusion, ist eine unverschämte Schweinerei und Gemeinheit. So wird die Mehrheit der Menschen es immer wieder empfinden, sich verschließen und verhärten und die Denunzianten aus ihrer Mitte verstoßen.

Und wie absurd, denkt er, was für eine grausame Ironie am Ende, dass aus diesem Grund ein Entschiedener und Entschlossener wie er durch die absichtsvolle Veränderung des Fundaments des gesellschaftlichen Zusammenlebens, durch Anstoßung einer wirklichen Revolution der wirklichen Verhältnisse, die ja nur angeführt werden kann von denen, die sich mit einem, mit *ihrem* Ort wirklich ins Verhältnis setzen, langfristig, sich entscheiden für einen Ort, verbindlich, und dort nicht zuletzt mit dem Argument der Zugehörigkeit operieren, dem Recht der Eingeborenen, der Staatsbürger, Steuerzahler, Passbesitzer, Nachkommen der Ureinwohner, dass so ein Entschiedener und Entschlossener wie er durch diese Arbeit an der Basis von *seinem* Ort weg und ins Exil verstoßen wird, hin zum beliebigen Ort, wo man keinen Einfluss mehr hat.

Der untergetauchte Whistleblower erinnert sich an einen Satz, den jemand auf die Innenseite einer Toilettenkabinentür geschrieben hatte, auf einem der heruntergekommenen Frachtschiffe, die ihn auf langen Umwegen durch den Atlantik, die Küsten des afrikanischen Kontinents entlang bis in den Indischen Ozean und schließlich hierher auf die Insel gebracht haben: *Wer ewig reist, kann nichts mehr tun.*

Als er sich wieder zum Fenster umdreht, um zu schauen, was die Person an der Bruchkante der Brücke der Freundschaft macht, ist dort niemand mehr zu sehen. So schnell, denkt er, kann sie doch unmöglich wieder in die Stadt zurückgegangen sein.

Die Wärme, die die Stehenden und Sitzenden am Tresen des Blauen Heinrich empfinden, ist eine andere als die tropisch feuchte, schwüle Hitze von draußen. Feucht ist sie auch und schwer gesättigt, aber es ist eine menschliche Wärme, von den anderen Menschen ausgehend, die mit einem da stehen und sitzen und trinken und reden und die durchaus auch nach gut aufgewärmten Menschen riecht: der Schweiß der Schwitzenden, die sauren Ausdünstungen der Trinker, die sehr langsam nur verdampfende Feuchtigkeit der Kleider und Haare. In diese Luft hinein wird in freudiger Todesverachtung Verschiedenstes verbrannt und exhaliert. Wo sonst ließe sich noch festhalten an dieser schönsten der uralten, längst geächteten und verstoßenen Geselligkeitstechniken, wenn nicht hier, an vorderster Front des nahen Untergangs? Wirkliche Lebenslust, so flüstert das knisternde Verglühen der Zigaretten, Joints und Zigarren, ist ohne eine gewisse Todeslust einfach nicht zu haben. Was aus den Lungen wieder hervorgestoßen wird in den Raum, ist der Atem reinster Gegenwärtigkeit: *no future*. Die Versprechung, die vom gemeinsamen Stehen und Sitzen und Trinken und Reden und Rauchen am Tresen des Blauen Heinrich ausgeht, ist schließlich nicht zuletzt die Emanzipation vom Überlebenmüssen um jeden Preis. Die finale Party, aus gegebenem Anlass zur aktuellen Stunde, Rückkehr des Punk.

Die Gespräche gehen gewohnheitsmäßig durcheinander, Sprachen und Themen, nochmaliges Nachhaken, wie war das gemeint und warum nicht so, Angebote der Vereinigung, geistig oder ganz konkret körperlich, temporär natürlich, jedem und jeder sei sein oder ihr Raum des Rückzugs ins unbehelligte Eigene stets unbenommen. »Ich kann das auf der

Mundharmonika spielen, das gilt eigentlich als unmöglich.«, »Wie kann man einer Religion angehören wollen, die das Kosten der Früchte des Baumes der Erkenntnis unter Strafe stellt?«, »Nein, ich möchte da nicht eingemeindet werden.«, »So lang kann ein Leben doch gar nicht sein, dass sich all der Verzicht irgendwann nochmal auszahlen würde.«, »Ich sehe eigentlich nur zwei Alternativen: Verschmelzung mit der Natur als Selbstzerstörung oder Zerstörung der Natur als Selbstbehauptung.«, »Wo kommen wir denn da hin?«, »Wir kommen nirgends mehr hin.«, »Also ich würde noch zwei nehmen. Und für meinen Freund hier auch nochmal zwei.«

Die Tür in den Gastraum des Blauen Heinrich öffnet sich und es erscheinen die beiden Frauen Hedi Peck und Yuli Olmert, gefolgt von Bömmel, der ein paar Schritte hinter ihnen geht, in einer für ihn angemessenen Distanz, und sich so am Eingang aufstellt, dass er den Raum bestmöglich überblicken kann. Die türnahen Trinker am Tresen stoßen dem stehenden Bömmel immer mal wieder einen Finger in die Seite oder hauen ihm kräftig auf den Rücken, sticheln, spotten, verladen und laden ein, öffnen den Kreis für eine weitere Person. Bömmel aber ziert sich, lehnt ab, bleibt stehen und schaut, was die beiden Frauen machen, die tiefer in den Gastraum hineingegangen sind, wo sie ähnliche Einladungen erhalten. Peck und Olmert streifen mit suchenden Blicken über die Anwesenden im Blauen Heinrich. Etwas Sorgenvolles liegt in ihren Gesichtern. Sie sind offensichtlich nicht zum Trinken, Reden und Rauchen in den Blauen Heinrich gekommen.

Während Peck zum hinteren Gastraum durchgeht und schaut, wer da noch so sitzt, sieht Olmert eine der beiden Bartenderinnen den Hörer des Telefons abnehmen, das den Blauen Heinrich mit dem Büro des Professors verbindet. Sie gibt Peck ein Zeichen mit dem Kopf, ein Nicken zur Bar und eines zur Tür hin. Hedi Peck kommt zurück, stößt im Vorübergehen die Tür der Unisextoilette des Blauen Heinrich auf, in der sich niemand befindet, und dann verlassen die drei den Gastraum, noch bevor das Telefonat hinter der Bar beendet ist.

Vom kurzen Auftritt der beiden Frauen und des nachtrottenden Bömmel gar nichts mitbekommen haben indes das Dokumentarfilmteam aus Baltimore und Elmar Bauch, der dem Team gegenüber an einem Tisch im hinteren Gastraum sitzt, mit dem Rücken zur Wand und so eingerichtet, dass nur ein Teil des Nevermindgemäldes im Hintergrund des Bildausschnitts zu sehen ist. Die Dokumentarfilmer und der verzweifelte Vater der verstorbenen Schauspielerin Mona Bauch waren zu sehr mit sich selbst und miteinander beschäftigt, um das nur wenige Sekunden währende, scannende Auftreten Pecks im Durchgang zum Schankraum zu bemerken.

Seit seinem Unfall am Ostrand der Insel ist Elmar Bauchs Mobilität stark eingeschränkt. Die Haut um die gerissenen Außenbänder des rechten Knöchels ist über einer dicken Schwellung prall gespannt und blauviolett gefärbt. Es ist dem verzweifelten Vater der verstorbenen Schauspielerin Mona Bauch nicht möglich, den rechten Fuß mit Körpergewicht zu belasten. Man hat ihm aus dem Bestand des ehemaligen Krankenhauses eine einzelne Krücke besorgt, die ein belastbares rechtes Bein nur unzureichend ersetzt und zum Gehen ohne eine zweite sehr wenig komfortabel ist.

Bauch hat so notgedrungen die letzte Zeit nicht mehr gehend auf der Insel, suchend nach seiner Tochter Mona, sondern überwiegend sitzend im hinteren Gastraum des Blauen Heinrich verbracht. Beobachtend und sprechend mit den verschiedenen Ausgestiegenen, von denen sich immer mal jemand zu ihm an den Tisch setzt, fragt, erzählt, dabei meist wenig Erhellendes zur Sache des verzweifelten Vaters beitragend, ihm aber schleichend das Gefühl vermittelnd, selbst zur Figur im absurden Gefüge der ehemaligen Hauptstadt zu werden, seinen Platz einzunehmen als einer von ihnen, inmitten der speziellen menschlichen Wärme, die hier erzeugt wird. Elmar Bauch ist sich dieser Entwicklung noch nicht voll bewusst, bemerkt aber doch, dass da etwas passiert, eine Vertrautheit entsteht, der er sich nicht mit seiner ganzen subjektiven Kraft entgegenstellt. Der versehrte Vater der verstorbenen Schauspielerin Mona Bauch ist dazu übergegangen, die Prozesse um sich herum gewähren zu lassen. Er trägt noch immer ein Pflaster am linken Wangenknochen über einer weichen Wunde. Er denkt, dass sowohl Hülle als auch Kern der Menschen für einen harten Widerstand zu weich gefertigt sind.

In diesen immobilen, passiven Assimilationsprozess hinein wird Elmar Bauch mit dem Filmteam aus Baltimore konfrontiert, das natürlich sehr schnell Wind bekommen hat von der Vor-Ort-Anwesenheit des Vaters der Person, die der unverfügbare Gegenstand ihres essayistischen Dokumentarfilms ist. Bauch wurde an seinem Platz im hinteren Gastraum des Blauen Heinrich quasi umstellt, Ton, Kamera, Regie und Assistenz in Bereitschaft loszulegen. Die Regisseurin des essayistischen Dokumentarfilms ist mit den Worten »Was für ein Glücksfall« an Elmar Bauch herangetreten, bevor sie sich selbst, ihre Kollegen und ihr Vorhaben vorgestellt hat. Ihre Arbeit auf der Insel sei mehr oder weniger getan, zur völligen Zufriedenheit fehle ihnen eigentlich nur noch ein Gespräch mit ihm, Bauch, am besten natürlich gleich hier, vor dieser Wand auf dieser Bank, das könne man direkt so nehmen.

Bauch fasst sich an das unansehnliche Pflaster in seinem Gesicht und sagt, dass er so entstellt doch lieber nicht vor einer Kamera stehen oder sitzen möchte. Sofort durchrauscht den versehrten Vater eine heiße Welle der Scham, die ihm zunächst unangebracht vorkommt, bis er begreift, dass er vor allem anderen, vor allem vor sich und seinem Äußeren, im Umgang mit diesen Leuten den Schutz der Privatsphäre seiner prominenten Tochter als Argument hätte anführen müssen.

Ja, das wäre eigentlich kein Problem, sagt die Regisseurin, »es muss dann eh noch viel geschnitten werden«, was Bauch von der Logik her nicht gerade einleuchtet und ihn zudem auf verwirrende Weise an seinen Besuch im Behandlungszimmer des Inselarztes Origineh Sophila erinnert. Er deutet auf die Person hinter der Kamera, in deren Linse er sich selbst seltsam verzerrt, fremd und fern, wie in einem Traum gespiegelt sieht.

»Aber filmt der nicht schon?«

»Der hat erstmal das Bild richtig eingerichtet. Wir könnten aber gleich loslegen.«

Der Kameramann hebt einen hochgestreckten Daumen neben sein Gesicht mit dem zugekniffenen rechten Auge.

Die Regisseurin der essayistischen Dokumentation über die verstorbene oder verschwundene Schauspielerin Mona Bauch bietet dem versehrten Vater eine ganz besonders herausgehobene Rolle im späteren Film an, »sozusagen die Hauptnebenrolle neben der eigentlichen Hauptrolle der Abwesenden, die wir für unseren Film schließlich nicht vor der Kamera befragen können.«

Durchaus denkbar wäre zum Beispiel, führt die Regisseurin dem verwirrten Vater aus, zusätzlich zum Gespräch hier vor Ort die verbliebenen Fördermittel der Produktion dafür zu verwenden, Elmar Bauch wieder von der Insel herunter zu verhelfen und zurück an den Herkunftsort seiner prominenten Tochter, wo man ihrer Frühgeschichte gemeinsam nachspüren könnte. Wenn er sich dazu bereit erklären könnte, würde man seine Dienste als Fremdenführer durch die weitestgehend unbekannte Kindheit und Jugend der Schauspielerin, die Umstände ihres Aufwachsens und Emporkommens, liebend gern in Anspruch nehmen. »Es gibt da doch sicherlich noch eine Menge Fotografien, Kinderspielzeug, Puppen, frühe Kostüme, die man filmisch hochwirksam in die Kamera halten könnte.«

Elmar Bauch erwidert der vor ihm sitzenden Regisseurin des essayistischen Dokumentarfilms, dass er doch selbst hier sei, weil er noch so viele Fragen habe. Und es sei seiner Tochter vom Anfang ihrer Karriere an immer ein Bedürfnis gewesen, ihre Familie aus der Öffentlichkeit herauszuhalten. Sie habe ja nie gewollt, dass er und seine Frau ebenfalls berühmt würden, um sich die Möglichkeit zu erhalten, an einen Ort zurückzukommen, der dann eine Art Insel wäre, so habe sie das einmal formuliert, ein wirklicher Ort inmitten eines unwirklichen Lebens.

»Aber sie ist ja tatsächlich so gut wie nie nach Hause zurückgekommen. Sie wären sicherlich nur enttäuscht davon, wenn Sie den ganzen weiten Weg auf sich nehmen würden, wie wenig man Ihnen dort tatsächlich zeigen könnte. Die Leute haben sich eigentlich immer ihr eigenes Bild gemacht. Und uns hat man gesagt, dass wir uns da nicht einmischen sollen. Am Anfang dachte ich noch, dass wir die Leute korrigieren müssten, wenn sie ganz verkehrte Vorstellungen davon hatten, wie unsere Tochter in Wirklichkeit war, also wie wir sie in unserer Erinnerung hatten.«

Die Regisseurin aus Baltimore deutet mit einem fragenden Gesichtsausdruck auf ihren Kameramann, während Elmar Bauch weiterspricht.

»Irgendwann musste ich dann aber einsehen, dass wir, also dass ich auch nicht mehr wusste, wer sie inzwischen geworden ist. Sie hat uns immer mal eine Nachricht geschickt, aber wir waren nur sehr wenig eingeweiht in ihr Leben in Berlin oder in Kalifornien oder Paris. Oder eben hier.«

Bauch schaut zwischen die ihn umstellenden Dokumentarfilmer hindurch in einen dunklen Winkel des Hinterzimmers des Blauen Heinrich. Der Kameramann hält die Anspannung nicht länger aus und drückt den Aufnahmeknopf. Die Regisseurin fragt den immer weiter in sich hinein versinkenden Vater, ob er denn noch Hoffnung habe, seine Tochter hier auf der Insel der ehemaligen Hauptstadt zu finden. »Sie sind ja gar nicht mehr mobil«, sagt sie, »wenn Sie mit uns kommen, beziehungsweise wenn wir mitkommen können mit Ihnen, dann können Sie sich auch anständig behandeln lassen.«

Elmar Bauch sagt der Regisseurin des essayistischen Dokumentarfilms, ohne seinen Blick vom dunklen Winkel des Hinterzimmers abzuwenden, dass er hier auf der Insel bleiben möchte, bis er Gewissheit habe über den Verbleib seiner Tochter. Und wer weiß, denkt er dann, ohne das aber laut auszusprechen, vielleicht möchte ich ja generell lieber hier bleiben als zurückgehen in mein altes Leben.

Die Regisseurin aus Baltimore sieht die einzige Chance auf verwertbares Material in einer offensiveren Interviewstrategie. Sie fragt den versonnenen Vater, ob er glaube, dass zwischen dem Aufkommen von Luna auf der Insel der ehemaligen Hauptstadt und dem Entschluss seiner Tochter, ihr Leben hier zu beenden, ein kausaler Zusammenhang bestehe.

Elmar Bauch versteht die Frage im Kontext seines Irrtums. Er macht eine lange Pause, in der er tief in sich selbst abtaucht und dem Filmteam schon fast verloren vorkommt für die Fortsetzung des Gesprächs. Dem Tonmann wird der Arm schwer, das Mikrofon an der Angel stippt kurz von oben in den Bildausschnitt.

»Ich weiß nicht«, sagt Bauch schließlich und für seine

Zuhörer äußerst kryptisch, »der Lyriker scheint jedenfalls reichlich eigene Probleme gehabt zu haben. Vielleicht hätte es einen Unterschied gemacht, wenn sie jemand anderem begegnet wäre, an den sie sich hätte wenden können in ihrer Verzweiflung.«

•

Der maledivische Fährmann, der die Abholung und Entsorgung der Abfälle, des Schrotts und der Toten von der Insel der ehemaligen Hauptstadt besorgt, geht gemeinsam mit Maliko Barbari vom Hintereingang des Hühnersultan um das Gebäude herum und in Richtung des ehemaligen Güterhafens, wo sein schon reich befülltes Dhoni vertäut liegt.

Der Fährmann schiebt eine Schubkarre den Fußweg zum Hafen hinunter, in der so hoch aufgetürmt, dass er nur noch seitlich daran vorbeischauen kann, blaue Müllsäcke mit Fleischabfällen, Knochen und Speiseresten übereinanderliegen. Der junge Maliko Barbari trägt vor der Brust eine sehr schwere Plastiktonne voll vielfach erhitztem, hochoxidiertem Frittierfett aus der *Trusty-Crust*-Gastrofritteuse des Sultan, dessen fettgesättigter Geruch ihm beim schweren Schnaufen ranzig-sauer in die Nase steigt und einen Schwindel auslöst, der ihn taumeln lässt wie einen Betrunkenen. Der maledivische Fährmann hat seine Hände mit grauen Lumpen umwickelt und trägt ein ärmelloses, violettes Basketballjersey der *Toronto Raptors* mit der Rückennummer 23 und dem Namensschriftzug *Van Vleet*. Seine Arme sind sehr muskulös und seine dunkle Haut ist vom Alter, von der Sonne und dem Salzwasser mit einer stumpfgrauen Schicht überzogen. Der Fährmann ist alt genug, um Maliko Barbaris Großvater sein zu können.

Die beiden tragen und schieben ihre Lasten bis ins kniehohe Hochwasser der Hafenanalge an das Dhoni des Fährmanns heran, das an einem Steinpoller festgebunden ist. Der Fährmann weiß genau, bis wohin man gehen kann, ohne von der unsichtbaren Kante der Kaimauer in die Tiefen des Hafenbeckens abzustürzen. Der alte Mann rät dem jüngeren, der seine schwere Plastiktonne klatschend vor sich ins Wasser stellt, die organischen Abfälle des Sultan nicht mehr so nah am Haus zu lagern, da ihr Geruch die feinen Nasen der *Feretas* anziehen würde, die nun wieder vermehrt auf die Inseln kämen, um dort Jagd zu machen.

Maliko Barbari hat sein bisheriges Leben vor allem schwer arbeitend im Schnellrestaurant seines Vaters verbracht. Er hat von der Welt so gut wie nichts gesehen. Dass er eine Entscheidungsoption haben könnte zwischen Rationalität und magischem Denken, zwischen dem Glauben an die wirkliche Existenz mystischer Katzenwesen aus dem Meer und dem Glauben an Empirie, Faktizität und wissenschaftliche Erfassbarkeit der Welt, ist dem Sohn des Hühnersultanbetreibers Wahid Barbari bislang nur vage in den Sinn gekommen. Maliko massiert die übersäuerten Muskeln seiner Oberarme und starrt dabei auf das Dhoni des Fährmanns und die verschiedenen Dinge, die es enthält. Ein großer Plastikeimer voll verrosteter Zündkerzen ist darunter, einige Metalltruhen und Kisten, verschnürte Müllsäcke, Elektrogeräte, Fischernetze, Muschelketten, eine Blechwanne, in der Barbari nur einen verknäulten Haufen feucht zottligen Fells verschiedener Färbung erkennen kann, ein Motorroller ohne Reifen und etwas Längliches, Leichenförmiges, das in altes Segeltuch eingeschlagen und mit einem Kokosfaserstrick verschnürt ist.

Barbari fragt den alten Fährmann, wie schlimm es seiner Ansicht nach inzwischen sei und ob es sich bei der oder dem Toten im Dhoni um einen von denen handelt und ob er wisse, wem oder was er oder sie zum Opfer gefallen sei.

Der alte Fährmann hält sich am Spant des Rumpfes seines Bootes fest und schaut eine Weile auf das verschnürte Paket darin. Die Pause zwischen der Frage des Sohnes des Hühnersultanbetreibers und der Antwort des Fährmanns ist so lang, dass Maliko Barbari sich schon zu fragen begonnen hat, ob er einfach zurückgehen und den alten Mann in Ruhe lassen soll, als der doch noch zu sprechen beginnt.

»Es hat im Palast von Malé vor sehr langer Zeit«, erzählt der Fährmann dem jungen Maliko schließlich, wobei es aber so aussieht, als würde er zu den Dingen in seinem Dhoni sprechen und nicht zu der Person neben sich, »einmal eine sehr weise, gelehrte und höfliche Wanze im Bett des Sultans gelebt. Eines Morgens kam ein Floh in den Palast gehüpft, sprang durch die Säle und Gemächer und landete schließlich auf dem Bett des Sultans. Er begrüßte die Bettwanze: ›Wie geht es dir, Schwester? Ich komme von der Straße, und ich bin müde. Draußen ist es so heiß und staubig.‹ Die Wanze antwortete offenherzig: ›Ruh dich hier ruhig aus, mein Freund, und komm zu Kräften. Dies ist ein sehr guter Ort. Es ist niemals heiß hier, und es ist sehr still.‹ Der Floh fragte die Wanze: ›Kann ich für einige Zeit hier bei dir bleiben?‹ Die Wanze senkte ihre Stimme: ›Wie du sehen kannst, machen die Bediensteten des Sultans die Gemächer sehr gründlich sauber, und es gibt keine anderen Wanzen außer mir. Ich aber habe ein sehr gutes Versteck und überlebe nur deshalb, weil ich sehr vorsichtig bin. Gerade eben, zum Beispiel, bin ich nur hervorgekommen, weil kein Mensch in Sicht war. Wenn du hier leben willst, musst auch du sehr gut aufpassen. Sonst kann es schnell gefährlich werden. Hör mir also genau zu und merke dir meine Worte. Dann kannst du von mir aus gern hier leben.‹ Der Floh nahm diese gastfreundliche Geste der Wanze freudig an und hörte ihr zu, als sie die Regeln des Überlebens im Bett des Sultans erklärte. ›Der Sultan ist ein nobler Mensch von hohem Rang. Er muss mit Respekt behandelt werden. Wenn er ins Bett geht, verhalte ich mich still und warte einige Zeit, bis er im Tiefschlaf angekommen ist. Dann komme ich aus meinem Versteck hervor und beiße ihn an nur einer einzigen Stelle und sauge nur eine moderate Menge Blut. Auf diese Weise kann der Sultan ruhig weiterschlafen und bemerkt gar nicht, dass ich da bin. Verstehst du?‹ – ›Ja‹, sagte der Floh, in Bewunderung der Schläue der Wanze. Die Bettwanze schaute sehr ernst drein, sprach aber mit sanfter Stimme: ›Wie du sehen kannst, sind die Regeln sehr einfach aber sehr wichtig. Sei bitte nicht unbedacht und tu, wie ich es dir erklärt habe, dann können wir an diesem wunderbaren Ort für sehr lange Zeit ohne Probleme zusammenleben.‹ Der Floh versprach der Wanze, dass er die Regeln einhalten werde und beide warteten ruhig und leise im Versteck der Wanze auf die Nacht.«

Maliko Barbari spürt, wie ihm langsam das Gefühl aus den Füßen weicht, die im lauwarm schwappenden Wasser auf dem harten Beton der alten Kaimauer stehen. Sein Rücken schmerzt zwischen den Schulterblättern, er würde sich gerne hinsetzen. Würde vielleicht sogar gerne mit dem Fährmann in sein Boot steigen und ausfahren auf eine der umliegenden Inseln.

»Nach einigen Stunden«, fährt der Fährmann fort, »kam der Sultan in sein Gemach und legte sich ins Bett. Sehr bald schon schlief er ein. Während die Wanze noch geduldig wartete, dachte der Floh: ›Uh, wie hungrig ich bin! Ich habe schon viel zu lange gewartet!‹ Und so sprang er unversehens auf den Sultan und durchstach die warme Haut des Schlafenden mit seinem Rüssel. Der Floh war so hungrig und so leichtsinnig, dass er den Sultan an sehr vielen verschiedenen Stellen stach und das Blut trank, das ihm sehr gut schmeckte. Fast unmittelbar erwachte der Sultan, sprang auf, kratzte sich überall und rief laut nach seinen Bediensteten. Sieben von ihnen kamen sofort ins Schlafgemach des Sultans gerannt, Öllampen in ihren Händen, und hörten die Beschwerde des Sultans, etwas habe ihn gebissen. Sie durchsuchten das Bett in aller Gründlichkeit, bis einer von ihnen die Wanze in ihrem Versteck entdeckte und mit einem dünnen Holzstäbchen hervorpulte. Die Wanze zwischen Zeigefinger und Daumen haltend, zeigte er sie dem Sultan, der sofort Anweisung gab, das verfluchte Viech zu töten, das ihn vom Schlafen abgehalten habe. Und während der Bedienstete die Bettwanze zwischen seinen Fingern zerquetschte, verfolgte der Floh die Ereignisse aus sicherer Entfernung und in blankem Entsetzen. Er begriff, dass seine Dummheit allein den Tod für die sehr noble Wanze bedeutet hatte. Der Floh floh hüpfend aus dem Palast des Sultans und fühlte sich scheußlich, aber es blieb ihm nichts mehr zu tun als zu trauern.«

Der Fährmann hat beim Erzählen die ganze Zeit in sein Dhoni und dem jungen Maliko Barbari kein einziges Mal ins Gesicht geschaut. Ohne ihm direkt in die Augen sehen zu können, findet Barbari, dass die Intonation und die Mimik des Fährmanns das traurige Ende der Geschichte gar nicht angemessen untermalt haben. Der junge Sohn des Hühnersultanbetreibers geht kurz in die Hocke, um seinen Rücken zu entlasten. Er hat völlig vergessen, dass sie im Wasser stehen, und taucht so aus Versehen seinen Hintern kurz ein, fährt gleich wieder hoch, peinlich berührt von der Seltsamkeit seiner Aktion, die er wie von außen, aus der Sicht des Fährmanns, wahrnimmt. Er weiß nicht recht, ob er das jetzt kommentieren soll oder ob es unhöflich wäre, weil der Fährmann vielleicht seine Geschichte von der Palastbettwanze noch weiter ausführen möchte.

»Es ist jedenfalls sehr schwierig«, sagt der Fährmann, als wäre überhaupt nichts vorgefallen, als stünde der junge Barbari nicht sehr peinlich berührt mit einer am Hintern nassen Hose vor ihm, was schließlich auch vorne, im Gesicht Malikos, einen entsprechenden Ausdruck findet, »wenn von der eigenen Geschichte nur übrig bleibt, was einem schon die Großeltern mündlich überliefert haben. Diese alten Fabeln zeigen ja nur an, dass die Menschen unter sich und miteinander immer schon dieselben Probleme hatten. Als Volk aber und als Nation, auch als Einzelperson, verliert man mit der Geschichte die Identität. Deshalb haben die Milizen nach dem Sturz der Regierung auch als Allererstes das Nationalmuseum geplündert und verwüstet.«

Der Fährmann wickelt die Lumpen, die er um die Hände trägt, einmal ab und dann nochmal gründlich neu auf, wie ein Boxer seine Bandagen.

»Es bleibt aber natürlich immer noch etwas übrig aus der vergangenen Zeit«, sagt er dann, versunken in diese Tätigkeit des Abwickelns und neu Aufwickelns, »und zwar nicht nur Häuser und alte Geräte und schöne Messer. Wenn man keinen Namen dafür hat, dann sucht es einen heim, als untoter Spuk, mit dem man kein vernünftiges Gespräch führen kann. Ich habe jetzt immer häufiger Begegnungen auf den Inseln der Atolle, die ich nicht mehr verstehen kann.«

Maliko Barbari fragt den alten Fährmann, ob ihm auch manchmal Leute mitgegeben werden, die noch gar nicht ganz oder überhaupt nicht tot sind. Vielleicht sind die es ja, denkt er, die jetzt auf den Inseln herumgeistern.

»Ich bin eigentlich immer sehr gründlich, was die Verbrennungen angeht«, antwortet der Fährmann, »wer davon wiederaufersteht, ist schon ein Heiliger oder ein wirkliches Monster.«

Der alte Fährmann erzählt Maliko Barbari, dass noch vor ein paar Monaten ein deutscher Lyriker, der hier auf der Hauptstadtinsel abgestiegen war, regelmäßig zu ihm gekommen sei, wenn er den Müll aufgeladen habe, und dass dieser deutsche Lyriker ein paar schwerverständliche Brocken Dhivehi sich wohl selbst beigebracht hatte und darin mehrmals darum gebeten habe, mit ihm, dem Fährmann, ausfahren zu dürfen auf die verlassenen Inseln, auf denen er den Müll und die toten Körper verbrennt, weil ihn diese Orte wohl speziell interessiert haben. Er habe ihn auch mehrmals mitgenommen, schließlich habe er nichts zu verbergen, und wenn ihn jemand, auch einer der ausgestiegenen neuen Bewohner der Insel, freundlich um etwas bitte, zumal noch in der eigens angelernten Muttersprache des Fährmanns, habe er ganz grundsätzlich ein weiches Herz und sei offen und großzügig eingestellt. Er habe diesen deutschen Lyriker aber seit einiger Zeit schon nicht mehr gesehen. Und die anderen ausgestiegenen Inselbewohner und Bewohnerinnen zögen es doch mehrheitlich vor, die Existenz dieser Orte, an die der Fährmann ihre Abfälle und Reste bringe, zu verdrängen und sich keine Gedanken machen zu müssen.

»Darin«, sagt der alte Fährmann zum lauschenden Maliko mit der nassen Hose, »unterscheiden sie sich übrigens überhaupt nicht von der Gesellschaft, die hier vor dem Sturz ihren Müll produziert hat.«

●

Nachdem sie soeben die weinroten, staubigen Vorhänge im Nebenzimmer des Professors selbst aufgezogen hat, steht Frances Ford vor einem der beinah blinden Fenster, im Licht der schmutzigen Scheiben, die von den grell zwischen den Wolken hervorbrechenden Strahlen der Nachmittagssonne angeschienen werden, der ganze Staub, das Salz und der

Dreck auf dem Glas golden aufleuchtend. Von der Gebäudezeile auf der anderen Straßenseite sind nur die Umrisse auszumachen. Die seichte Dünung des Flutwassers, das den Boulevard Majeedhee Magu bedeckt, der darin schaukelnde Müll und die wie Quallen unter der Oberfläche dahintreibenden Plastiktüten sind nicht zu erkennen. Man müsste schon eines dieser Fenster hier ebenfalls öffnen, denkt Frances Ford, um die Details der Vorgänge da unten auf der Straße wirklich erfassen zu können.

Die amerikanische Literaturwissenschaftlerin wendet sich vom Fenster ab und in den Raum, wo auf dem Teppichboden unbestimmbarer Färbung das rote Samtpolster liegt, in dessen Mitte eine grindig verkrustete Kuhle permanent eingedrückt ist (*Der Schatten des Körpers der Katze*, denkt Ford) und von wo zahlreiche, in die Teppichfasern eingetrocknete Bluttropfen eine Schorfspur in den Durchgang zum Büro des Professors bilden. Ford folgt dieser Spur in den Empfangsbereich, in dem sie selbst (vor Wochen?, vor Jahren?) vor dem Schreibtisch des Professors gestanden und ihre Vorstellungen, ihre Hoffnungen und Erwartungen an den Aufenthalt auf der Insel der ehemaligen Hauptstadt dem neugierig aufgeschlossenen Alten vorgestellt hat.

In den Raum hinter dem Durchgang dringt trotz der geöffneten Vorhänge nur wenig Licht. Niemand sitzt an dem schweren, mit Papierstapeln bedeckten Schreibtisch. Das großformatige Gemälde an der Wand erscheint Ford jetzt, wo es nicht mehr in Relation zur kümmerlichen Gestalt des Professors steht, weniger gewaltig. Rechts vom Schreibtisch, vor dem Ford stehen geblieben ist, als hätte sie noch einmal einen Termin, nicht beim Professor, sondern bei dessen Abwesenheit, der Leerstelle, die er hinterlassen hat, stehen und liegen die Bücher in den Regalen so dicht gedrängt und sind so viele einzelne Zettel einzeln dazwischengestopft, dass das ganze Gebilde, denkt Ford, in sich zusammenfallen muss, wenn einer einmal ein Buch dort herauszieht.

Diese Bücher werden aber eh nicht mehr bewegt, denkt die amerikanische Literaturwissenschaftlerin. Sie werden auch selbst niemanden mehr bewegen. Sie haben hier und jetzt ihr Büchergrab gefunden. Das Meer wird aus ihnen einen tintigen Papierschlamm machen über die Zeit. Ihr seid nun wirklich endgültig ausgelesen, denkt Ford. Eure Aufgabe wird vielleicht noch sein, irgendwann als schwere Masse durch diesen Fußboden durchzubrechen. Ford denkt die Worte *Das Gewicht der Welt*, von denen sie immer schon fand, dass sie ein sehr guter Titel für eine Tagebuchsammlung sind. Dass der Verfasser, dessen Aufzeichnungen sie tatsächlich betiteln, seine Tagebücher lieber mit *Fantasie der Ziellosigkeit* überschrieben gehabt hätte, was der Verlag aber abgelehnt hat, wie ihr einmal in einer Pflichtveranstaltung zu österreichischer Literatur des 20. Jahrhunderts erläutert wurde, fand sie dagegen weniger einleuchtend.

Die amerikanische Literaturwissenschaftlerin Frances Ford verspürt eine ungeheure Erleichterung bei dem Gedanken, dass mit dem Abtritt des Inselpatriarchen die Verwandlung seiner Bücher in wertlosen Hausrat einhergeht. Sie weiß, dass ihre gesamte Sozialisation, ihr Studium, ihre Arbeit und der Grund, weshalb sie überhaupt, *in the first place*, nach Malé gekommen ist, sämtlich eine andere Empfindung nahelegen. Aber sie genießt das Leichte dieses leichteren Seins und Findens: Der Alte und seine Bücher sollen gehen und mit ihnen sollen auch das lebenslange Hinterherarbeiten und Hinterhersehnen der Wissenschaftlerin hinter die Vorstellungen und Sehnsüchte der anderen ihr Ende finden. Die amerikanische Literaturwissenschaftlerin möchte nichts mehr herausfinden. Sie denkt: »Der analytische Geist gibt sich hin« und muss davon kurz kichern.

Die Figur des Vaters, denkt Ford, die Macht und die Fürsorglichkeit, die von ihr repräsentiert werden – wahrscheinlich ist der Professor gar kein schlechtes Oberhaupt gewesen. Wahrscheinlich hatte er das Wohl der anderen, aller anderen, unterschiedslos im Blick und hat an ihm seine Entscheidungen ausgerichtet. Und schließlich wünscht sich doch die überwältigende Mehrheit der hier Ausgestiegenen und Verlorenen, wenn man einmal ehrlich ist, nichts sehnlicher als eine Vater- und Führerfigur, einen gütigen Lenker, einen Bürgermeister und Priester, der im Vertrauen der Gemeinde die Kontrolle übernimmt. Die Überlassung an die Weisheit der Ältestengeneration und deren alte Vision vom Ausbruch aus den Zwängen, den Beschränkungen und den Gewalten der Herkunftsgesellschaften. Die Möglichkeit einer Insel für die Andersartigen.

Ford fragt sich, während sie die eingeprägten Schriftzüge an den Buchrücken in den Regalen mit dem Finger abfährt, ob die von Peck und Lenín als vorkämpferisches Vorbild ins Feld geführte Sultanin Khadeejah Sri Raadha Abaarana Mahaa Rehendhi, die sich schließlich auch nur gewaltsam immer wieder selbst zur Macht verhelfen konnte, am Ende, also an diesem Punkt der Überlieferung ihrer Geschichte, mehr noch sein kann als ein mythologisiertes, von ideologischer Zuschreibung und irrationalem Festhalten an der emanzipatorischen Hoffnung völlig verklärtes Fabelwesen. Ein Poster-Girl für den nackten Fleck an der Wand, der bleiben wird, wenn man diesen großformatigen, abstrakten Feuersturm des Professors einmal abgehängt hat.

Ford spürt, nicht erst seit heute, in sich, auch physisch, einen massiven inneren Widerstand gegen die fortwährend von ihr geforderte Arbeit des Ausfüllens der Leere, mit der sie ständig zurückgelassen wird. Der Professor, Judy Frank, Mona Bauch, diese Bücher hier in allen Sprachen der Welt und ihr stumm formulierter Imperativ, sie aus eigener Kraft heraus in etwas Verstehbares zu überführen, dabei zu helfen, einen Beitrag zur Erklärung der Welt und des Lebens auf ihr zu leisten. Ford fühlt sich, als hätte sie das für die Dauer ihres Lebens zur Verfügung stehende Verständnis vor der Zeit verbraucht. Sie will nicht mehr entschlüsseln müssen, was andere sich vorgestellt haben, welche Codes sie benutzt haben, um ihrer eigenen Welterfahrung eine individuelle Form zu geben. Was für ein eitler, selbstverliebter Vorgang, denkt sie, der die Existenz und das Interesse, die Energie der entschlüsselnden Anderen voraussetzt, zur Erfüllung nur durch die Versenkung der Rezipientinnen kommen kann, von denen schließlich die eigentliche Arbeit der *Verwirklichung* ausgeht.

In Judy Franks Inseltagebüchern werden das Lesen und das Schreiben der Lyrik als Kompensationsversuche einer unheimlichen spirituellen Armut beschrieben, die das eigene Aufwachsen begleitet hat. Die Entdeckung der Literatur, mehr noch der Gedichte als ihrer abseitigsten Spielart, war für ihn, in seiner Situation, seinen Herkunftsverhältnissen, den Begleitumständen seiner ästhetischen Sozialisation, etwas so Unwahrscheinliches, dass er es gar nicht anders denn als geheimnisvolle Rettung verstehen konnte, als Licht, das den Eingeschlossenen in seiner finstren Luftblase weit unter Wasser doch noch findet und herausführt an die Oberfläche. Und seit jener zweifelhaften Rettung war es der selbsterteilte Auftrag des deutschen Lyrikers, einen Weg zu finden, das Wahre so aufzuschreiben, dass es auch stimmte – oder besser: dass es stimmte, *obwohl* man es aufschrieb. Die alles begleitende Hoffnung war dabei, dass man, gemeinsam mit ihm, über das Medium dieser vergessenen, quasi selbst untergegangenen Kunstform, dem Licht aus der Tiefe entgegentauchen könnte, um dann paradoxerweise an der Oberfläche herauszukommen, in einer immer wieder neuen Welt, die mit jedem Buch, mit jedem Text und Gedicht nochmal neu erfunden würde, anders verstanden werden könnte, als unendlich offener, fabelhafter Möglichkeitsraum begriffen. Und für die längste Zeit ihrer Auseinandersetzung mit den Texten Judy Franks wollte sich Frances Ford auch um jeden Preis an diesen welterschließenden Tauchgängen beteiligen, schließlich bin ich ja, denkt sie, bis hierher mitgekommen, oder nachgekommen, hinterhergereist an diesen unwirklichen Verheißungsort, der dem deutschen Lyriker so sehr entsprochen hat wie kein anderer auf der Welt. An dem er der Schauspielerin Mona Bauch begegnet ist und auch der unter einigen Gefahren auf die Insel importierten Substanz, den Mondwanderungen, Luna.

Ihr eigenes Aufwachsen in ihren eigenen Herkunftsverhältnissen, in ihrem Elternhaus in der Emerson Avenue in Bloomington, Minnesota, hat die Vorstellung von Öffnung hin zum Unbekannten, von Neuerfindung der Welt, Anarchie, Regel- und Gesetzlosigkeit, wenn überhaupt dann nur als diffuse Bedrohung hinter den notdürftig abgesicherten Verhältnissen begleitet. Nach den Riots und Lootings, nach den Crashes der Aktienmärkte, den Finanzkrisen und den großen Serversabotagen der 2030er Jahre, nach der immer wieder erfolgreich angestrengten Rückkehr zu alter Ordnung war der wiederhergestellte Konsens stets, dass ein radikaler Bruch einzig mehr Gewalt, mehr Waffen, mehr Einschließung bedeuten könnte, aber keinesfalls mehr Freiheit für alle. Und obwohl sie glaubt, das wirklich zu wollen, kann Frances Ford nicht einfach ablassen von ihrer Prägung, der kritischen Analyse von zum Beispiel den Anstrengungen dieser sehr resoluten Frauen, die sie wohl gern in ihre Mitte aufnehmen würden und sie beteiligen an ihrem Landgewinnungsprojekt und einer gemeinsamen, in die Zukunft gerichteten Hoffnung.

Ford legt ihre Stirn gegen das Bücherregal. Sie muss an eine Textpassage denken, die ihr während einer Pflichtveranstaltung zu österreichischer Literatur des 21. Jahrhunderts untergekommen ist. Einem russischen Matrosen auf versinkendem Schiff werden darin die Worte »wir müssen in die Höhe leben, da wir ja nun untergehen« in den Mund gelegt. Die amerikanische Literaturwissenschaftlerin kann nicht anders, als das ambitionierte Landgewinnungsprojekt der Frauen um Hedi Peck als eine ultraromantische Anstrengung zu empfinden. Im Lichte ihrer Forschung und in Anbetracht der überall auf dieser Insel, an den Wänden im Blauen Heinrich und selbst noch auf der Haut der Ausgestiegenen ausgestellten Symbole, der Mondanbetung und des Blümchenfetischs, erscheint ihr alles hier wie eine Re-Inszenierung x-ter Ordnung (»*Romanticism to the nth degree*«, denkt Ford in ihrer Muttersprache und fragt sich, ob das nicht irgendwann mal ein Albumtitel gewesen ist), als die – wie immer – kritiklose Übernahme des ganzen ideologischen Gerümpels von Novalis, Byron, Puschkin, über die sozialistischen Arbeiterpoeten der DDR, bis hin zu den Kornblumen an den Revers der rechtsnationalen Nationaldichter und Politiker der Nachwende- und Nachjahrhundertwendezeit, der volle Schwumms dieser Totalüberladung, hier nochmals eingeführt aus der tiefen Sehnsucht danach, eine Heimat aus tief empfundener Verbundenheit auch andernorts installieren zu können und also nicht gefesselt zu sein an die eigene Herkunft und die am Herkunftsort herrschenden Verhältnisse, den Mindset, die Trägheit, die Verblödung, die Angst und das Feindselige der anderen, von diesem Herkunftsort Hervorgebrachten. Ohne Kinder, denkt Ford, die man hier zeugen und auf die Welt bringen müsste, bestünde diese Inselgesellschaft doch immer nur aus Geflohenen, aus Ungewollten, Ausgestoßenen, aus Verlierern, Verbrechern und Versagern.

Also aus den grundsätzlich der romantischen und totalitären Irrationalität zugeneigten Geistern, die endlich Teil einer Geschichte sein wollen, in der auch sie zu Helden werden können.

Ford behält ihren Kopf am Bücherregal, dreht ihn nur leicht zur Seite und schaut rüber zur geöffneten Tür ins Treppenhaus, von wo sie Stimmen hört und Schritte auf den Stufen, die sich nähern. Wenn überhaupt etwas wie Wissen hier zu holen und zu behalten ist, denkt sie, dann dass man nicht vergessen wird, was man gesehen hat. Und dass das wache, nüchterne Bewusstsein nicht die einzige Wahrheit des eigenen Lebens ist. Im direkten Anschluss, schon wieder ungewollt hingestoßen zu den Worten eines längst toten anderen, denkt Ford:

»Es ist unmöglich, die *Wahrheit* von sich selber zu empfangen. Wenn man sie Gestalt annehmen fühlt, formt man gleichzeitig ein anderes, ungewohntes Selbst, auf das man stolz ist, auf das man eifersüchtig ist.«

●

Die drei Milizionäre haben es sofort gemerkt, noch bevor man es wirklich sehen konnte, als sie aus dem dunklen Bewuchs des Waldes in die helle Offenheit des Sandstrands hinausgetreten sind.

Das Schlauchboot, mit dem sie auf die verlassene Insel des leerstehenden Touristenressorts gekommen sind, liegt völlig zerfetzt und ohne Luft im feuchten Sand – nur noch ein sinnloser gelber Gummilappen, den die ausrollende Brandung hin und her stößt und zieht. Der Außenbordmotor ihres Bootes wurde von dieser Bewegung schon halb in den feuchten Sand eingegraben und könnte sicher erst nach einer gründlichen Reinigung wieder in Betrieb genommen werden. Kein Mensch, das ist den drei Milizionären unmittelbar klar, hätte ihr Boot so zurichten können. Der Himmel über dem Meer ist von verschiedenen Farben der Abenddämmerung überzogen: Rosa, Orangerot, Hellblau, Purpur, einige Wolkenschlieren, angestrichen von den letzten Strahlen der versinkenden Sonne. Das Meer selbst ist von diesem abendlich glühenden Himmel ebenfalls leuchtend orangerotrosa eingefärbt. Es ist ein Anblick vor den drei Milizionären wie aus den Katalogen und auf den Webseiten der Reiseanbieter, die All-Inclusive-Urlaube im Touristenressort der Insel vor seiner Auflassung angeboten haben. Nirgends sonst, war die Versprechung dieser Werbung, würde man im Angesicht solch traumhafter Sonnenuntergänge sein wollen als genau dort, im Hier und Jetzt dieses Strandes zu dieser Zeit, in seligem Vergessen der Sorgen, die das eigene Leben und den eigenen Alltag sonst begleiten.

Die drei vor ihrem zerfetzten Schlauchboot stehenden Milizionäre hören ein knackendes Geräusch in ihrem Rücken und wenden sich, synchron und unmittelbar, ohne die geringste Zeitverzögerung um, als hätten sie dieses Geräusch bereits erwartet, wie die Läufer in ihren Startlöchern den Schuss aus der Pistole. Zunächst, vom Leuchten des Abendhimmels und des Meeres noch leicht geblendet, erscheint ihnen der Wald, der den Strand begrenzt, nur als ein dunkler Streifen, der oben in schwarze Palmensilhouetten ausfasert. Mit ein paar mehr Details, den Stämmen der vorderen Reihen der Palmen, Zweigen auf dem Boden, dem Gefieder halb vertrockneter Büsche, sehen die drei Milizionäre schließlich auch ein goldleuchtendes Augenpaar aus dem Waldrand hervorblitzen. Zunächst nur eines, dann ein zweites. Schlitzförmige Pupillen, die immer wieder für kurze Zeit hinter langsam blinzelnden Lidern verschwinden und wiederauftauchen und dabei die drei Milizionäre an ihrem zerfetzten Schlauchboot unbewegt fixieren.

●

In einem achteckigen Holzpavillon mit Blick auf den Ozean, nicht weit von der Stelle, an der unter Anordnung des konvertierten Königs und ersten Sultans der Nation, Dhovemi Kalaminja Siri Thiribuvana-aadiththa Maha Radun, ein Götzentempel zur Opferung junger Mädchen an den Meeresdämon, der einmal im Monat nachts an Land kam und nach Auffassung der Zauberpriester des Inselreiches nur per Vergewaltigung und Tötung eines solchen jungen Mädchens davon abzubringen war, Unheil über die gesamte Bevölkerung zu bringen, nach dessen schließlich doch recht einfach erfolgter Austreibung durch die Rezitation von Koranversen im 12. Jahrhundert nach Christus niedergerissen wurde, um stattdessen eine Moschee zu errichten, sitzt Elmar Bauch alleine und in Erwartung einer Begegnung, eines Zeichens, von etwas Besonderem, das sich vielleicht gleich ereignen wird. Das Krachen der Brecher der anbrandenden Wellen ist im Moment das einzig vernehmbare Geräusch.

Zwei hilfsbereite Ausgestiegene aus dem Blauen Heinrich haben Bauch auf seinem Weg assistiert, gestützt und begleitet. Er hat ihnen mehrmals versichert, dass sie ihn ruhig hier sitzen lassen können, er komme allein zurecht und zur Not mit seiner einen Krücke auch wieder zurück in den Heinrich oder in seine Unterkunft. Es sei ihm sogar lieber, hier jetzt alleine zu sitzen und zu warten, danke aber für die Hilfe, er werde ihnen bei nächster Gelegenheit gern mal ein Getränk ausgeben oder sich sonstwie, im Rahmen seiner Möglichkeiten, revanchieren.

Elmar Bauch wurde von der amerikanischen Literaturwissenschaftlerin Frances Ford darauf hingewiesen, dass der Pavillon am Stadtrand, in der Nähe des Sultanparks, der Chaandhanee Magu und des geplünderten Nationalmuseums, ein Ort sei, der für den verzweifelten Vater der verstorbenen Schauspielerin interessant sein könnte. Ford hatte, als sie dem im Blauen Heinrich sitzenden Bauch diesen Hinweis gab, auf den verzweifelten Vater verändert gewirkt, ruhiger, entspannter, irgendwie ausgeglichener, fast sorglos, was Elmar Bauch annehmen ließ, dass sie an diesem besagten Ort etwas gefunden hatte, womit sie ihre eigene Suche abschließen und ihren Frieden machen konnte, den Lyriker vielleicht oder einen Hinweis auf seinen Verbleib, der ja auch ein Hinweis auf den Verbleib seiner Tochter sein könnte, was in Bauch den drängenden Wunsch entfachte, keine Zeit zu verlieren und so schnell wie möglich hierherzukommen, zu warten und zu sehen, was es zu sehen gibt.

Frances Ford hatte für sich diesen Hinweis an den Vater der verstorbenen Schauspielerin Mona Bauch als finalen Gefallen geframed. Als letzten Eingriff ihrerseits, letztes Handeln aus einem Gefühl der Verantwortung den anderen, ihren Wünschen und ihrem Hoffen gegenüber, vor dem Rückzug aus diesem Verantwortungsbereich und der Überlassung aller in ihr selbstgewähltes Schicksal, ihr jeweils selbstgewähltes Unwissen, Unheil, ihren Untergang oder ihre Erlösung von dem Bösen. Im Hinblick auf Elmar Bauch hatte sie gedacht, dass er dort, im achteckigen Holzpavillon am Stadtrand, unter Umständen, zur rechten Zeit, wie auch sie, eine Begegnung machen könnte, die ihm etwas Licht ins Dunkel der Zusammenhänge brächte.

Elmar Bauch schaut und wartet. Das Licht der tiefstehenden Sonne fällt seitlich in den Pavillon ein. Nichts Besonderes passiert. Er fragt sich, ob er die amerikanische Literaturwissenschaftlerin mehr hätte fragen sollen, sie um mehr Einzelheiten bitten, einen Hinweis, einen Anfangsbuchstaben vielleicht. Dann aber denkt er, in ungeahnter Zuversicht, dass es zu ihm kommen werde. Dass er es ohnehin nicht in der Hand hat und sich die Antwort von selbst zeigen muss. Dass man das nicht erzwingen kann. Bauch bleibt also sitzen, im Pavillon, in den immer wieder Gischtwolken der Brandung hineingeweht werden, wovon Kleider, Haare und Haut des Wartenden auf eine klebrig salzige Weise durchfeuchtet werden. Bauch spürt die Schwere seines Körpers auf der Holzbank des Pavillons. Die Muskeln, die Haut und die Sehnen, die Organe seines Körpers, das Fett, die heiß pochende Schwellung an seinem rechten Knöchel kommen ihm vor wie der weiche Rest lebendiger Biomasse an einem sonst schon ganz steifen, in seiner letzten Ruhestellung angelangten Skelett. Er stellt sich vor, wie nach einiger Zeit nur noch sein bleiches Gerippe in genau dieser Körperhaltung hier sitzen und schließlich gemeinsam mit dem Pavillon und dem Rest der Insel im Indischen Ozean versinken würde. Und findet diese Vorstellung erstaunlich angenehm.

»Ich wäre dann für immer der, der hier sitzt und wartet«, sagt Bauch in einer Lautstärke, die vom Brandungsgeräusch verschluckt wird, und fragt sich, ob das schon sein könnte, was Frances Ford damit meinte, dass dieser Ort für ihn interessant sein könnte.

Bauch bemerkt, dass er sich, ohne darüber überhaupt nachgedacht zu haben, der Stadt und nicht dem Meer zugewandt auf die Holzbank des Pavillons gesetzt hat. Dass er also offensichtlich erwartet, dass, was auch immer Interessantes hier passieren könnte, von da herkommen müsste, von den

Häusern und den Menschen, vom Sozialen und nicht vom Unmenschlichen des Meeres. Und er erinnert sich, wie der Professor zu ihm gesagt hat, der tote Körper seiner Tochter – oder was davon übrig gelassen wurde – sei nur gefunden worden, weil er von einer Schule Delfine umkreist worden sei, was der Professor als etwas Schönes empfunden habe, da man hier kaum je mehr Delfine zu Gesicht bekomme. Bauch denkt, dass es vielleicht doch nicht so günstig ist, jetzt auf die Stadt ausgerichtet zu versteifen und zu versteinern. Vielleicht sollte ich mich, denkt er, noch einmal umwenden und schauen, ob da nicht noch mehr von diesen Tieren zu sehen sind, die mich auf etwas aufmerksam machen wollen.

Eine weitere Gischtwolke wird in den Pavillon geweht und umnebelt Bauch für einen Moment die Sicht. Er denkt: Ich muss mich auf meine Muskeln konzentrieren. Und auf meine Gelenke. Ein tiefes, langanhaltendes, gurgelndes Knurren ist aus Bauchs Bauch zu vernehmen. Er kann sich nicht erinnern, wann er das letzte Mal gegessen hat, und fragt sich, woher eigentlich die Energie kommen soll, diesen Körper anderswohin zu wenden, jemals nochmal eine andere Position einzunehmen. Bauch denkt, dass ihn schließlich die Rastlosigkeit seiner Tochter, nicht seine eigene, bis hierher an diesen verlorenen Ort geführt hat. Das heißt dann wohl, denkt er, dass sie genug Bewegungsenergie für zwei gehabt hat, hat, und er fragt sich, woher sie diese Energie bezogen hat, bezieht, wo sie ihm doch ganz eindeutig fehlt und auch ihre Mutter in die ganz andere Richtung gegangen ist, noch weniger beweglich war als er selbst, sich immer weiter und tiefer zurückgezogen und eingeschlossen hat, bis sie nirgendwo mehr hin konnte oder wollte als auf die nicht nachvollziehbaren Reisen ihrer elendigen, denkt Bauch, elend langen Abwesenheiten.

Elmar Bauch selbst wollte eigentlich nie woanders sein oder leben als da, wo er aufgewachsen ist. Man hat doch schließlich, fand er immer, dort ohnehin den meisten Einfluss. Gerade die Machtlosigkeit an anderen Orten, das Unbeteiligte, in das man beim Reisen hineingezwungen wurde, hatte ihn am Fortsein von Zuhause jedes Mal gestört und belastet. Der verzweifelte Vater hatte seine Tochter zwar bewundert dafür, dass sie so viel und weit herumkam auf dieser unsicheren Welt – und er hatte sie immer ermuntert und ermutigt, ihren Weg weiterzugehen, ihr Momentum und ihre Bewegungsenergie zu nutzen. Aber ihm war dabei immer auch klar, dass das für ihn nichts wäre und dass sie damit gleichsam ein Leben lebte, das ihm selbst niemals zugänglich sein würde.

Zu der Zeit, in der Mona Bauch in der psychiatrischen Abteilung des Klinikzentrums am Ostrand der benachbarten Großstadt untergebracht war, hatte er sich schon gefragt, ob sie nicht vielleicht den ihr zur Verfügung stehenden Treibstoff etwas zu schnell verbrannt hatte. Aber sie wollte ja auch gleich nach ihrer Entlassung wieder weg und weiter und sich gar keine längere Auszeit bei ihren Eltern, an ihrem Herkunfts- und Heimatort leisten oder erlauben. Vielleicht, denkt er, hat sie unseren Ort auch nie wirklich als ihre Heimat empfunden und war bis zuletzt, ist noch, auf der Suche nach einem solchen Ort und diesem Gefühl.

Bauch hört in seinem Rücken ein neues, unvertrautes Geräusch. Zwei Geräusche eigentlich, die sich aus der Brandung herauslösen, lauter werden und näher kommen: das monotone Röhren eines kleinen, hoch aufgedrehten Motors und ein rhythmisches Klatschen wie von einer sehr großen flachen Hand, die immer wieder auf eine nasse Oberfläche einschlägt. Der verzweifelte Vater denkt die Worte: »Da seid ihr ja«, ohne zu wissen, woher sie kommen und wem sie eigentlich gelten. Er würde sich jetzt wirklich gerne umdrehen können. Während es sich nähert, wird die Tonlage des Motorengeräuschs etwas tiefer, ist aber immer deutlicher zu vernehmen. Die Frequenz des Klatschens der großen Hand nimmt ab, wird unregelmäßig und ist schließlich gar nicht mehr zu hören. Dafür Stimmen in fremder Sprache, Rufe, die ausschließlich aus Vokalen zu bestehen scheinen. Elmar Bauch sitzt und hofft, dass das Ereignis in seinem Rücken nicht einfach vorbeiziehen wird. Dass er tatsächlich gemeint ist mit dem, was da gerade passiert. Und ist erleichtert, als er ein schleifendes Geräusch hört und das Schmatzen von Schritten im seichten Wasser hinter dem Pavillon, weiterhin begleitet von den Rufen in fremder Sprache.

Schließlich erscheinen zwei Gestalten in Elmar Bauchs Gesichtsfeld. Die eine Gestalt kommt von der linken, die andere von der rechten Seite um den Pavillon herum zum Eingang. Sie tragen beide schwarze Neoprenanzüge, haben jeder ein Gewehr über der Schulter hängen und einen Stofffetzen vors Gesicht gebunden, der nur die Augen freilässt. Die beiden Gestalten halten sich beim Gehen um den Pavillon an dessen hölzerner Brüstung fest, sodass Bauch zunächst als ihm Nächstes ihre Hände sehen kann. Der verzweifelte Vater glaubt für einen Moment, zwischen den Fingern einer dieser Hände, als sie sich kurz spreizen, um an anderer Stelle wieder zu greifen und Halt zu finden, etwas wie Schwimmhäute gesehen zu haben, beschließt aber sofort, dass das eine schwachsinnige Wahrnehmung sein muss. »Mein Fehler«, denkt er und formt die Worte mit den Lippen, ohne sie aber laut auszusprechen.

Die beiden Gestalten kommen die zwei Holzstufen am Eingang hoch und in den Pavillon, stellen sich vor Elmar Bauch auf und reden auf ihn ein, auf eine aufgebrachte Weise, wie der verzweifelte Vater findet, und in der Sprache, die er nicht versteht. Auch hört er noch eine dritte Stimme, von jemandem, der in Bauchs Rücken geblieben ist, immer wieder etwas einwirft in das unverständliche Gespräch und von den beiden im Pavillon auch angesprochen wird, zumindest schauen sie an Bauch vorbei und machen Gesten in die Richtung, aus der er die dritte Stimme vernimmt.

Eine der beiden Gestalten im Pavillon deutet mit der ausgestreckten Hand auf die Krücke, die neben Elmar Bauch an die Holzbank gelehnt ist, dann auf Bauch und dann wieder zurück zur Krücke, dann klappt sie den Arm ein und hält sich die Handfläche vors Gesicht, oder vielmehr vor die Stirn, während die andere Gestalt mit beiden Händen hinter dem eigenen Kopf den Knoten des Fetzens, den sie vors Gesicht gebunden hat, neu knotet.

Weil er ihre Sprache nicht versteht und der Rest ihrer Gesichter von den Stofffetzen vermummt ist, konzentriert sich Elmar Bauch auf die Augen der beiden Gestalten, die zu ihm in den Pavillon gekommen sind. Beide Augenpaare haben eine dunkelbraune Iris, sind weit geöffnet und wach, *alarmiert*, findet Bauch, ohne eine Vorstellung davon, was an der vorherrschenden Situation eine Alarmiertheit hätte auslösen können. Ich sitze hier ja nur, denkt er.

Der verzweifelte Vater verliert sich eine Weile in der Beobachtung der Blicke der beiden Gestalten, die abwechselnd auf ihn, auf einander und an ihm vorbei auf die dritte Gestalt in seinem Rücken gerichtet werden. Und gerade als er sich fragt, ob er vielleicht vom Ablauf dieser Augenbewegungen, also davon, wann die Gestalten ihre Blicke wohin richten, während sie sprechen, etwas vom Inhalt des Gesagten ableiten könnte, ob es also möglich sein könnte, das, was die Gestalten aktuell bewegt, von den Bewegungen ihrer Augen abzulesen, hört Elmar Bauch eine von ihnen mehrmals hintereinander das Wort »*Luna*« sagen.

Erst ist er sich nicht ganz sicher, weil ja die Stimmen der Gestalten von den Fetzen vor ihren Gesichtern auch etwas vermuffelt sind, hört zunächst verschiedene Lautkombinationen wie »Unalula«, »Nulauna«, »Alunalun«, »Ulanulan«, »Nalunalan«, die vielleicht auch Worte der fremden Sprache sein könnten, hört dann aber doch mehr oder weniger deutlich, entscheidet sich dafür, es zu hören, die eine der beiden Gestalten »Luna, Luna« sagen, und obwohl es ihn nach wie vor schmerzt, dass seine verschwundene Tochter hier diesen fürchterlichen Kosenamen vom seinerseits verschwundenen Lyriker bekommen haben soll, ist er sich plötzlich sicher, dass die Gestalten gekommen sind, um ihm dabei zu helfen, seine Tochter zu finden. Dass die amerikanische Literaturwissenschaftlerin Frances Ford wusste, dass sie kommen würden. Und dass sich jetzt alles klären werde, dass er lange genug gewartet hat und lange genug geduldig war. Elmar Bauch streckt den beiden Gestalten seine Hand entgegen und sagt mehrmals »Yes! Yes! Luna, Luna!«, weil er nicht weiß, wie er sonst mit ihnen kommunizieren soll.

Die beiden Gestalten hören sofort zu sprechen auf, schauen zuerst auf die ihnen hingestreckte Hand und dann einander in die Augen, weniger alarmiert als etwas verblüfft wirkend, findet Elmar Bauch, von hinter sich hört er nur noch ein einzelnes, unverständliches Wort, dann ergreift eine der beiden Gestalten mit ihrer Hand (die sich ganz normal anfühlt, denkt Bauch, etwas rau vielleicht) die Hand des verzweifelten Vaters und hilft ihm auf die Beine.

Ich könnte diesen Schritt nicht alleine gehen, denkt Bauch, auch nicht wenn ich wollte, als er von den beiden Gestalten in das Schlauchboot gehievt wird, das die dritte, ebenfalls halbvermummte, mit einem schwarzen Neoprenanzug bekleidete Gestalt hinter dem Pavillon auf dem feuchten

Grund des Stadtrands festhält, bis alle an Bord gekommen sind. Diese dritte Gestalt schleift das Boot dann zurück ins tiefere Wasser, stößt sich, auf eine sehr elegante Weise, wie Elmar Bauch findet, vom Boden ab und schwingt sich über den Seitenwulst zu ihnen herein. Der Außenbordmotor am Heck wird sofort hochtourig aufgedreht und das Schlauchboot, in einem ς-förmigen Kurs, denkt Bauch, vom Ufer weg auf die See hinausgesteuert.

Die Fahrt führt die drei Gestalten und den verzweifelten Vater der verstorbenen Schauspielerin an den Trümmern der Brücke der Freundschaft vorbei, zwischen den sinnlos aus dem Wasser emporragenden Pfeilern hindurch und raus aufs offene Meer. Das Schlauchboot hüpft über wilde Wellen, ein Wind, der von weit her über den Ozean geweht kommt, faucht und wummert Elmar Bauch in den Ohren. Es wird nicht mehr gesprochen zwischen den Gestalten im Boot. Es wäre wohl auch kein Wort zu verstehen. Der verzweifelte Vater hält mit der rechten Hand den Griff seiner Krücke fest umschlossen, als könnte ihm das im schweren Seegang etwas Halt geben.

Die Insel der ehemaligen Hauptstadt der Malediven liegt im schwindenden Licht des Abends und wird darin immer kleiner. Ein voller Mond ist bereits aufgegangen und hängt weiß und unbewegt über der Stadt, in einem blassen Himmel ohne Wolken. Die Stadt wirkt leer und unbelebt, eine Ruine, denkt Bauch und stellt sich vor, wie jeden Augenblick alles, was bis jetzt noch stehen geblieben ist, auf einen Knopfdruck hin in sich zusammenstürzt. Der verzweifelte Vater kann sich nicht erinnern, die Stadt schon einmal aus der Distanz von außen gesehen zu haben. Das Bild, das sich ihm geboten haben muss, als er hier ankam, ist verschwunden. So etwas vergesse ich sonst aber nicht, denkt Bauch, das müsste man sich doch merken.

Aus der Richtung, in die sie unterwegs sind und in der der verzweifelte Vater sich endlich Klärung erhofft, eine Antwort, seine Tochter, sieht Elmar Bauch bereits das dunkle Blau der Nacht heraufziehen. Vielleicht kommt von dort auch ein Gewitter, denkt er. Es sieht jedenfalls sehr düster aus.

●

Mit gut gefülltem Magen sitzt der junge Timo Kröcher in der warmen Nachmittagssonne auf einer Hafenmauer unweit des Grillrestaurants Hühnersultan, wo er gerade von ein paar älteren Ausgestiegenen zum Essen eingeladen wurde, und holt, aus der kunstledernen Gürteltasche, die er um seine mageren Hüften trägt, ein kleingefaltetes Stück Alufolie, einen mehrfach geknickten Briefumschlag, ein Feuerzeug und den Werbekugelschreiber einer Rostocker Gebäudetrocknungsfirma hervor.

Zuerst faltet der junge Kröcher die Alufolie auseinander, langsam, das Geräusch genießend, das entsteht, das Knistern und das leise Knacken an den Faltkanten. Mit jedem Auffalten verdoppelt sich die Fläche der Folie, in der sich die Nachmittagssonne bricht. Helle Lichtpunkte flackern über den gebeugten Oberkörper des Jungen, der die Folie in den Händen wiegt und mit den Reflexionen der Sonne spielt. Als er sie ganz aufgefaltet hat, legt sich der junge Kröcher die Folie in den Schoß und beginnt, auch den Briefumschlag vorsichtig zu öffnen. Der mit einem sehr runden Rücken auf der Mauer Sitzende hält den geöffneten Briefumschlag über die ausgebreitete Alufolie und tippt mit dem Mittelfinger der freien Hand so lange vorsichtig gegen die Seitenkante des Umschlags, bis ein paar kristallin verklumpte Körner eines beigebraunen Pulvers daraus hervor und in die Folie in seinem Schoß rieseln. Dann faltet er den Briefumschlag wieder sorgfältig zusammen und steckt ihn in die Gürteltasche zurück. Der junge Kröcher schraubt den Werbekugelschreiber der Rostocker Gebäudetrocknungsfirma auseinander, steckt sich das mittlere Röhrchen zwischen die Lippen, hebt die Alufolie mit einer Hand etwas an, wobei er darauf achtet, dass sich alles Pulver darin mittig in einer Kuhle sammelt, entzündet das Flämmchen am Feuerzeug und hält es an die Unterseite der Alufolie, bis die Substanz darin zuerst zerschmilzt und schließlich zu köcheln beginnt. Den Rauch, der sich über der köchelnden Flüssigkeit bildet, saugt der junge Kröcher durch das Mittelstück des Werbekugelschreibers in seine Lungen ein.

In den Bronchialästen der Lungenflügel des Jungen kommt die verrauchende Substanz als scharf stechender Hustenreiz an, den er durch Luftanhalten so lange wie möglich unterdrückt. Timo Kröcher richtet seinen Oberkörper auf und blickt gerade nach vorn. Aus dem Röhrchen zwischen seinen Fingern weht noch ein kleines, weißgraues Rauchfähnchen heraus. Er zählt die Brecher der anbrandenden Wellen. Er weiß aus Erfahrung, dass sich die Wirkung mit der Dauer, die der Rauch in den Lungen behalten wird, intensiviert. Der junge Kröcher zählt fünf brechende Wellen, bevor er es nicht mehr länger aushält und den Rauch, der nahezu farblos aus seinen Lungen wieder hervorkommt, vor sich in die Luft bläst, langsam und von kurzen, tonlosen Kontraktionen unterbrochen, was von außen fast den Eindruck erwecken könnte, er würde lachen.

Die Wirkung der Droge folgt unmittelbar nach dem Ausatmen. Wobei es für den jungen Sitzenden auf der Hafenmauer zunächst so scheint, als würde alles um ihn herum, die ganze Welt und das All, durch das sie rast, zuerst auf den

Rauch aus seinen Lungen reagieren, noch bevor sich auch in ihm eine Wirkung entfaltet. Alles von der Hafenmauer aus Sichtbare erhält sofort extreme Tiefenschärfe und wirkt zugleich auf verlässliche Weise freundlich und ungefährlich. Der bleiche Mond, der gut erkennbar am blauen Nachmittagshimmel aufgegangen ist, beginnt zu pulsieren und sich zu vervielfältigen, immer neue Monde tropfen aus dem ursprünglichen Mond heraus und verteilen sich, in stülpenden Bewegungen, wie Quallen über den Himmel. Unten aus den Mondquallen sieht der junge Kröcher lange Tentakel heraushängen, die wie die Kondensstreifen von Flugzeugen kreuz und quer durcheinandergehen. Und dann beginnt es auch innen in ihm zu kriechen und zu kribbeln, feine Nesselfäden winden sich um die Knochen des Jungen und verursachen im ganzen Körper Explosionen von Fabelhaftigkeitsgefühlen. Noch die feinsten Haare und Härchen werden steil aufgerichtet, Milliarden winziger Antennen senden eine goldene Großartigkeit, ein sprachfremdes Empfinden von allumfassender Verbundenheit nach draußen und empfangen ebensolche Signale auch von dort. Eine euphorische Anhebung des Herzens und zugleich ein sehr seidenes, leichtes Gefühl des Gleichmuts, grundlos tiefe Zuversicht, Watte, Getragensein von perfekt temperierter Luft, Freude an der Leichtigkeit des eigenen Körpers. Ohne jede Anstrengung synchronisiert sich die Atmung des Jungen auf der Hafenmauer mit den anbrandenden Wellen. Der Brustkorb saugt von selbst die Luft ein, begleitet vom krabbelnden Geräusch des über den Grund streichenden, zurücklaufenden Wassers, und entlässt sie mit dem Brechen der nächsten Welle, dem wiederkehrenden, weißen, von Sauerstoff durchsetzten Kräuseln.

Der junge Kröcher schaut aufs Meer hinaus und empfindet es auf keine Weise gefährlich oder bedrohlich oder böse. Es ist reinste, zeitferne Präsenz, stolze Gegenwart, das von sich aus Richtige, unbehelligt, Allspiegel in der Nacht, Tiefenwelt, lichtabgewandter Teil der Erde. Der Junge auf der Hafenmauer fühlt das Wogen gigantischer Kelpwälder, unfassbar weit und ohne Grenzen, dampfende Schlote unterseeischer Schwefelquellen, schillernde Schwärme, kaleidoskopische Korallenkonstellationen, es lebt und schwankt und wogt um ihn herum und er spürt sich selbst, erkennt sich unmissverständlich: ein unbedeutender Fetzen Leben, aber zutiefst zufrieden.